10 dates surpresa

ASHLEY ELSTON

10 dates surpresa

ASHLEY ELSTON

Tradução
Isabela Sampaio

Copyright do texto © 2019 by Ashley Elston.
Direitos de tradução negociados pela Rights People, Londres.
Copyright da tradução © 2019 by Editora Globo S.A.

Todos os direitos reservados. Nenhuma parte desta edição pode ser utilizada ou reproduzida — em qualquer meio ou forma, seja mecânico ou eletrônico, fotocópia, gravação etc. — nem apropriada ou estocada em sistema de banco de dados sem a expressa autorização da editora.

Título original: *10 Blind Dates*

Editora responsável **Veronica Armiliato Gonzalez**
Assistente editorial **Júlia Ribeiro**
Diagramação **Renata Zucchini**
Projeto gráfico original **Laboratório Secreto**
Revisão **Daniel Austie**
Capa **Renata Zucchini**

Texto fixado conforme as regras do Acordo Ortográfico da Língua Portuguesa (Decreto Legislativo nº 54, de 1995).

CIP-BRASIL. CATALOGAÇÃO NA PUBLICAÇÃO
SINDICATO NACIONAL DOS EDITORES DE LIVROS, RJ

E44d
    Elston, Ashley
       Dez dates surpresa / Ashley Elston ; tradução Isabela Sampaio.
– 1. ed. – São Paulo : Globo Alt, 2019.
       328 p. ; 21 cm.

       Tradução de: 10 blind dates
       ISBN 978-65-80775-06-4

       1. Encontro (Costumes sociais) – Ficção. 2. Ficção americana.
I. Sampaio, Isabela. II. Título.

19-61064
                        CDD: 813
                        CDU: 82-3(73)

Meri Gleice Rodrigues de Souza - Bibliotecária CRB-7/6439
01/11/2019   07/11/2019

1ª edição, 2019 – 2ª reimpressão, 2022

Direitos de edição em língua portuguesa para o Brasil
adquiridos por Editora Globo S.A.
R. Marquês de Pombal, 25
20.230-240 – Rio de Janeiro – RJ – Brasil
www.globolivros.com.br

Para meu marido, Dean, que conheci em um encontro às cegas no Dia dos Namorados de 1992

e

para meu irmão e meus primos: Jordan, Steve, Todd, Matt, Beth, Gabe, Katie, Jeremy, Anna Marie, Sarabeth, Jessica, Rebecca, Mary Hannah, Emily, India, Katherine, Madeline, Haley, Amiss, Rimes e John. Obrigada por tornarem minha infância mágica.

SEXTA-FEIRA, 18 DE DEZEMBRO

— Tem certeza que você não vem com a gente?

Minha mãe se pendura na janela do carona e me envolve em um abraço intenso pela décima vez nos últimos dez minutos. O tom de súplica na voz dela funciona direitinho. Estou a um passo do primeiro gostinho de liberdade que já tive na vida e, ao mesmo tempo, a apenas segundos de ceder e me atirar no banco de trás do carro. Eu a abraço de volta, um abraço mais apertado do que o normal.

Meu pai se inclina para a frente, seu rosto banhado na suave luz azul vinda do painel.

— Sophie, a gente odeia a ideia de deixar você aqui no Natal. Quem é que vai fiscalizar se eu estou fazendo as marquinhas de garfo nos cookies de manteiga de amendoim direito? Não sei se dá pra confiar na minha capacidade de fazer isso sozinho.

Eu rio e abaixo a cabeça.

— Tenho certeza, sim — digo. E tenho mesmo. A parte da despedida é difícil, mas não existe a menor possibilidade

10 dates surpresa   **7**

de eu passar uma semana e meia sofrendo na casa da Margot enquanto encaro partes inchadas do corpo dela.

Meus pais estão indo até Breaux Bridge, uma cidadezinha no sul da Luisiana a pouco menos de quatro horas daqui, para ficar com minha irmã e seu marido. Margot terá seu primeiro filho daqui a seis semanas, e ela desenvolveu pré-eclâmpsia sobreposta à hipertensão crônica, seja lá o que isso signifique. Tudo o que sei é que os pés dela acabaram ficando ridiculamente inchados. E sei disso porque Margot está tão entediada por estar de cama que já recebi fotos de seus pés de todos os ângulos imagináveis.

— Não é como se eu fosse ficar sozinha — continuo. — A Nonna, o Papa e todos os outros vinte e cinco membros da nossa família vão me fazer companhia.

Meu pai revira os olhos e resmunga:

— Não sei por que eles têm que ficar em uma casa só o tempo todo.

Minha mãe cutuca as costelas dele. A quantidade de parentes que temos não é brincadeira. Ela é uma entre oito irmãos, e praticamente todos eles também tiveram vários filhos. A casa dos meus avós está sempre cheia de gente, mas no fim do ano ela vira a própria estação Grand Central. As camas e os lugares à mesa são concedidos de acordo com a idade; então, quando meus primos e eu éramos pequenos, nós sempre passávamos a véspera de Natal feito sardinhas, amontoados em um grande estrado no chão da sala, e cada refeição era um malabarismo entre o prato, o copinho descartável e o colo.

— Tem certeza que você não quer ficar com a Lisa? A casa dela vai estar mais tranquila — minha mãe sugere.

— Tenho. Vou ficar bem na Nonna e no Papa.

Vai *mesmo* estar mais tranquilo na casa da minha tia Lisa. Ela é irmã gêmea da minha mãe, três minutos mais velha, mas por causa disso a marcação das duas é igualmente cerrada. E não é isso que eu quero. O que quero é um pouquinho de liberdade. E um tempo sozinha com Griffin. As duas coisas são raras quando se vive numa cidade pequena com um pai que é delegado de polícia.

— Tudo bem. Seu pai e eu devemos voltar na tarde da festa de aniversário da Nonna. Aí a gente troca presentes. — Ela se agita no banco da frente; claramente não está pronta para ir embora. — Quer dizer, se os pais do Brad já não fossem estar lá, a gente não teria que ir. Você sabe como a mãe dele vive tentando reorganizar a cozinha e mudar os móveis de lugar. Não quero que a Margot fique toda nervosa, se perguntando o que aquela mulher está aprontando enquanto ela está de cama.

— E Deus me livre os pais *dele* cuidando da *sua* filha — provoco. Minha mãe protege demais as filhas. Foi só Margot mencionar que os sogros estavam chegando para ela começar a fazer as malas.

— A gente podia esperar e ir de manhã — ela sugere ao meu pai.

Ele balança a cabeça antes mesmo de ela terminar de falar.

— Vamos chegar mais rápido se sairmos hoje à noite. Amanhã é o sábado de véspera de Natal. As estradas vão estar um inferno. — Ele se inclina mais uma vez, me encarando. — Pode pegar suas coisas e ir direto para a casa dos seus avós. E ligue pra eles pra avisar que está chegando.

Esse é meu pai: bem direto. Esta é a primeira vez em anos que ele vai ficar longe da delegacia por mais do que alguns dias.

10 dates surpresa   **9**

— Pode deixar. — Minha mãe me abraça mais uma vez e eu mando um beijinho para o meu pai. Depois, eles partem.

A lanterna traseira reluzente do SUV dos meus pais desaparece na estrada e uma enxurrada de emoções toma conta de mim – uma ansiedade boa, mas também uma leve pontada de nervoso na barriga. Tento ao máximo deixar isso de lado. Não que eu não queira estar com eles – já sinto um embrulho no estômago só de pensar em acordar na manhã de Natal sem meus pais –, mas simplesmente não tenho condições de passar minhas férias inteiras presa no apartamento minúsculo da Margot e do Brad.

Assim que volto para o quarto, a primeira coisa que faço é ligar para Nonna e avisar que vou chegar em algumas horas. Ela está distraída; dá para ouvir os clientes de sua floricultura aos berros no fundo, e chuto que só um terço do que eu falo está sendo absorvido.

— Dirija com cuidado, querida — ela diz. Enquanto desliga o telefone, posso ouvi-la gritando o preço da poinsétia para Randy na estufa, e abafo uma risadinha.

São seis horas, e é um trajeto curto de Minden para Shreveport, onde meus avós e o restante da família vivem. Nonna não vai me procurar até umas dez da noite, mais ou menos.

Quatro gloriosas horas todinhas para mim.

Eu me jogo na cama e encaro o ventilador de teto que gira lentamente. Mesmo já tendo dezessete anos, meus pais não gostam que eu fique sozinha em casa. E quando consigo essa façanha, um desfile de fiscais costuma passar por aqui – só para "conferir se está tudo certo". É extremamente ridículo.

Tateando a cama até encontrar meu celular, ligo para Griffin para avisá-lo que vou ficar, mas depois de chamar oito vezes, a ligação vai direto para a caixa postal. Mando uma mensagem para ele e espero aqueles três pontinhos aparecerem. Não contei que estava tentando convencer meus pais a me deixarem ficar – não tinha por que deixar nós dois frustrados caso não desse certo.

Encaro a tela em branco por mais alguns segundos, então jogo o celular na cama e vou até minha escrivaninha – uma confusão de maquiagem, lápis de cor e esmaltes espalhados por toda parte. Quase todos os pedacinhos do mural pendurado na parede à minha frente exibe fichas novíssimas para cada faculdade que cogito entrar. Há uma lista organizada por cores dos prós (verde) e contras (vermelho) em cada uma das fichas, além de todos os requisitos de inscrição. Algumas têm uma grande sequência de "o.k.s" em verde, o que significa que eu já atendi a todos os requisitos e fui aceita, mas ainda estou esperando a resposta da maioria. Eu o chamo de Mural da Inspiração, mas minha mãe o apelidou de Mural da Obsessão.

Olho para a primeira ficha que pendurei no começo do primeiro ano: LSU. Lá no início, achei que essa seria a única faculdade que chegaria ao mural. Mas, depois, percebi que não podia descartar nenhuma opção.

Meu celular toca e eu olho para a cama. É só uma notificação de que alguém curtiu meu último post – nenhuma resposta de Griffin.

Observo as fichas em branco empilhadas na minha escrivaninha e, por meio segundo, cogito fazer uma lista sobre ele. Estamos juntos há mais ou menos um ano e a escola costuma ser nosso maior foco, mas com as férias de duas semanas pela frente, sem provas ou trabalhos para nos preocuparmos, a ideia de ficar sozinha aqui com ele me deixa empolgada. Embora a gente esteja indo devagar, seria mentira dizer que não pensei em dar esse novo passo no relacionamento.

10 dates surpresa **11**

VERDE: *Juntos há quase um ano*
Estamos no último ano e temos quase dezoito

VERMELHO: *Ainda não dissemos "te amo"*
Não sei se estou pronta pra dizer "te amo"

Minha mãe com certeza não gostaria de ver essa lista pendurada ali, então resisto ao impulso.

Meu celular toca de novo. Sinto o coração acelerar quando vejo a notificação de mensagem, mas, ao conferir a tela, vejo outra foto de Margot.

Abro a imagem e a encaro por alguns minutos. Alguém precisa confiscar o celular dela.

EU: ????? O que que é isso???

MARGOT: É um close dos meus pés. Tem zero espaço entre os dedos. Não consigo mexer nem separar eles. Parecem linguicinhas.

EU: E se eles nunca mais voltarem ao normal?? E se você ficar com dedos de linguiça pra sempre? E se você nunca mais puder usar chinelos porque não consegue colocar aquele negocinho de plástico entre os dedos? Você vai humilhar seu filho com esses pés.

MARGOT: Acho que dedos do *pé* de linguiça é melhor do que dedos da mão. Talvez eu tenha que usar aqueles sapatos ortopédicos horríveis que a tia Toby usava.

EU: Acho que dá pra customizar. Talvez escrever seu nome com aquela tinta caseira nos dois lados. Seriam lindos sapatos pra dedos de linguiça.

MARGOT: Agora você me deixou com vontade de comer linguiça.

EU: Você é nojenta. E me traumatizou pra sempre. Eu nunca vou engravidar por medo de dedos de linguiça e sapatos ortopédicos customizados.

Poucos minutos depois, ela me responde.

MARGOT: A mamãe acabou de me mandar mensagem dizendo que você não vem!!! Como assim, Soph??? Você ia me salvar dessa queda de braço entre ela e a Gwen. Você sabe como elas ficam quando estão juntas!!

EU: Vou ter que te deixar sozinha nessa. Eu espero de verdade que elas disputem pra ver quem vai limpar a sujeira entre os seus dedos de linguiça. Talvez até tenham que usar fio-dental.

MARGOT: Você me fez ter uma imagem mental que nunca vou conseguir esquecer. Eu te amaldiçoo a ter dedos de linguiça pro resto da sua vida!

EU: Eu vou aí quando o bebê nascer.

MARGOT: Promete??

> **EU:** Prometo.

> **MARGOT:** E aí, o Griffin já chegou?

> **EU:** Não é da sua conta.

> **MARGOT:** Ah, dá um tempo. Quer dizer, melhor não dar nada.

> **EU:** Ha. ha.

Olho todas as minhas redes sociais, enrolando enquanto espero Griffin me ligar. Meu celular finalmente toca, e o nome dele aparece na tela. Nem tento esconder o sorriso que se abre no meu rosto.

— Oi! — ele grita por cima da música alta e da barulheira ao fundo.

— Oi! Cadê você? — pergunto.

— Na casa do Matt.

Já vi vários posts do pessoal socializando no quintal e na casa de hóspedes do Matt, inclusive Addie, minha melhor amiga desde a terceira série.

— Você está indo pra Margot? — ele pergunta.

— Mudança de planos. Vou ficar com os meus avós. Mas só tenho que ir pra lá daqui a algumas horas.

— O quê? Quase não dá pra te ouvir — ele diz em voz alta.

— Mudança de planos! — eu grito. — Vou ficar por aqui.

Consigo ouvir a batida contínua do baixo, mas não sei dizer qual música está tocando.

— Não acredito que seu pai não te obrigou a ir — ele diz.

— Né? Quer vir pra cá? Ou eu posso ir pra casa do Matt.

Ele fica em silêncio por um segundo antes de dizer:

— Vem pra cá. Está todo mundo aqui.

Sinto uma pontada de decepção.

— Tá, a gente se vê daqui a pouquinho — respondo, depois desligo.

Tem muito mais gente na casa do Matt do que eu esperava. Hoje foi o último dia de aula antes das férias de fim de ano, e parece que todo mundo está pronto para comemorar. Deve ter um milhão de luzes penduradas pela casa, arbustos e árvores. Sério, tem luz em qualquer coisa que fique parada por tempo o suficiente.

A maioria das pessoas está de camiseta e short, mas mesmo com toda a decoração, é difícil entrar no clima festivo. Espantar mosquitos o tempo todo não tem muita cara de férias de inverno. Porcaria de tempo da Luisiana.

Estaciono meu carro quatro casas antes, na vaga mais próxima que consigo achar. Mesmo dessa distância, já dá para ouvir a batida grave do baixo lá do quintal. Eu não ficaria surpresa se os vizinhos chamassem a polícia daqui a uma hora. Espero que a gente já tenha ido embora até lá; seria difícil explicar por que eu estava aqui e não a caminho da casa dos meus avós quando um dos policiais inevitavelmente ligasse para o meu pai.

Quando chego na casa de Matt, vejo um garoto e uma garota sentados na grama perto da garagem, e eles parecem estar discutindo. O drama não costuma começar tão cedo assim. Os dois ficam quietos quando notam minha presença e eu acelero o passo, tentando dar privacidade ao casal. Seguindo a música, vou até o quintal que dá para a casa de hóspedes. Quando estou prestes a contornar a casa, sinto alguém puxar meu braço.

E então sou engolida em um abraço que me deixa sem fôlego.

— Achei que você não viesse! — Addie grita tão alto que várias pessoas se viram na nossa direção.

— Acredita que eu consegui convencer meus pais a irem sem mim?

— Mentira! Você vai ficar na Nonna? — Ela faz um beicinho. — Mesmo assim, eu mal vou te ver!

Dou uma risada.

— Vai ver, sim. Eu tenho um plano. A Nonna vai estar tão ocupada durante o dia que nem vai sentir minha falta. Aí eu volto pra cá e a gente faz alguma coisa.

— Seus pais vão surtar se descobrirem. A gente vai ter que esconder seu carro. — Addie dá pulinhos. — Ah! E traz a Olivia. Não vejo ela há milênios.

Faço que sim, embora eu duvide que ela vá querer vir comigo. Olivia é uma entre meus vários primos e filha da irmã gêmea da minha mãe, Lisa. Nossa diferença de idade é de apenas dois meses, e nós éramos bem próximas quando mais novas, mas temos nos visto cada vez menos nos últimos dois anos.

— A Olivia está ajudando a Nonna na loja. Não sei se ela consegue escapar.

Os olhos de Addie se iluminam; então ela começa a me arrastar para a casa de hóspedes.

— A gente só precisa dar um jeito de resgatar ela de lá.

— Você viu o Griffin? — pergunto, deixando o assunto da Olivia de lado.

— Ainda não, mas o Danny e eu chegamos agora. Talvez ele esteja lá dentro. — Ela mexe a cabeça na direção da casa de hóspedes. — Quer uma cerveja?

— Não, tenho que dirigir para a casa da Nonna daqui a pouco. Vou arranjar uma garrafa d'água em algum lugar — respondo enquanto nos separamos. Addie segue na direção do barril escondido nos arbustos e eu tento atravessar a multidão. A música está tão alta do lado de dentro que as primeiras pessoas com quem falo não ouvem nada.

Finalmente consigo atravessar a sala e encontrar alguns amigos de Griffin.

— Sophie! E aí, tudo bem? — Chris grita e tenta me abraçar. Ele já está só de regata branca e cueca boxer. Eu estico o braço para mantê-lo a uma distância segura. Chris é o cara que sempre dá um jeito de ficar seminu nas festas. No baile de Halloween da escola, ele foi vestido de caubói, mas, no fim da noite, tudo que restou da fantasia foi um par de perneiras que iam até sua cueca. Ele ganhou uma semana de suspensão por atentado ao pudor.

— Tranquilo. Cadê o Griffin? — pergunto, me virando depois para vasculhar o local.

Chris sacode a mão atrás de si.

— Em algum lugar por ali. Foi procurar cerveja.

Aceno com a cabeça e vou atrás dele. É difícil avançar em meio à multidão, mas finalmente consigo ver Griffin entrando na pequena cozinha nos fundos da casa de hóspedes. Demoro alguns minutos para alcançá-lo, porque tropeço no meio de uma rodinha de dança e Josh Peters não me deixa sair sem me girar algumas vezes. Quando estou prestes a fazer a curva para a cozinha, onde a música está bem mais baixa, ouço Griffin dizer:

— A Sophie está vindo.

Não é a frase em si que me faz parar. É a forma como ele diz. Cheia de decepção.

Parker, um dos melhores amigos de Griffin, tira duas cervejas da geladeira. Nenhum dos dois nota minha presença do outro lado da porta.

— Ela não ia para a casa da irmã ou alguma coisa assim? — Parker pergunta.

— Ela ia. Mas não vai mais.

Ele está tão chateado por eu ter ficado, como se eu tivesse estragado suas férias. Percebo no tom de voz dele aquela sensação horrível – quando você está ansioso demais por alguma coisa, como se fosse explodir de tanta felicidade, e depois arrancam isso de você. Foi isso que senti quando achei que não fosse passar o fim de ano aqui.

E é isso que ele parece sentir depois de saber que vou ficar.

O que está acontecendo?

Griffin começa a se virar e eu me escondo em um canto. Por que estou me escondendo? Eu deveria entrar e exigir uma resposta. Mas estou paralisada. Conto até cinco e, devagar, olho para a cozinha de novo.

— Ela vai chegar a qualquer momento — ele diz, mas continua parado onde está.

Parker abre uma das cervejas e a oferece a Griffin.

— Então, qual é o problema? — Parker pergunta. Ele obviamente também percebeu a decepção na voz do amigo.

Griffin dá de ombros.

— Vou parecer um merda falando isso, mas eu meio que estava feliz por ela ficar fora esses dias. Ia ser tipo um teste pra eu saber como seria se a gente terminasse, sabe?

Meu coração acelera.

— Você quer terminar com ela? — Parker pergunta, depois dá outro gole em sua cerveja.

Griffin dá de ombros de novo. Minha vontade de gritar é quase incontrolável.

— Acho que sim.

Minha respiração fica ofegante. Parker e Griffin se viram na direção da porta. Parker arregala os olhos, olhando de mim para Griffin.

Por uma fração de segundo, Griffin tenta descobrir se eu ouvi o que ele disse. Mas a expressão no meu rosto deixa óbvio que sim.

Eu me desequilibro, esbarrando na parede atrás de mim antes de sair correndo.

Preciso ir embora. Não consigo olhar para ele. Não consigo ficar aqui.

— Sophie! — Griffin me segue, mas eu desvio e me esquivo até chegar à porta. Acho que não vou conseguir sair antes de as lágrimas começarem a escorrer. Então Addie vê meu rosto e passa voando por todos para me tirar da casa de hóspedes.

— O que aconteceu? — ela me pergunta assim que chegamos do outro lado da piscina.

Eu me jogo no chão e conto tudo para ela.

— Aquele babaca... — Addie diz. Ela se vira, como se fosse persegui-lo.

— Por favor, me ajuda a sair daqui — eu imploro.

Ela se volta para mim.

— Claro. Vamos embora.

Addie me levanta do chão e nós abrimos caminho em meio à paisagem. As lágrimas estão escorrendo pelo meu rosto, e eu não faço nenhum esforço para impedi-las.

Meu coração está dilacerado.

Mais do que dilacerado.

Reduzido a pó.

10 dates surpresa   **19**

Ele quer terminar comigo.

— Esse cara é inacreditável — Addie murmura. — *Ele* vai terminar com *você*? Dane-se. Ele tem é sorte de ter você!

Não tenho palavras para respondê-la. Não sei se um dia vou ter.

Assim que chegamos na garagem, vemos Griffin. Ele está correndo pela calçada e procurando pela rua.

— Não consigo falar com ele agora — digo com a voz embargada. Addie faz que sim e me esconde nas sombras antes de sair para confrontá-lo.

— Não. Não mesmo — Addie diz. — Ela não quer falar com você.

Uma das luzes instaladas no beiral da casa ilumina o rosto de Griffin. Ele parece péssimo.

Culpado, com certeza, mas também há tristeza naqueles olhos.

— Por favor, Addie. Eu preciso falar com ela. — Ele semicerra os olhos para a escuridão onde estou escondida. — Por favor, Sophie. Fala comigo. Me deixa explicar. Eu me expressei mal.

Dou um passo para trás. Não quero estar perto dele... não quero ouvir suas desculpas. Corro por trás de uma fileira de azaleias até o jardim da frente e tropeço várias vezes, tentando aumentar a distância entre nós.

Espero que Griffin não me siga. Uma pequena parte de mim quer pegar o que ouvi e distorcer até se tornar algo que não me destrua. Mas é impossível deixar de ouvir a decepção na voz dele. Não importa o que ele diga, ele não queria me ver. Não queria estar aqui comigo.

Quando consigo chegar no meu carro, estou arrasada. Ouço passos fortes atrás de mim, então me preparo.

— Sophie, por favor, fala comigo? — Griffin implora.

Estou virada na direção do carro. Ele está logo atrás de mim, e sei que Addie está em algum lugar atrás dele.

Meus lábios se contraem.

— Eu estava tão animada pelos meus pais terem me deixado ficar em casa, porque só conseguia pensar em como ia ser divertido a gente ficar junto. Só eu e você. Era só isso que eu queria. Mas você quer um tempo. Longe de mim. Não é? Você não estava ansioso pra isso?

Ele coloca a mão no meu ombro delicadamente e diz:

— Vira pra mim e fala comigo.

Eu afasto a mão dele.

— É isso que você quer?

Consigo sentir seu esforço para encontrar as palavras certas.

— Eu não sei o que eu quero, Soph. Está tudo muito confuso agora. As coisas ficaram sérias demais entre a gente. Estamos no último ano do colégio. A gente devia estar se divertindo!

Eu me viro depressa.

— Bom, deixa eu facilitar as coisas pra você. Você quer um tempo? Pronto. Acabou.

Griffin estica o braço em minha direção, mas eu me esquivo. Ele parece agitado, e só consigo pensar que é pelo modo como tudo está acontecendo. Ele não teve seu período de teste primeiro.

— Espera, Sophie. A gente pode conversar? Eu te amo. De verdade.

Suas palavras me atingem como um golpe. Eu esperei e desejei que ele me falasse isso durante meses.

Não consigo lidar com isso.

10 dates surpresa   **21**

Não consigo continuar aqui.

— Por favor, fica e conversa comigo — Griffin implora. Eu me viro e entro no carro.

Ele finalmente volta para a calçada quando eu ligo o motor, e Addie corre até a janela.

— Deixa que eu levo você.

Eu me esforço para dar um sorriso.

— Estou bem. Te ligo mais tarde, tá? Amo você.

Ela se estica pela janela e me dá um abraço rápido.

— Também amo você.

Por sorte, Griffin mantém distância.

Em poucos minutos, estou na I-20 em direção a Shreveport.

Quando chego na casa da Nonna, estou em frangalhos. Confiro minha aparência no espelho retrovisor e quase dou um grito para a desconhecida toda borrada de rímel que me encara de volta. Meu nariz está vermelho, meus olhos estão inchados e tenho quase certeza de que tem catarro seco grudado na minha camisa.

Felizmente, quase todas as luzes estão apagadas, então é bem provável que só meus avós estejam aqui. Nessa casa, não é incomum passar por cima de gente dormindo assim que se entra pela porta. Dos oito filhos que eles tiveram, seis moram aqui em Shreveport, quatro deles a poucos quarteirões de distância. É de se esperar que eles voltem para suas próprias casas toda noite, mas nem sempre é o caso. Hoje, no entanto, tudo parece tranquilo.

Estaciono o carro na rua e pego minha mala no banco de trás, mas só consigo chegar até os degraus da frente antes de desmoronar. Não posso entrar desse jeito. Nonna vai ligar para os meus pais, e eles vão ficar furiosos se souberem que eu não vim direto para cá. Mas também vão ficar chateados por causa de Griffin. Eles o amam. Mesmo com todas suas regras malucas, eles já o tratam como se fosse parte da família.

Usando minha mala como travesseiro, eu me deito nos degraus escuros e encaro a lua cheia. Uma grande parte de mim quer apenas se aninhar no colo da minha mãe e chorar.

Um ano. Esse foi o tempo que perdi com Griffin. Uma droga de um ano inteirinho.

O que foi que eu deixei passar? Nós dois estávamos concentrados na escola. Nós dois estávamos ansiosos para a faculdade, tentando garantir que passaríamos para aquelas que queríamos. Pensei que nós dois estivéssemos felizes com nosso relacionamento.

Mas aparentemente ele não está *se divertindo* comigo.

— Você vai ficar aí a noite inteira ou vai entrar e me dizer o que aconteceu?

Eu quase caio do degrau quando o rosto da minha avó surge sobre o meu.

— Nonna! — Eu dou um salto e tropeço direto nos braços dela, quase derrubando nós duas.

Ela desliza a mão pelas minhas costas, para cima e para baixo. Eu começo a chorar tudo de novo.

— Meu Deus, entre e me conte tudo.

Entramos na casa de mãos dadas e vamos direto para a cozinha. O coração da casa. É um espaço amplo e aberto, com uma bancada e vários armários. A geladeira é uma daquelas gigantes de aço inoxidável, cheia de fotos, e eu sei que se abrir a porta, as prateleiras estarão lotadas de comida. Em um dos lados da bancada há uma fileira de banquetas, e uma grande mesa de madeira se estende diante de uma fileira de

10 dates surpresa **23**

janelas que dão para a casa do vizinho. E sempre há um vaso com flores frescas bem no meio.

É meu cômodo favorito.

Nonna me leva até uma das banquetas e me serve uma fatia do bolo de chocolate mais tentador que já vi. Aqui as guloseimas nunca estão em falta, e hoje certamente não é exceção.

— Eu não acho que você esteja chorando porque seus pais viajaram, então imagino que seja por causa daquele menino. Como é o nome dele mesmo?

— Griffin — murmuro.

— Isso, Griffin. Diz pra mim o que aconteceu.

Faço uma pausa antes de dar uma mordida no bolo. Sempre fui bem próxima da Nonna, mas nós nunca falamos sobre minha vida amorosa.

Ela percebe minha hesitação e diz:

— Eu criei quatro filhas. Pode acreditar, já ouvi muitas histórias de fim de namoro sentada nesse mesmo lugar.

Deixo escapar uma risada constrangida. Nonna se orgulha de sua habilidade de resolver os sufocos quando se trata da nossa família – não importa o tamanho do problema. É mais forte do que ela.

Ela me serve um copo de leite, e eu a observo se movimentar pela cozinha. Nonna vai fazer setenta e cinco anos em pouco mais de uma semana, mas não aparenta nem um pouco a idade que tem, graças ao número irrelevante de cabelos brancos e à sua fiel rotina de cuidados com a pele. E ela ainda é forte o suficiente para carregar sacos enormes de substrato e adubo para as plantas do viveiro, embora Papa faça um escândalo.

Respiro fundo.

— Eu disse que estava na casa da Addie, mas fui pra outro lugar. Um amigo nosso estava dando uma festa. Queria ver o Griffin antes de vir pra cá. Eu ia fazer uma surpresa pra ele e dizer que ficaria por aqui nas férias.

Nonna arqueia as sobrancelhas.

— Ah, não... Isso quase nunca termina bem.

Seguro o riso.

— Pois é.

Nonna se acomoda do meu lado e dá uma grande mordida em seu próprio pedaço de bolo enquanto conto tudo. Quando termino, ela faz círculos com os dedos nas minhas costas e eu me aninho nela.

— Sophie, meu bem, eu sei que isso parece o fim do mundo agora, mas não é. Foi melhor ter descoberto logo como o Griffin se sente e não perder mais tempo com ele.

Ela me dá um guardanapo e eu enxugo as lágrimas.

— Mas eu achei que a gente quisesse as mesmas coisas.

— As coisas mudam o tempo todo. Talvez parecesse que vocês dois estavam seguindo a mesma direção, quando na verdade não estavam.

Assim que termino o bolo, ela me leva para o quarto de hóspedes no andar de cima.

— O quarto é todo seu até os seus pais voltarem. Amanhã você pode me ajudar na loja. Enquanto estiver ocupada, vai parar de pensar em outras coisas. E a Olivia vai ficar feliz em ter companhia. Ela tem andado chateada agora que todo mundo está de férias e ela tem que trabalhar.

Deixo Nonna me colocar na cama e me mimar como fazia quando eu era uma menininha. É muito melhor do que eu me lembrava.

Ela beija minha cabeça e diz:

— Tudo vai parecer melhor amanhã.

SÁBADO, 19 DE DEZEMBRO

Detesto chamar Nonna de mentirosa, mas o amanhã chegou e tudo continua horrível. Chorei tanto que agora mal consigo abrir os olhos de tão inchados, e estou com uma dor de cabeça que simplesmente não passa.

Dou uma olhada no celular. Tenho trinta e duas chamadas perdidas e mensagens.

Desço a tela até chegar no nome de Addie e mando uma mensagem rápida: Estou bem. Ligo pra você daqui a pouquinho.

Depois, pulo as mensagens de Griffin e abro a conversa com Margot.

> **EU:** Está acordada, Dedos de Linguiça?

> **MARGOT:** Claro que estou. Estou encalhada na cama O. Dia. Inteiro. Mas não consigo achar uma posição confortável pra dormir. Como estão as coisas aí na Nonna?

EU: Tudo tranquilo. Elas já limparam seus dedos de linguiça?

MARGOT: Para!!!

EU: Foi você que começou, com aquelas fotos nojentas.

MARGOT: Mudando de assunto, me fala da comida. O que a Nonna preparou ontem à noite? As mamães aqui não me deixam comer nada que não seja orgânico ou não transgênico.

EU: Bolo de chocolate com três camadas, cobertura de chocolate e raspas de chocolate por cima. Eu comi um pedaço enorme.

MARGOT: Você é RIDÍCULA. Eu daria tudo da minha conta bancária se você trouxesse um pedaço pra mim.

EU: Eu sei das compras on-line que você anda fazendo, então imagino como deve estar sua conta bancária, e não é suficiente.

MARGOT: Ah, cuidado caso você fale com o papai mais tarde. Ele ficou bravo por você não ter ligado quando chegou aí.

Droga! Esqueci completamente que tinha que avisar.

EU: Muito bravo? Tipo bravo como no dia que a gente quebrou a janela da frente tentando transformar o carro da Barbie em uma nave espacial?

10 dates surpresa **27**

> **MARGOT:** Hahaha! Não tanto. Ele ligou pra Nonna e ela disse que você estava no banho.

Devo essa à Nonna. Ela salvou minha vida.

> **EU:** Não quero admitir isso porque você nunca vai superar... mas eu meio que queria estar aí com você e seus dedos de linguiça.

Esfrego o rosto para limpar as lágrimas. Eu ainda poderia entrar no carro e ir para lá hoje de manhã. Embora eu saiba que vá ouvir um monte se fizer isso, pelo menos poderia me esconder sorrateiramente na cama de Margot e só sair depois do Natal.

> **MARGOT:** Eu também queria que você estivesse aqui. Mas você ia ficar péssima. Eu estou péssima. O Brad está péssimo. Até o cachorro está péssimo. Você fez bem de ficar aí com a Nonna e o Papa.

Tento não ficar decepcionada. Sei que ela me receberia de braços abertos se eu pedisse mesmo para ir. Mas meu mau humor sem dúvida a deixaria pior ainda.

> **MARGOT:** Está tudo bem?

> **EU:** Aham. Estou bem. Falo com você mais tarde.

Não sei por que não falei nada sobre Griffin. Talvez meu medo seja que, se eu contar a ela o que aconteceu, tudo vire uma verdade imutável. Ou talvez eu saiba que minha irmã já tem coisas demais para se preocupar no momento. Ela está tentando bancar a durona, mas está preocupada com o bebê.

Desligo o celular, ignorando o resto das mensagens e as chamadas perdidas, e o jogo na gaveta da mesa de cabeceira. Não tenho condições de lidar com isso agora.

Quando chego no banheiro, meu reflexo é ainda mais assustador do que pensei que seria. Eu fico horrível quando choro. O avermelhado ao redor dos meus olhos faz com que eles pareçam mais escuros do que o normal, e minha pele, que normalmente é bronzeada, está com um aspecto pálido, como se eu estivesse doente. Eu me revirei tanto na cama durante a noite que destruí todos os cachos macios que demorei uma eternidade para arrumar quando pensei que Griffin fosse ficar animado em me ver. Agora meus longos cabelos pretos se transformaram num emaranhado encardido.

Mas, assim que saio do banho e seco o cabelo, sinto-me um pouco melhor. Numa escala que vai do normal até o desastre completo, estou em algum lugar próximo do pateticamente aceitável. Por fim, atravesso o corredor devagar, em direção ao coro de vozes que vem da cozinha, e me preparo para o ataque.

A família está aqui.

Minha família é um grupo selvagem. Meu avô é nascido e criado na Sicília. Ele deveria ter voltado para casa depois de passar um tempo nos Estados Unidos, mas acabou se apaixonando pela minha avó. Segundo dizem, a mãe do meu avô quase causou um incidente internacional quando descobriu que ele ia ficar na Luisiana. O que a impediu foi saber que a família da Nonna veio de uma cidadezinha perto da deles.

Meu pai sempre sofre quando vem aqui. Ele é filho único e não tem uma família grande, então às vezes ele diz se sentir entrando numa zona de guerra. Para mim não é tão ruim, mas como somos a única parte da família – além do meu tio Michael – que não mora em Shreveport, me sinto meio que uma forasteira.

Mas nem sempre foi assim. Quando eu era pequena, passava quase todos os verões e feriados aqui, cercada de primos e de crianças da vizinhança. Parecia uma colônia de férias. Eu era bem próxima de Olivia, do nosso primo Charlie e do melhor amigo dele, Wes, que mora na casa vizinha. Tio Bruce, pai de Olivia, até nos chamava de Quarteto Fantástico. Mas, quanto mais crescemos, mais nos afastamos. Eles três foram para a mesma escola, faziam parte dos mesmos grupos e torciam para o mesmo time. Então eu também me envolvi com meus grupos e com meu time. Não demorou muito até minhas visitas se tornarem cada vez mais curtas e espaçadas.

Tia Maggie Mae olha para mim assim que entro na cozinha.

— Ah, olha ela aí! Nossa Senhora, você fica mais parecida com sua mãe toda vez que eu te vejo!

Sabe aquela gente que faz piada com o jeito como o pessoal do sul dos Estados Unidos fala? A fonte delas só pode ser minha tia. Maggie Mae, que é casada com o irmão da minha mãe, Marcus, foi uma autêntica Dama do Sul na juventude, usando vestido branco e tudo mais quando foi apresentada à sociedade. E ela nunca deixa ninguém se esquecer disso.

Ela me aperta contra seu peito e eu morro de medo de me sufocar em seus seios enormes.

— Deus te abençoe, meu docinho. Fiquei sabendo que está de coração partido. Aquele garoto tem um parafuso a menos na cachola.

— Hm... obrigada, tia Maggie Mae. — Eu acho.

Em questão de minutos, eu passo de mão em mão ao redor da cozinha e recebo vários beijos na bochecha, na testa e até na boca (da tia Kelsey, que não tem a menor noção de espaço pessoal). Deslizo até uma das banquetas quando as tias retomam a discussão sobre qual salada de ambrosia é melhor – a da tia Kelsey, que faz do jeito clássico, ou a da tia Patrice, que faz com gelatina – e qual deve ser servida no Natal.

Eu sou totalmente contra ambrosia, mas guardo essa opinião para mim.

Tia Maggie Mae tem quatro filhos: duas gêmeas que têm quase a minha idade e dois gêmeos que são bem mais novos. As garotas, Mary Jo e Jo Lynn, me dão um tchauzinho constrangido do outro lado da cozinha, e eu respondo com um aceno ainda desengonçado. Quando elas eram pequenas, quase todas as suas roupas combinavam, exceto pelas estampas das suas iniciais. Até hoje, aos dezoito anos, elas ainda usam looks *coordenados*. É ridículo. As duas são um ano mais velhas do que Olivia, Charlie e eu, mas estamos todos na mesma série. Charlie as chama de "Meninas Malvadas" desde os doze anos, quando elas o trancaram do lado de fora do apartamento que estávamos dividindo na Flórida usando apenas uma cueca de *Star Wars*. Para ser sincera, ele não tinha que estar usando uma cueca desse tipo àquela altura. Imagine a cena: pequena. E apertada. Um grupo de adolescentes com quem ele estava flertando a semana inteira o viu naquele estado, e com certeza foi a coisa mais engraçada que elas já presenciaram na vida. Pelo resto da semana, as garotas davam risadinhas toda vez que Charlie chegava perto.

Ele nunca superou esse incidente.

Minha tia Lisa, irmã gêmea da minha mãe, e o filho, Jake, também estão aqui.

— Soph, querida! É tão bom ver você! — Tia Lisa é tão parecida com a minha mãe que é difícil não chorar quando a vejo.

— Também estou feliz em ver você. — Eu lhe dou um abraço mais demorado que o normal. Até seu cheiro é parecido com o da minha mãe. — Cadê a Olivia?

— Já está na loja — ela diz. — Soube que a Nonna colocou você pra trabalhar lá durante as férias.

— É claro que ela ia fazer isso — respondo com um sorriso.

Jake me cutuca e diz:

— Eita, cara. Você está acabada.

Tia Lisa dá um tapa em sua nuca.

— Jake, deixa de ser idiota.

Ele ri e sai mancando em busca de um lugar para se sentar à mesa. Jake quebrou o pé enquanto fazia alguma burrice no alojamento da sua fraternidade na LSU, provavelmente envolvendo lugares altos e visões de grandeza, e agora tem que usar uma daquelas botas imobilizadoras.

Charlie abre caminho até onde estou sentada e eu pulo da minha banqueta, sorridente, quando ele se aproxima. Não o vejo há milênios. Ele para por um segundo antes de me dar um abraço sem entusiasmo. Fico um pouco surpresa com sua hesitação, mas meus braços o envolvem na mesma hora, e me sinto melhor do que estive a manhã inteira.

— Você está bem? A Nonna me disse o que aconteceu com o Griffin — Charlie diz quando eu finalmente o solto.

Claro que a Nonna contou para ele. A essa altura, é bem provável que ela já tenha contado para todo mundo.

— Estou bem, sim.

Ele se senta na banqueta do meu lado.

— Tirando os problemas com o namorado, como estão as coisas?

Dou de ombros.

— Tudo certo, eu acho. Ando bem ocupada. E você?

Ele faz que sim com a cabeça.

— Tudo bem. Ocupado também.

Charlie fica em silêncio e eu quebro a cabeça para pensar em alguma outra pergunta para fazer. Nossa, quando foi que conversar com ele ficou tão difícil?

Antes que eu consiga pensar em alguma coisa, ele diz:

— Bom, a gente está planejando fazer alguma coisa depois do jantar de família hoje à noite, se você for ficar por aqui.

Tomo um gole muito grande de café e começo a tossir quando engasgo com a bebida quente.

— Jantar de família hoje à noite? — Eu arfo. Se todo mundo realmente já souber que meu namorado quis me dar um pé na bunda, não sei se consigo lidar com os olhares de pena que certamente vou receber.

Charlie sorri.

— Ah, você sabe. A Nonna não precisa de muito pra querer reunir todo mundo, e sua visita com certeza pede a mesa extra. A gente pode ir pra casa do Wes depois pra fugir do tumulto.

Wes mora na casa ao lado e sempre esteve mais para ir-mão do que amigo de Charlie, basicamente porque Char-lie passou metade da infância na casa dele. Os pais do meu primo se conheceram quando trabalhavam para o Médicos Sem Fronteiras nas Filipinas – país de origem de tia Ayin –, e os dois ainda dispõem do próprio tempo sempre que são chamados. Charlie e Sara ficam na casa da Nonna quando os pais viajam, o que significa que ele quase sempre vai parar na casa do Wes.

— A gente faz a Olivia ir também — ele diz. — O Quarteto Fantástico... que nem nos velhos tempos.

Um nervosismo toma conta de mim, mas eu respondo:

— Claro! Vai ser divertido.

Charlie sorri e pega um muffin. Ele vai embora antes que eu possa mudar de ideia.

Nonna põe uma fatia de quiche na minha frente e me dá um abraço apertado.

— Está melhor hoje? — ela sussurra.

Eu faço que sim enquanto ela me serve mais café.

— A gente vai para a loja daqui a uma hora, tá?

— Tudo bem — respondo. Não é como se eu tivesse outras coisas para fazer agora.

A loja nada mais é que uma velha casa em um bairro que foi se tornando cada vez mais comercial ao longo dos anos. A maioria das empresas preferiu demolir as casas e reconstruir do zero, mas Nonna e Papa mantiveram a adorável casinha azul do mesmo jeito que a encontraram. Agora a maior parte do quintal dos fundos é ocupada por estufas, enquanto a parte de dentro é repleta de produtos de jardinagem, estátuas e outros tipos de decoração para quintais e jardins. O lugar tem um clima aconchegante que funciona muito bem.

Quando éramos mais novos, brincávamos de esconde-esconde na estufa dos fundos e ajudávamos a plantar flores nos canteiros da fachada. A onda de nostalgia quase me derruba quando começo a atravessar o caminho da frente.

Antes de sumir pelo portão lateral em direção aos fundos, Nonna aponta para a varanda.

— A Olivia já deve estar lá dentro. Você pode ajudar no balcão hoje?

Eu faço que sim e paro na frente dos largos degraus que levam até a varanda. Tem poinsétias vermelhas revestindo cada um deles, e uma enorme guirlanda feita de folhagens pendurada na porta da frente com um laço vermelho. As chamas dos lampiões de cada lado da entrada piscam e dançam, e posso jurar que sinto cheiro de biscoito de gengibre.

Grande parte de mim não quer atravessar a porta, por mais festiva que esteja. Faz muito tempo que não fico sozinha com Olivia e, de repente, fico nervosa.

Respiro fundo e abro a porta. Olivia está carregando um saco enorme de substrato para plantas até uma mesa velha e arranhada que fica no canto. Parece que ela está replantando alecrins em vasos decorativos.

— Oi! — digo. Eu devo tê-la assustado, porque ela deixa o saco cair e uma nuvem de poeira se ergue entre nós duas. Senti mais falta de Olivia do que imaginava, e minha relutância desaparece. Sigo em frente e jogo meus braços ao redor dela em um abraço apertado.

Assim como Charlie, ela também hesita antes de me abraçar de volta.

— Soph — ela diz no meu ouvido. — O que você está fazendo aqui?

Eu me afasto e examino o rosto dela. Nós duas tossimos, e começo a sacudir as mãos para limpar o ar à nossa volta.

— Vou ficar com a Nonna enquanto meus pais visitam a Margot. Estou surpresa por sua mãe não ter falado nada.

Ela assente.

10 dates surpresa   **35**

— Ela falou. Só não esperava ver você *aqui*.

— Está tudo bem? — pergunto. Pelo visto as coisas vão *mesmo* ser esquisitas entre a gente.

Ela parece prestes a dizer alguma coisa, mas para assim que ouve Nonna resmungar.

— Meu Deus! — ela diz, olhando para nós duas, e depois encara a bagunça no chão. — Bom, não fiquem aí paradas se olhando. Vão pegar uma vassoura.

E então, mãos à obra.

Já é quase noite quando Olivia e eu saímos da loja. Todas as casas pelas quais passamos estão cheias de luzes, e o trânsito está intenso – pessoas fazendo compras ou a caminho de confraternizações.

— Está pronta pra conversar sobre isso? — Olivia pergunta enquanto dirige.

Por um segundo, penso que ela está falando sobre o que quer que tenha acontecido para as coisas terem ficado estranhas entre nós, mas então ela diz:

— Me fala o que rolou com o Griffin.

Faço uma careta. Trabalhamos demais hoje, e Nonna estava certa: eu precisava me distrair dele. Mas agora me forço a reviver tudo em minha cabeça.

— Bom, lá estava eu numa festa. — Começo a cutucar as unhas e repasso a história toda de novo. Não importa quantas vezes eu a conte, não fica mais fácil. E se conversar com Olivia está sendo tão difícil assim, voltar para a escola vai ser mil vezes pior. Vou precisar de um milagre de Natal para que nosso término já seja fofoca velha quando eu andar pelos corredores sem Griffin ao meu lado.

— Ah, Sophie. Eu sinto muito — Olivia diz. — Ele falou mesmo que você não é divertida? — Pelo tom da sua voz, posso sentir que ela está tão surpresa quanto eu.

Deixo escapar um suspiro e digo:

— Foi o que ele insinuou.

Olivia fecha a cara.

— A Sophie que eu conhecia era superdivertida. *Ele* que claramente é o problema.

Minha cabeça começa a girar na parte do "a Sophie que eu conhecia". O que isso significa? Mas antes que eu possa perguntar, ela diz:

— Bom, agora você está aqui, e a gente não vai deixar o Griffin estragar tudo. Vamos encontrar alguma coisa divertida pra fazer enquanto você estiver por aqui, que nem nos velhos tempos. Vão ter várias festas durante as férias.

Eu faço que sim, mas ir a uma festa barulhenta sem conhecer quase ninguém não me parece muito tentador.

Paramos em frente à casa da Nonna e do Papa. A garagem e metade do quarteirão estão tomados por carros, então Olivia vai dirigindo devagar à procura de uma vaga.

— *Todo mundo* vai te perguntar sobre o Griffin. As notícias circulam rápido demais nessa família. A Nonna conta pra uma pessoa e de repente é como se um telefone sem fio entrasse em ação, aí depois de uma hora todo mundo já sabe de tudo.

— Pois é. Hoje no café da manhã todo mundo já sabia. E sua mãe já atualizou a minha também.

Meu celular ainda estava dentro da gaveta no andar de cima, mas minha mãe me localizou no viveiro. Não foi uma ligação que eu queria receber. Pelo menos ela se sentiu tão mal por mim que nem chegou a mencionar meu

10 dates surpresa   37

pequeno desvio de rota ontem à noite. E eu tive que rir quando ouvi Margot gritando ao fundo: "Diz pra ela que eu mandei mais fotos!"

— Não deixa a tia Maggie Mae te encher o saco — Olivia diz. — Ela se aproveita de qualquer desculpinha pra falar que o namorado da Mary Jo está sendo sondado pela lsu e pela Bama, e que o namorado da Jo Lynn recebeu uma carta de admissão antecipada da a&m.

— É difícil de acreditar que qualquer pessoa queira namorar as Meninas Malvadas.

— É exatamente isso que o Charlie sempre diz. — Olivia desliga o carro e nós duas olhamos para a casa.

— Está pronta?

— É agora ou nunca.

Assim que entramos, somos recebidas pelo caos completo. Os primos mais novos apostam corrida pelos corredores de patinete, skate elétrico e uns nas costas dos outros.

— Oi, Sophie! Oi, Olivia! — as vozinhas ecoam enquanto eles correm ao nosso redor. A última criança a passar é um dos meus primos mais novos, Webb. Ele voa pelo corredor em seu patinete, vestindo uma cueca preta e uma camiseta do Super-Homem.

— Webb — digo. — Acho que você esqueceu a sua calça.

Olivia o ignora.

— O Webb está passando por uma fase anticalça. Ele se recusa a usar calça dentro de casa. Qualquer casa.

Papa e alguns dos meus tios estão parados na frente da tv, discutindo por causa do jogo. Eu me inclino para dar um beijo na bochecha de Papa. Charlie e outro primo nosso, Graham, saíram com ele de fininho para pescar enquanto Nonna estava ocupada na estufa.

— Conseguiu pegar quantos? — eu cochicho.

Ele dá uma risadinha e bagunça meu cabelo.

— Cinco, mas não conta pra sua avó.

Mas, é claro, foi Nonna quem pediu que Charlie e Graham o levassem quando percebeu que ele precisava de um descanso.

— Aí estão minhas garotas — Nonna fala alto do fogão assim que entramos na cozinha. Ela está usando um avental escrito *"Ciao* pra vocês" e parece ter tomado um banho de farinha. — Vocês podem ir colocando a mesa? A comida está quase pronta.

Olivia pega os jogos americanos e eu vou logo atrás com os pratos.

— Sophie — tia Camille chama. Ela está na bancada perto da Nonna, salpicando croutons na salada. — O que aconteceu com o seu namorado? E quem é essa tal de Paige? Ele estava te traindo com ela?

Olivia me olha por cima do ombro, depois revira os olhos. *Lá vamos nós.*

— Não tem nenhuma Paige. Ele estava falando com o amigo dele, Parker — respondo.

Tia Kelsey chega mancando no cômodo, com uma filha em cada quadril e mais uma pendurada na perna. Dou falta da quarta menininha que também costuma se agarrar à perna dela, então vasculho a área para ver quem está faltando.

— Cadê a Birdie? — pergunto a ela.

Tia Kelsey dá uma rápida conferida e parece notar pela primeira vez que uma das filhas não está ali. Ela revira os olhos e grita para o marido:

— Will? A Birdie está com você?

A resposta é um "sim" abafado.

10 dates surpresa **39**

Ela balança a cabeça e entra na cozinha.

— Não acredito que ele terminou com você — ela diz antes de se desgrudar das três crianças e colocá-las uma a uma nas cadeirinhas alinhadas na parede.

— Acho que o crime dele está mais pra "Intenção de Terminar", Kelsey — Nonna acrescenta.

O problema do telefone sem fio é que todos os detalhes se misturam.

Tia Maggie Mae faz um som de desdém.

— Bom, eu nunca fui com a cara dele. Só de olhar naquela fuça já dá pra ver que não presta. Bem diferente do namorado da Mary Jo. A LSU e a Bama estão *doidinhas* por ele. A gente está torcendo pra ele escolher a LSU; eu acho que não consigo torcer pra Bama, mesmo que meu futuro genro seja o *quarterback* de lá.

Olivia finge engasgar.

— Você não achava o Griffin tão ruim assim quando ele te ajudou a consertar o pneu no verão passado — tio Sal comenta.

— Argh. Mas é claro que ele ajudou. Ele não tinha escolha, estava parado bem ali. E só queria se mostrar na frente do namorado da Jo Lynn, que já está encaminhado pra estudar engenharia na A&M.

Charlie, Graham e sua irmã mais velha, Hannah, riem do outro lado da cozinha, onde estão colocando a mesa extra e as cadeiras. Graham tem a mesma idade do irmão de Olivia, Jake, e os dois estudam juntos na LSU. Estou surpresa que Graham também não esteja de bota imobilizadora, porque ele costuma copiar todas as loucuras que Jake faz por aí.

A irmã de Charlie, Sara, se aproxima com uma enorme cesta de presente. Seu cabelo preto e comprido está batendo quase na metade de suas costas, suas bochechas deixaram de ser rechonchudas, e ela está alguns centímetros mais alta do que eu me lembrava. É chocante ver o quanto ela mudou desde a última vez que nos vimos.

— Nonna, encontrei isso aqui na varanda — Sara diz, e então coloca a cesta em cima da bancada.

— Ah, que gracinha — Nonna diz ao ler o cartão. — É dos Dethloff, do outro lado da rua.

— Quando foi que a Sara ficou tão grande? E tão bonita? — eu pergunto a Olivia.

— Ela cresceu bastante nos últimos meses. O Charlie não está *nem um pouco* feliz agora que os garotos da escola não tiram o olho dela — Olivia responde. — E ela foi eleita rainha da turma no baile de boas-vindas em outubro!

— Sério? Como que não fiquei sabendo disso? — pergunto.

— Sei lá. — Olivia dá de ombros. — Acho que você não tem ficado muito por aqui ultimamente.

A porta da cozinha se abre com força e todos nós nos viramos quando tia Patrice, tio Ronnie, Denver e Dallas aparecem usando suéteres que combinam – mas não de um jeito fofo. Eu olho para Denver e aceno na direção do suéter. Ele aponta para a mãe, balançando a cabeça. Não consigo segurar o riso. Essas pobres crianças não têm um pingo de sossego, ainda mais porque tia Patrice ama contar para todo mundo que o nome dos filhos é uma homenagem aos locais em que eles foram concebidos.

Eca.

Tia Lisa põe um dos braços ao meu redor.

— Bom, eu gostava dele. Mas fico triste que as coisas tenham terminado desse jeito... você merece coisa muito melhor.

Não existe a menor possibilidade de eu sobreviver a este jantar.

— Não se preocupem com a Sophie. Eu já sei como vamos resolver isso — Nonna diz, e todos ficam em silêncio.

— Ah, não. Lá vem — murmuro baixinho.

— Mama, o que a senhora está aprontando? — tia Lisa pergunta.

Nonna tenta parecer ofendida, mas todos nós sabemos que ela ama se meter na vida dos outros.

— Sabe como é, quando a vida te dá um limão, é preciso voltar logo à ativa.

— Acho que o ditado não é bem assim... — Graham comenta.

— Ela só precisa ter um ou dois encontros pra esquecer os problemas, entendeu? — Nonna acrescenta.

Tia Maggie Mae parece bastante interessada no rumo que a conversa está levando.

— Eu e as meninas conhecemos alguns garotos solteiros da idade dela.

Tio Sal estica o pescoço.

— Depois que você arrumar alguém pra ela, pensei num garoto bem legal que trabalha comigo.

— Ah! Ah! — tia Patrice dá gritinhos. — Tive uma ideia! E se cada um de nós escolher alguém pra ela? Eu tenho um perfeito...

Então, todo mundo começa a falar ao mesmo tempo.

— O que está acontecendo? — pergunto para ninguém em particular. Antes que eu consiga impedir essa insanidade, Nonna surge com um enorme pedaço de papel pardo.

— Vai ser tão divertido! — ela diz. Nonna coloca o papel na bancada depois que várias tias a ajudam a esvaziá-la. Então ela pega uma caneta e começa a anotar datas, que vão de amanhã até a véspera do Ano-Novo.

— Sara, vem aqui me ajudar — Nonna pede.

Sara dispara pela cozinha e ajuda Nonna a fixar o papel no mural próximo à porta da despensa; eu fecho a cara para ela por ter se prontificado a ajudar tão depressa. Ela me responde com uma piscadinha.

A movimentação na porta dos fundos chama minha atenção, e eu vejo Wes espiando de lá. Charlie faz um gesto para que ele entre.

Também faz um bom tempo que não o vejo. Seu cabelo loiro e pele pálida se destacam em meio ao ninho de sicilianos morenos. Ele parece mais alto do que eu me lembrava, e não está nem de longe esquelético como era antes.

Ele se senta perto de Graham e Charlie e aponta para o papel com um olhar confuso.

Os dois dão de ombros. Mas já tenho ideia de onde isso vai chegar, o que me deixa apavorada.

Nonna fica de pé ao lado do papel e aponta para ele como se estivesse apresentando um reality show.

— É assim que a Sophie vai esquecer aquele ex-namorado sem-vergonha dela.

Wes examina o ambiente inteiro até olhar para mim. Ele inclina a cabeça e ergue a sobrancelha, e eu retribuo com um sorrisinho envergonhado.

— Nós temos gente o suficiente aqui que conhece alguns garotos legais e solteiros. Vamos arrumar uns encontros às cegas pra Sophie e, até as aulas voltarem depois do Ano-Novo, ela mal vai se lembrar do nome daquele lá.

— Griffin — Jake informa.

Nonna revira os olhos.

— Obrigada, Jake.

Meu. Deus. Do. Céu. Estou prestes a rastejar para debaixo da mesa.

— Isso não é uma boa ideia — eu digo do fundo da cozinha, mais alto do que pretendia. — E eu vou estar em casa no Ano-Novo. Meus pais vão voltar para o seu aniversário. Já tenho planos pra essa noite!

Claro que meus planos incluíam Griffin, mas, mesmo assim, não posso deixar isso acontecer.

Nonna agita as mãos, ignorando meus protestos.

— Eu já falei com a sua mãe. Eles vêm pra festa e vão passar o fim de semana, então você vai estar por aqui no réveillon.

Isso não está acontecendo.

Papa entra na cozinha e eu corro até ele.

— Papa, a Nonna perdeu o juízo. Ela vai me fazer ter vários encontros. Com caras que eu não conheço.

Papa olha para ela com brilho nos olhos.

— Bom, a Nonna se acha o verdadeiro cupido. E eu não sou de contrariar quando ela põe alguma ideia na cabeça.

— Eu sei bem — tio Michael se intromete. — Sophie, foge enquanto dá tempo. Ela está tentando me arrumar alguém há anos. — Ele é o mais novo dos oito filhos e o único que ainda não se casou.

— Michael, os três últimos caras que eu tentei apresentar pra você teriam sido perfeitos se você tivesse dado pelo menos uma chance a eles — Nonna diz. E depois se volta para mim. — Sophie, vai ser legal. Confia em mim.

— Isso não pode estar acontecendo — murmuro. Como eu queria dar três batidinhas de calcanhar, que nem a Dorothy, e ir direto para a casa da Margot.

— Não só pode como está — tia Maggie Mae diz, depois pergunta: — Então, como é que isso vai funcionar? — Ela mal consegue conter a animação.

As coisas com certeza vão acabar mal se ela se envolver.

Nonna morde o lábio inferior. Ela obviamente está improvisando essa loucura toda.

— Nada de encontros na véspera de Natal e no dia de Natal… então sobram dez dias livres pra dez encontros. Os rapazes têm que ter a idade dela. Ah! E vocês têm que anotar o que ela vai fazer na manhã do encontro, pra que ela saiba o que esperar.

— Ela não pode saber nem os nomes? — Olivia pergunta.

— Não. Assim não seria um encontro às cegas — Nonna responde.

— Então a gente pode escolher *qualquer pessoa*? — Jo Lynn pergunta.

Charlie estica o pescoço e nossos olhos se encontram. Ele sacode a cabeça depressa e diz "Meninas Malvadas" repetidas vezes, sem emitir nenhum som.

— Eu tenho algum direito de opinar? — interrompo.

Todos ficam em silêncio e olham para mim. A expressão de Nonna fica mais suave.

— Vamos ali fora rapidinho, Sophie.

Saio cambaleando por entre corpos e brinquedos e rezo para meu rosto não estar tão vermelho quanto o sinto. Tia Lisa aperta minha mão quando passo por ela.

Assim que chegamos à área dos fundos, Nonna me puxa para um abraço.

— A gente não te vê com tanta frequência, e eu detesto saber que você está tão triste e abatida. Só achei que isso poderia ser divertido… como se fosse uma aventura. Seria algo pra te deixar animada todos os dias. E mesmo se os encontros forem um desastre, a gente pode rir disso tudo quando eles acabarem.

Eu dou um passo para trás e olho para ela.

— Eu me sinto patética. E não estou pronta pra namorar agora.

Nonna dá uma risada.

— Não estou tentando achar seu próximo namorado. É só pela diversão. Confia em mim.

Diversão.

Aquilo que Griffin disse que gostaria de ter. Aquilo que aparentemente não havia entre nós. Aquilo que a Sophie que Olivia *conhecia* costumava ter aos montes. Será que eu não sou mais divertida?

— Se eu entrar nessa, quero estipular uma regra — digo.

— Qual?

— Tenho direito a um passe livre. Se por algum motivo eu não quiser ir em um desses encontros, não vou ser obrigada. E não vou ter que me explicar.

Nonna franze o cenho enquanto pensa na proposta.

— Fechado. Então, o que me diz?

Por fim, eu concordo, e Nonna fica radiante.

— Perfeito! Que comecem os jogos!

Ela me puxa de volta para a cozinha e todos param de conversar.

— Ela aceitou! — Nonna diz. Minha família literalmente vibra. — Agora vamos ver se a gente consegue preencher o mural. Eu começo. — Nonna caminha até o papel e escreve seu nome no dia trinta e um de dezembro.

— Hm… Nonna? Você conhece algum garoto da minha idade que não seja meu parente? — pergunto. Sei que ela percebe o nervosismo na minha voz.

Ela vira a cabeça.

— Claro que conheço. Ainda não sei quem eu vou escolher, mas vou encontrar alguém!

Ótimo. Vou passar o réveillon com… alguém.

Isso definitivamente vai ser um desastre.

Papa caminha até o papel e olha para as datas.

— Que tal se eu pegar o dia trinta, já que vai ser a noite da festa de aniversário da sua avó? Vou escolher alguém bacana. — Ele reserva a data.

Dez encontros e dois deles arranjados pelos meus avós. Maravilhoso.

Depois que Papa se afasta, a porteira se abre. Todo mundo corre para participar, e eu fico parada nos fundos da cozinha, horrorizada. A única pessoa além de mim que não tenta reservar uma data é Wes.

Ele desliza pela mesa até chegar mais perto. Dá para notar que ele está tão constrangido por mim quanto eu.

— Não acredito que isso está acontecendo — digo.

Ele se vira para me olhar.

— Não te vejo há um tempo. Como estão as coisas?

Eu aponto para o mural.

— Aquilo ali diz basicamente tudo.

Ele ri.

— É, acho que sim.

— E você, como está? Ainda está com a… — Meu Deus, eu ouvi dizer que ele estava namorando, mas esqueci o nome dela.

— Laurel?

— Isso, Laurel.

Ele faz que sim, depois dá de ombros. Não sei que tipo de resposta é essa.

10 dates surpresa **47**

— Ela estava um ano na nossa frente, né? — pergunto.

— Isso, ela está na LSU agora.

Passo a mão pelo cabelo, nervosa para ver como vai ficar o mural depois que todos terminarem de escrever.

— Então vocês estão tentando aquele negócio de namorar à distância?

Ele faz que sim, mas não desenvolve o assunto. Nós dois estamos ocupados demais olhando para o mural. Na verdade, estamos olhando para o irmão mais velho da minha mãe, Sal, e o empurra-empurra entre ele e tio Michael para ver quem vai pegar a última data disponível.

Nonna se põe no meio dos dois com o que parece ser a mais pura alegria estampada no rosto.

Tio Michael se enfia à força na frente de tio Sal e o empurra com a própria bunda, o que o afasta com sucesso, depois rabisca seu nome no espaço em branco.

Ele se vira para todos com uma expressão vitoriosa. Tio Sal se aproxima e risca o nome de Michael, depois escreve o dele no lugar. Tio Michael está sorridente demais para se dar conta.

Que desastre.

Olivia para ao meu lado.

— Charlie e eu reservamos dois dates. Sobram só alguns pra você se preocupar.

Deixo escapar um suspiro.

— Obrigada.

Incapaz de aguentar mais, caminho até a tabela.

20/12	Olivia
21/12	Patrice
22/12	Charlie
23/12	Sara
24/12	LIVRE
25/12	LIVRE
26/12	MJ / JL
27/12	Camille
28/12	Maggie Mae
29/12	SAL ~~Michael~~
30/12	Papa
31/12	Nonna

Charlie para e sussurra:

— Pelo menos as Meninas Malvadas vão ter que dividir um dia só.

— É, mas a tia Maggie Mae ficou com outro dia, então a situação não melhora muito — sussurro de volta. Os dias de Olivia e Charlie vão ser tranquilos, e Papa e Nonna devem escolher alguém da loja. Minha maior preocupação é tia Patrice.

Ela é esquisita.

— Muito bem, agora que a farra acabou, vamos comer! — Nonna exclama.

E lá se vai meu apetite.

DOMINGO, 20 DE DEZEMBRO

Date surpresa n° 1: o escolhido de Olivia

Olivia foi parar na cama do quarto de hóspedes comigo por volta da meia-noite. Decidi não ir para a casa de Wes, principalmente porque precisava que o dia de ontem acabasse logo. Pensei que Charlie e Olivia fossem pegar no meu pé quando eu disse ia para a cama e não para a casa ao lado, mas eles não pareceram surpresos. Tentei não me aborrecer com isso.

— Graças a Deus a loja está fechada hoje. Nunca pensei que eu fosse ficar de saco cheio do Natal, mas eu oficialmente cheguei a esse ponto — Olivia diz enquanto se espreguiça na cama. — Quer que eu te diga com quem você vai sair hoje à noite? Não vou contar pra Nonna que a gente trapaceou.

Eu jogo um travesseiro nela.

— É alguém que eu conheço?

Olivia encara o teto.

— Acho que não.

—Ah, então não faz diferença. Vou esperar. — Faço uma pausa antes de acrescentar: — Você também vai, né? — Olivia e eu estamos numa fase tão esquisita que não faço ideia do que esperar.

Olivia se senta e joga o travesseiro de volta.

— Vou estar com você em cada momento, não importa com quem você tenha que sair — ela responde. Impossível evitar o quentinho que toma conta de mim.

Pego meu celular e o carregador, já que a bateria deve ter acabado, e vou para o banheiro. Enquanto espero o aparelho ter carga o suficiente para ligar, escovo os dentes e ando de um lado para o outro. Sei que vou ter mensagens de Margot e fotos de sabe-se lá qual parte da anatomia inchada dela. Também tenho certeza de que Addie ligou e mandou mensagens.

Mas e Griffin?

Quando o celular liga e as mensagens começam a chegar, sinto um frio na barriga.

Falar com ele deveria ser a última coisa a fazer.

Uma pena meu coração não dar ouvidos.

Abro as mensagens. A maioria delas é de Addie e Griffin, embora Margot não fique muito atrás. Addie começou com Cadê você? e Me liga!, depois passou para cadê você?!? e me liga!!!!.

Começo com as mensagens de Margot. Ela me mandou três fotos: não faço a menor ideia do que seja a primeira, a segunda talvez seja um tornozelo, e a terceira parece ser a… mão dela?

> **MARGOT:** está vendo como minhas mãos estão inchadas??? Vou precisar de luvas customizadas pra combinar com os sapatos.

MARGOT: Tá, nada de luvas, já que não consigo separar os dedos. Acho que vou precisar de meias-luvas. Você enfeita umas meias-luvas pra mim?

Certo, então aquilo era a mão dela.

MARGOT: Você está recebendo minhas mensagens? Eu pareço um monstro.

MARGOT: Poxa, Soph, a mamãe acabou de me contar sobre o Griffin. Que babaca. Você está bem?

MARGOT: Sério, cadê você??? Eu sei que você sempre está com o seu celular!!

MARGOT: Soooooopppppphhhhiiiiiieeee????

Meu Deus, Margot. Quanto drama.

EU: Sim, suas mãos estão horríveis. E não, não vou enfeitar meia-luva nenhuma pra você.

Poucos segundos depois, ela responde.

MARGOT: Ah, Soph, está tudo bem? Me conta o que aconteceu.

EU: Resumindo, eu ouvi o Griffin contando pro amigo dele que queria terminar comigo, aí ele me perseguiu pela calçada e rolou um drama no meio da rua quando eu tentei ir embora. A Addie gritou com ele depois que eu saí.

MARGOT: Meu. Deus.

EU: É, a gente é bem chique.

MARGOT: Por que você não me contou ontem?

EU: Você já tem coisas demais pra se preocupar. Seus dedos já se fundiram até virar um pezão nojento??

MARGOT: Haha. Você não vai escapar desse assunto tão fácil assim. Se eu compartilho partes do corpo horríveis, então você também pode soltar mais detalhes sobre namorados horríveis.

EU: Bom, essa nem foi a pior coisa que aconteceu comigo. A Nonna fez uma tabela...

Conto para Margot sobre os dates e as regras e toda essa situação ridícula. Como é de se esperar, ela acha a melhor ideia do mundo.

MARGOT: Tá, eu quero detalhes. E fotos. E mensagens em tempo real durante o date. Vai ser melhor do que a maratona de *Dateline: real life mysteries.*

EU: Aham. Falo com você mais tarde. Meu estômago está roncando e eu sei que a Nonna preparou rolinhos de canela, café, bacon e todas essas coisas que você não pode comer agora.

MARGOT: VOCÊ É RIDÍCULA!!!

Saio da conversa com Margot e respiro fundo antes de abrir as mensagens de Griffin.

> **GRIFFIN:** Desculpa

> **GRIFFIN:** Não queria que as coisas terminassem assim

> **GRIFFIN:** Quero conversar com você

> **GRIFFIN:** Eu não fiz nada de errado. Só estava falando com o Parker

> **GRIFFIN:** Desculpa

Fecho a conversa com ele – um pouco irritada por todas as mensagens serem sobre como *ele* se sente – e ligo para Addie.

— Por que você demorou tanto tempo pra me ligar? — ela reclama.

— Desculpa. Eu só não tinha como lidar com isso. Por favor, não fica com raiva. — Sento na beirada da banheira. — Não vou aguentar se você ficar com raiva de mim.

Addie suspira.

— É claro que eu não estou com raiva de você. Só preocupada. Tive que caçar o número da Olivia e mandar mensagem pra saber se você estava bem.

Passo o dedo pelos espaços entre os azulejos do banheiro.

— O que rolou depois que eu saí?

Ela solta uma risada estridente.

— Eu e o Griffin ficamos gritando um com o outro no meio da rua até um dos vizinhos do Matt ameaçar chamar a polícia. Aí o Griffin foi embora. Eu e o Danny não ficamos muito tempo depois disso.

Eu sorrio.

— Obrigada por me defender. É mais importante pra mim do que você imagina.

— Amiga, eu faria tudo de novo sem nem pensar duas vezes. Você vai ficar muito melhor sem ele.

Uma onda de tristeza toma conta de mim. Por mais que eu queira acreditar que ela está certa, não tenho tanta certeza assim.

— Ah, você não vai acreditar no que a Nonna fez agora. — Conto para Addie sobre o calendário e os dates. Ela chora de rir do outro lado da linha.

— Soph, essa é a coisa mais doida que eu já ouvi na minha vida. E se você sair com um psicopata? Sem contar com a sua tia Patrice, sabe-se lá quem ela vai escolher.

Deslizo da beirada da banheira até o chão.

— Pois é. Essa vai ser a pior semana e meia da minha vida. E a gente tinha planos para o Ano-Novo! Você sabe que eu ia preferir ficar aí do que aqui.

— Eu sei. Vamos esperar e ver no que vai dar. Mas a Nonna provavelmente tem razão. Você vai estar ocupada demais pra ter tempo de se preocupar com o Griffin.

Espero que sim, porque até agora, ainda me sinto bastante destruída.

No tempo em que termino de falar com Addie, tomar banho e me vestir, Olivia já saiu do quarto. Ando na ponta dos pés pelo corredor, rezando para que a casa esteja vazia.

Papa está sozinho à mesa, lendo o jornal e bebendo café.

— Bom dia. Dormiu bem?

— Dormi, Papa. Cadê todo mundo? — A casa está mais calma do que o normal… não que eu esteja reclamando.

— Sua Nonna foi para a igreja e, felizmente, ninguém deu as caras ainda. A Olivia foi pra casa pegar algumas roupas. Ela pediu pra avisar que logo mais está de volta.

Olho de relance para o quadro branco na parede abaixo da tabela que Nonna fez. O nome de Olivia está escrito na parte de cima, e então, com a letra dela, vejo escrito:

Festival das Luzes — Natchitoches
Fique pronta às 14h
E se agasalhe bem porque "baby, its cold outside"!

Sorrio com a última frase. A temperatura caiu no fim de semana e, felizmente, começo a sentir o clima natalino.

Também noto que o nome de tio Sal foi riscado da tabela e substituído pelo nome de tio Michael, todo em letras maiúsculas.

Papa me observa olhando para o calendário.

— Você já foi ao festival? — Quando balanço a cabeça, um sorriso ilumina seu rosto. — Você vai amar. E a Olivia vai escolher um rapaz bacana. Acho que seu dia vai ser bom.

Sirvo uma xícara de café para mim e reabasteço a dele.

— Você não acha que esse negócio de date surpresa é meio estranho? Tipo, quem faz esse tipo de coisa? — Sento na banqueta ao lado dele.

Ele dá uma risada.

— Isso é exatamente o que eu esperaria da sua avó. Ela é muito romântica. E só quer que todo mundo ao redor dela esteja feliz. Ela ficou tão arrasada quanto você quando te encontrou nos degraus lá da frente.

Engulo em seco e olho pela janela da cozinha.

— Já te contei como sua avó e eu nos conhecemos? — Papa pergunta.

Já. Na verdade, ouvi essa história tantas vezes que é provável que eu saiba contar melhor do que ele.

Eu sorrio e o encaro.

— Não, senhor. — Papa sabe que eu conheço a história, mas ele ama contá-la tanto quanto eu amo ouvi-la.

Ele se reclina na cadeira e seu olhar se perde, como se ele voltasse no tempo.

— Era Dia dos Namorados. Eu tinha combinado de jantar com uma garota e depois levá-la ao cinema. *Onze homens e um segredo* estava em cartaz... e estou falando da versão original, não aquela com esse tal de Clooney. A garota... ah, como ela se chamava...

Louise.

Papa estala os dedos algumas vezes.

— Louise! — Ele parece satisfeito de ter lembrado esse detalhe. — Bom, Louise ficou gripada bem naquela manhã. Não me chateei pelo jantar perdido... na verdade, fiquei feliz de ter economizado dinheiro. Mas eu estava ansioso pra ver aquele filme fazia semanas. Então, decidi ir sozinho.

Eu amo essa parte.

— Peguei a minha pipoca e arrumei um cantinho tranquilo na parte de trás. E foi aí que eu ouvi. O som de alguém fungando bem de leve. A sala estava escura, mas fui criado com três irmãs, então eu sabia muito bem o que estava ouvindo: era uma garota, e ela estava chorando. Ela estava perto de mim, a poucas poltronas de distância.

Nonna.

Papa se endireita na cadeira.

— Bom, eu me senti muito mal por ela. Por que uma garota estaria chorando no cinema em pleno Dia dos Namorados?

Ele faz uma pausa e me espera adivinhar a resposta.

Eu dou de ombros, como se não soubesse.

— Então, resolvi perguntar. Tinham dado um bolo nela. Quem seria capaz de fazer uma coisa dessas? E no Dia dos Namorados! Ofereci minha pipoca e conversamos o filme inteiro, sem olhar pra tela nem uma vez. Estamos juntos desde então. — Papa afasta meu cabelo do rosto. — Se a sua Nonna não estivesse no cinema de coração partido, talvez a gente nunca tivesse se conhecido. Tente se divertir com isso tudo, e você pode se surpreender.

Não espero encontrar o amor da minha vida, mas talvez, quem sabe, isso me ajude a consertar o estrago que Griffin causou.

— Vou tentar, Papa.

Olivia retoca o batom diante do espelho do hall de entrada enquanto eu ando de um lado para o outro. Os garotos devem chegar em menos de dez minutos, e estou uma pilha de nervos.

Papa assiste ao jogo do Saints em sua poltrona na sala de estar enquanto Nonna rearruma um vaso de flores perfeitamente arrumado que fica na mesinha próxima à entrada da casa. Eu sei que ela só está criando uma desculpa para atender a porta antes de qualquer um de nós.

A porta da cozinha se abre. Dou um pulo quando ouço o som. Escutamos um "Oi? Cadê todo mundo?", e então tia Lisa e tio Bruce caminham até o hall de entrada.

— Aí estão vocês! — tia Lisa diz. — Pensamos em dar uma passadinha pra ver se está tudo bem.

— Minha mãe passou o dia inteiro tentando arrancar de mim quem eu escolhi pra você, mas minha boca é um túmulo. — Olivia estala os lábios recém-pintados para o espelho.

— Está bem, sim, estamos curiosos. E eu disse pra Eileen que viria aqui e depois ligaria pra contar os detalhes. E Bill fez o Bruce jurar que confirmaria se o pretendente da Soph era legal.

Reviro os olhos. Não me surpreende meus pais terem enviado espiões para ficar de olho em tudo.

Então, ouvimos a porta de novo. Charlie e Sara entram derrapando pelo hall de entrada, sem fôlego.

— Eu disse que ia dar tempo — Sara diz, depois dá um soco no braço de Charlie. Ela se vira para nós. — Ele fez a gente correr até aqui.

—Ah, que bom que eu preparei a carne assada mais cedo! Depois que as meninas saírem, a gente janta — Nonna avisa.

—A gente não precisa de plateia pra isso, sério — digo e me viro para Olivia com súplica nos olhos.

— É, vocês vão espantar o cara se todo mundo ficar amontoado na porta.

A campainha toca e, desta vez, todos dão um pulo. Agora que os garotos estão do outro lado da porta, não existe a menor possibilidade de alguém sair do hall de entrada.

Pouco antes da Nonna abrir a porta, tio Michael cambaleia pelas escadas.

— Espera! Deixa eu chegar aí embaixo antes de você abrir.

E, é claro, Nonna espera.

Felizmente, Olivia pega minha mão no segundo em que a porta se abre e nós voamos para fora. Os garotos dão um salto para trás.

10 dates surpresa **59**

— Até mais tarde — Olivia grita para a família. Ela me puxa para o carro que nos espera no meio-fio. Por sorte, os caras nos alcançam e vêm logo atrás da gente.

Já encontrei Drew, o namorado de Olivia, algumas vezes, mas é só quando chego no banco do carona que consigo dar uma boa olhada no meu date, que é *bem* gatinho. Ele está vestindo uma camiseta do time de futebol americano da escola e jeans surrados. É bonito de um jeito casual.

— Oi, eu sou o Seth Whitman.

Abro um sorriso.

— Oi, eu sou a Sophie Patrick.

Olivia e Drew se sentam no banco de trás e Seth dá partida no carro, mas não sai do lugar. Ele olha na direção da casa, onde todos estão parados na varanda. Dando tchauzinho.

Ele acena de volta enquanto eu encosto a cabeça no banco e suspiro.

Seth se vira para a frente com determinação no rosto.

— Agora vou te pedir pra fazer uma coisa e você precisa levar muito a sério.

Sinto meus olhos se arregalarem. *Como é que é?*

— Que coisa? — pergunto.

Então seu lábio superior dá uma tremidinha.

— Você vai ser a DJ. — Ele me entrega um cabo que está ligado ao som do carro. — A gente tem quase uma hora de viagem pela frente e uma boa viagem pela estrada precisa de música boa. Aceita o desafio?

— Aceito! — Ligo o cabo no meu celular e começo a vascular minha playlist. De repente, me sinto pressionada. Mesmo que ele esteja só brincando, a primeira música precisa chegar com o pé na porta.

Meu dedo paira sobre "Perm", do Bruno Mars. Respiro fundo e toco na tela. Em questão de segundos, todos reconhecem a música.

Seth desvia o olhar da estrada e me lança um sorriso perfeito.

— Essa é muito boa.

Sorrio de volta.

— É mesmo.

Ser a DJ é muito mais divertido do que pensei, e eu amo ver a reação deles quando passo de Beyoncé para Tom Petty, de Nicki Minaj para Bon Jovi. Olivia e eu cantamos a plenos pulmões. A julgar pelas risadas abafadas dos meninos, acho que não estamos nos saindo muito bem, mas eu nem ligo.

Griffin surge na minha mente mais vezes do que eu gostaria, é inevitável, mas penso principalmente que isso nunca teria acontecido na caminhonete dele. Ele só gosta de música country, e ninguém pode mexer no rádio.

Quando chegamos em Natchitoches, estou de fato ansiosa pelo restante do date.

O festival acontece no centro da cidade, ao longo do rio Cane. Todos os prédios, postes, árvores e arbustos estão cobertos de luzes, e cordas e mais cordas pairam sobre a multidão, ziguezagueando pela rua. Há também grandes esculturas iluminadas e alinhadas às margens do rio, como soldados quebra-nozes e um grupo de lagostas puxando o trenó do Papai Noel.

— Tem mais de trezentas mil luzes no festival — Seth murmura no meu ouvido. E eu acredito.

As ruas estão lotadas enquanto atravessamos a multidão e paramos nas barraquinhas para comer nozes caramelizadas e torta de carne. Passamos por baixo de um cartaz que exibe a atual vencedora do título de Miss Natalina de vestido vermelho vivo e coroa, magnífica. A decoração de Natal toma conta de cada centímetro possível e, apesar de cafona, é perfeita ao mesmo tempo.

Meu celular vibra no bolso de trás da minha calça pela décima vez, então dou uma conferida rápida na tela enquanto os garotos brincam na máquina de basquete.

Eu devia ter desconfiado que seria Margot.

MARGOT: Estou doida pra saber como o date está indo. Estou entediada pra caramba. As mães estão fazendo faxina em cada gaveta da casa, e estou com medo de encontrar minhas calcinhas junto com as escovas de dente.

EU: Talvez as mamães estejam confundindo um fio-dental com outro.

MARGOT: Ha. Ha. Sério, como está o date???

Tiro uma foto de Seth bem depressa e envio para Margot. Ele saiu de lado e prestes a arremessar a bola de basquete.

EU: Tudo tranquilo! Ele é bonito. E legal.

MARGOT: Ele é lindo! Divirta-se!

EU: Obrigada!

Quando os meninos param de jogar, Seth me puxa em meio à multidão em que estamos.

— A gente tem que descer a Montanha de Neve!

Eu olho para onde ele está apontando e tomo um susto. Na lateral tem uma estrutura enorme, coberta de neve artificial. O tempo está mais ou menos frio, mas não tão gelado, então não faço ideia de como aquilo ainda não virou uma piscina. No alto da estrutura vejo um desenho de Frosty, o boneco de neve.

—Ah, não sei, não… — murmuro, e Olivia me olha horrorizada. — Que foi? — pergunto a ela.

Ela olha para a montanha e depois para mim.

— É sério que você não vai nem tentar?

É a expressão de Olivia que me atinge em cheio. Parece até que ela está com vontade de acrescentar um "A Sophie que eu conhecia jamais pensaria duas vezes…".

Então, por que estou hesitante?

Pego na mão de Seth.

— Vamos.

Corremos escada acima com Olivia e Drew logo atrás de nós. Quando chegamos lá em cima, um funcionário dá a cada um de nós uma bandejona redonda de plástico e instruções simples: é só sentar no disco e mandar ver.

Eu toco na neve e ela parece um pouco lamacenta, como se estivesse a poucos graus de derreter completamente. Nunca estive nas montanhas e a única neve que já vi na vida é a poeirinha que dá as caras por aqui a cada dois anos e que, de alguma maneira, consegue interditar o Sul.

Seth alinha nossos discos e os segura com firmeza.

— Está pronta? — pergunta. Ele sorri de orelha a orelha. A sensação de estar com alguém tão empolgado com minha companhia é muito boa. Acho que eu não tinha percebido o quanto sentia falta disso até agora.

— Sim! Vamos!

Nós dois gritamos durante toda a descida. Não é um percurso muito longo – apenas o suficiente para fazer meu co-

10 dates surpresa **63**

ração disparar. Deslizamos até as borrachas de contenção e caímos de tanto rir.

Olivia e Drew se chocam contra nós, rindo sem parar. Outro funcionário recolhe nossos discos, mas nenhum de nós parece preocupado em sair da neve de mentira.

Olivia engatinha até mim e ficamos deitadas lado a lado.

— E aí, o que achou? — ela cochicha e aponta com a cabeça na direção de Seth e Drew, que estão ocupados atirando bolas de neve aguadas um no outro.

Eu sorrio.

— Ele é bem legal.

— Você está com esse sorriso estampado no rosto há umas três horas — ela diz e me cutuca.

Sorrio ainda mais.

— O.k., o.k., eu admito que não me divertia assim há muito tempo.

— Nossa, a gente vai ouvir pra caramba quando a Nonna souber que o date foi bom.

Eu chego mais perto.

— Então não vamos contar nada. Depois do que ela aprontou, a gente devia fazer um pouquinho de suspense.

Nós caímos na gargalhada. De repente, uma bola de neve enorme me acerta bem no rosto.

Assim que tiro a sujeira dos olhos, vejo Seth se afastando de mim, seu rosto cheio de culpa.

O tempo parece congelar. Eu o deixo se contorcer de vergonha até não conseguir mais segurar o riso.

— Ah, agora você vai ver só!

Pego um punhado de neve e começo a atirar nele. Não demora muito até entrarmos numa verdadeira guerra de bola de neve – meninos contra meninas.

Só paramos depois de sermos expulsos por um funcionário. Estamos completamente molhados, com um pouco de frio e exaustos de tanto rir.

Drew leva Olivia para dentro de uma cabine de fotos enquanto Seth compra dois chocolates quentes de uma carrocinha para nós.

— Vamos sentar aqui — Seth diz.

Nós nos sentamos em um banco próximo dos limites do festival.

— Eu não acredito que nunca tinha vindo aqui — comento. Tive medo de ficarmos completamente sem assunto, mas estou surpresa com a facilidade com que tudo fluiu nessa tarde.

— A gente vem todo ano. É meio brega, mas é divertido sair da cidade e fazer alguma coisa diferente. — Ele espera um segundo antes de continuar: — A Olivia me contou do seu ex-namorado e da solução da sua avó.

Sinto minhas bochechas corarem. Torço para ele achar que é por causa do frio.

— É, deixar as coisas mais interessantes é com ela mesmo. Seth ri.

— Bom, pareceu meio doido no começo, mas que bom que a Olivia me escolheu pra ser seu primeiro date. — Ele se endireita no banco. — Espero que todos os outros pareçam péssimos agora.

Dou um sorriso.

— É, vai ser difícil competir com uma guerra de bola de neve em plena Luisiana.

— Deixa eu te passar meu número — ele diz. — Sério, depois que tudo isso aí acabar, de repente a gente pode sair de novo. Eu me diverti muito hoje.

10 dates surpresa **65**

Quando puxo o celular para salvar o número dele, vejo um monte de notificações de Griffin. Seth também percebe.

— É o seu ex? — ele pergunta.

Faço que sim.

— Aham. A gente não chegou a conversar desde que... bom... acabou.

Seth pega meu celular, mas, em vez de salvar o próprio número, abre a câmera frontal e nos enquadra na tela.

— Então tá, sorria.

Eu sorrio, mas Seth fica vesgo e franze os lábios. Ele tira uma foto assim que começo a gargalhar, depois adiciona o número dele no meu celular e atribui a imagem ao contato. Depois, ele manda uma mensagem do meu telefone para o dele.

— Vou pegar mais chocolate quente pra gente — ele avisa. Olho para a foto, que saiu mais fofa do que eu imaginava. Sinto minhas bochechas esquentarem. Eu me diverti *mesmo* hoje.

Mas então o rosto de Griffin atropela todos esses pensamentos quentinhos. Quando recebo outra notificação dele, parece que alguém jogou um balde de água fria em mim. Não consigo deixar de abrir as mensagens.

GRIFFIN: Pelo visto você vai continuar me ignorando.

GRIFFIN: Eu quero falar com você. Quero te ver.

GRIFFIN: Posso te ver amanhã? Eu te encontro em qualquer lugar.

GRIFFIN: Sophie, por favor.

Meu coração está disparado quando termino de ler as mensagens. Estou muito confusa. Será que ele está com saudades de mim? Será que se arrepende do que disse? Ou só se sente culpado pelo jeito como terminamos?

Respondo com uma mensagem rápida:

EU: Ainda não estou pronta pra falar com você.

Então desligo o celular antes que eu possa ver a resposta. Não tenho motivo algum para sentir culpa – nós terminamos –, mas ela está ali, bem no fundo. Tive um ótimo dia e odeio Griffin por fazer com que eu me sinta mal por isso.

Observo Seth se equilibrar com dois chocolates quentes, um bolo de funil e um saco de algodão doce. Ele se atrapalha com um grupo de crianças, depois quase derruba tudo quando um menino que passa andando e mexendo no celular esbarra nele. Alguns passos adiante, ele e uma mulher mais velha começam uma dancinha constrangedora quando tentam passar um pelo outro, mas só fazem os mesmos movimentos. Por fim, Seth consegue se libertar e para, olhando para mim, pasmo.

— Você viu isso? — ele grita de uma curta distância.

Começo a rir ao vê-lo terminar o trajeto com um passinho de dança.

Griffin pode até me fazer sentir culpa, mas Seth me faz sorrir.

Pego uma das bebidas e mordo um pedaço do bolo. Olivia e Drew saem de dentro da cabine, gargalhando por conta das fotos. É o que basta para Seth me arrastar para tirarmos as nossas.

Quando finalmente paramos em frente à casa da Nonna, Seth acaba de nos contar da vez em que Drew presenteou sua professora do jardim de infância com um o.b. porque achava que tinha doces lá dentro. Olivia e eu não conseguimos parar de rir.

— Essa história vai me assombrar pelo resto da vida — Drew diz, depois puxa Olivia para um beijo de despedida. Olho para Seth para não encarar o casal e ele dá de ombros, claramente tão constrangido quanto eu.

Olivia desce do banco de trás e dou um tchauzinho para Seth antes de abrir a porta.

— Eu me diverti muito — digo.

Ele sorri e diz:

— A gente precisa repetir isso.

Nonna está acordada à nossa espera quando chegamos, pronta para se vangloriar.

— E aí… como é que foi? Você não vai conseguir esconder esse sorriso de mim pra sempre, Sophie.

Eu me inclino na pia da cozinha, onde ela termina de lavar a louça do jantar.

— Você me pegou. Eu me diverti — respondo. — Mas isso não torna a situação menos estranha! E faltam mais nove dates, então, né? Ainda tem chance de acontecer um desastre.

Nonna me estende um saco de lixo fechado.

— Eu acho que você vai se surpreender. Leve isso pra lixeira na calçada, por favor.

Corro pelos degraus da varanda e jogo o saco no lixo. Na volta, vejo Wes estacionar na garagem da casa ao lado. Aceno e o espero sair.

— Oi — ele diz. — Como é que foi o primeiro date?

— Até que foi bom, pra ser sincera.

Caminhamos um em direção ao outro até chegarmos na divisa entre as casas.

— Aonde vocês foram? — ele pergunta.

— Naquele festival em Natchitoches. Comi bolo de funil, participei de uma guerra de bola de neve… uma típica noite de domingo, sabe? — respondo com uma risada.

Ele assente e inclina a cabeça para o lado.

— Acho que a Nonna estava certa.

Meu rosto se contrai.

— Certa sobre o quê?

— Sobre essa história dos dates. Você está bonita.

Sinto minhas bochechas esquentarem.

— Nossa, eu devia estar um lixo mais cedo.

Wes ri.

— Não foi isso que eu quis dizer. Só estou feliz de te ver sorrindo.

Ele vai para casa e eu volto para a da Nonna, e nós dois acenamos quando chegamos às nossas portas. Assim que entro na cozinha, ouço Olivia dizer "Ah, não". Ela está olhando para o quadro.

Tia Patrice informou os detalhes do próximo date:

Presépio Vivo — Escola Fundamental Eagles Nest
Fique pronta às 16h
Sua roupa está na área de serviço

Estou apavorada.

Muito mais do que apavorada. Presépio vivo? Em uma Escola Fundamental?

— O date tem que ser com alguém da minha idade, Nonna! Se ela tiver me arrumado um aluno de Ensino Fundamental, desisto na mesma hora.

Nonna limpa o balcão do outro lado da cozinha.

— Ah, ele com certeza tem a idade apropriada, Soph. A Patrice conhece as regras.

Olivia sumiu dentro da área de serviço assim que terminou de ler o aviso de tia Patrice, e as gargalhadas que ouço de lá me fazem querer fugir e me esconder. Por fim, ela volta para a cozinha com o que parece ser um tecido amassado.

— Você está preparada? — ela pergunta.

— Não.

Ela segura o cabide bem alto para desenrolar o tecido.

— O que é isso? — Nonna pergunta ao se aproximar.

— É um manto. Acho que a Sophie vai fazer parte do presépio vivo — ela diz e aponta para o bilhete preso na parte de cima, que diz "Maria, mãe de Jesus". — E parece que ela conseguiu o papel principal!

SEGUNDA-FEIRA, 21 DE DEZEMBRO

Date surpresa n° 2: o escolhido de tia Patrice

O sol mal nasceu quando Olivia e eu chegamos à loja. Com apenas mais quatro dias úteis até o Natal, hoje vai ser um pesadelo.

Como Olivia já trabalha aqui há mais tempo, ela ajuda os clientes à procura de um presente de última hora enquanto eu fico presa no caixa. Nonna montou várias cestas de presente que incluem pequenos vasos de flores, plantas ou ervas, livros sobre jardinagem, pequenas ferramentas como tesouras e pás, e outros artigos fofos de jardinagem. A procura é enorme.

No meu intervalo da manhã, fico escondida na cozinha para fugir daquela gente toda. Relaxo no sofá que é mais velho do que eu e mando uma mensagem para Margot.

> **EU:** Só tenho dez minutos antes da Nonna me acorrentar de volta no caixa da loja, então se tiver que me mandar alguma foto nojenta, a hora é agora.

Margot me envia um close do rosto. Eu não a vejo há algum tempo e fico surpresa com o quanto ela está diferente.

> **MARGOT:** Meu rosto está inchado. Principalmente meu nariz. Meu nariz está gigantesco. É tipo o maior nariz que eu já vi na vida.

> **EU:** Você é mais eficaz do que anticoncepcional. Se existia alguma chance de eu transar tão cedo, você espantou completamente.

> **MARGOT:** Que bom! A mamãe vive falando que eu vou esquecer como essa parte é ruim, mas deixa eu te contar, EU NUNCA VOU ESQUECER ESSE NARIZ.

> **EU:** Então, o que a médica disse? É normal?

Tenho tentado só falar de coisas leves com Margot desde que a colocaram em repouso absoluto, mas não consigo evitar a pontada de medo que me pega de surpresa toda vez que ela me manda uma foto.

> **MARGOT:** Não é anormal. E eles estão me acompanhando de perto. Tenho outra consulta agora de tarde. Não se preocupa comigo. Se preocupa com quem a tia Patrice arrumou pra você.

> **EU:** Você ficou sabendo o que eu vou ter que vestir?????

> **MARGOT:** Haha. Sim. Mamãe falou com a Nonna hoje de manhã. Eu definitivamente preciso de uma foto disso. E do garoto. Em vez de Maria, talvez eles tenham que te chamar de Mrs. Robinson.

> **EU:** Quem é Mrs. Robinson?

> **MARGOT:** Aff. Agora estou me sentindo velha. Procura no Google.

> **EU:** Tá, tenho que voltar para o trabalho. Me manda mensagem depois da consulta.

Charlie e Wes entram na cozinha com lanches e bebidas para reabastecer a velha geladeira. Nonna sempre os chama para fazer uns bicos – ou, nas palavras dela, "aquelas coisas que mais ninguém quer fazer". O próximo item da lista deles é trocar as lâmpadas e os filtros de ar, então não dá mesmo para reclamar de ficar presa no caixa.

— Você está pesquisando penteados dos tempos de ouro de Belém? — Charlie pergunta. Eu jogo uma revista nele.

— Hilário — respondo e roubo uma Coca Zero da caixa.

Wes me oferece um pacote do meu biscoito favorito.

— Você sabe que a gente tem que estar presente quando seu date for te buscar, né? Não vamos perder isso por nada.

— Se vocês me amassem de verdade, sentiriam pena de mim e se ofereceriam pra trabalhar no meu lugar pelo resto do dia. — Faço o que espero que sejam patéticos olhinhos de cachorro pidão.

Charlie e Wes se olham por alguns segundos como se estivessem pensando na proposta. Depois, dizem juntos:

10 dates surpresa   **73**

— Não!

Charlie se senta do meu lado.

— Ah, já que você está no intervalo… — Ele puxa o celular do bolso de trás da calça, abre algo na tela e depois empurra o aparelho para mim. — Preciso que você faça esse teste aqui.

Wes dá um gemido.

— Sério mesmo? De novo isso?

Eu olho para a tela, leio a frase "Qual personagem de *The Office* é você?" e olho para Wes para entender o que está acontecendo. Ele afasta uma cadeira da mesinha e a coloca ao lado do sofá, depois se senta.

— Você sabe que o Charlie é obcecado por *The Office*, né? Ele já assistiu à série inteira umas duas vezes.

— Três vezes, na verdade — Olivia diz ao entrar. — Ele está obrigando ela a fazer o teste?

Wes faz que sim e eu olho para o celular de Charlie de novo. Eu meio que me lembro que ele gostava da série, mas com certeza não tinha noção de que havia chegado a esse nível.

— Então… por que eu estou fazendo esse teste mesmo? — pergunto.

Wes abre a boca para responder, mas Charlie levanta a mão e o silencia.

— Deixa ela fazer primeiro.

Então eu começo. As perguntas de múltipla escolha são meio esquisitas. Que tipo de papel eu gosto? Qual é o meu tempero favorito? E por aí vai.

— Tá, acabei. Está calculando o resultado.

— Você deve ser a Erin. Ou a Kelly — Wes diz. — De repente até a Pam.

— E isso seria bom? — pergunto.

Wes sorri e faz que sim.

— Seria, elas são legais.

— E quem você tirou? — pergunto a Charlie.

Os lábios de Wes se contorcem e ele olha para Olivia. Os dois caem na risada.

— Não tem graça nenhuma — Charlie diz.

Não entendi nada. E não acredito no quanto *odiei* não ter entendido nada. Mas aí eu lembro que isso também aconteceu nas últimas várias vezes em que estivemos juntos: sempre alguma piada interna da escola ou de alguma festa de que não participei.

Por fim, Olivia explica:

— O Charlie já fez todos os testes possíveis com a única esperança de tirar o Jim porque o Jim é o cara mais legal da série. Todo mundo ama o Jim.

Ela ri tanto que mal consegue falar, então Wes completa:

— Mas ele só tira o Dwight. Todas as vezes.

— Eu já até respondi tudo errado de propósito e continuo tirando ele! — Charlie grita, depois aponta para Wes. — Ele deu algum jeito de manipular!

Eu olho para Wes.

— E deixa eu adivinhar. Você tirou o Jim?

Ele faz que sim.

—Aham.

Olho para a tela de novo, que já exibe o resultado, e digo:

— Tirei Carol Stills, a corretora de imóveis.

Agora os três olham para mim.

— Que foi? Isso é ruim? — pergunto.

Olivia finalmente desvia o olhar e se volta para Charlie.

— Quem é Carol?

Charlie parece surpreso.

— Era aquela mulher que o Michael namorou por um tempo. Ela não apareceu em muitos episódios. Talvez uns cinco?

Eu franzo a testa.

— E quantos episódios a série tem?

— Duzentos e um — os três respondem juntos.

É como se o mundo quisesse garantir que eu me lembre de que sou a excluída do grupo. Reviro os olhos e digo:

— Tenho que voltar para o caixa. Vejo vocês por aí. — Nem espero eles me responderem antes de sair da cozinha.

— Vou usar meu passe livre pra escapar desse date — digo enquanto dou uma última volta na frente do espelho. Como era de se esperar, Olivia e Charlie estão no chão, rindo. Literalmente rolando de rir. Wes ao menos teve a decência de ficar de pé enquanto ri histericamente. Depois daquele momento estranho lá na loja, eu quero sentir raiva deles, mas meu horror crescente com o date que se aproxima me distrai e dificulta tudo.

Como meu figurino tem três camadas diferentes (as roupas normais, uma espécie de túnica e o manto), estou derretendo de calor. E com coceira. E o cheiro de mofo me diz que essa coisa não vê a luz do dia desde o Natal passado.

— Mas e o date das Meninas Malvadas? — Olivia pergunta. Minhas mãos ainda estão na faixa que comecei a desenrolar. — E o da tia Maggie Mae? Eu com certeza guardaria o passe livre pra uma delas.

— Não tem como prever o que as Meninas Malvadas têm pra você — Charlie diz, depois estremece. — Melhor guardar o passe livre.

— Você acha que vai ser pior do que isso? — Wes pergunta para Olivia e Charlie enquanto aponta para mim.

Olivia inclina a cabeça para o lado.

— Acho que o date de hoje vai ser esquisito, mas inofensivo. Eu também teria mais medo das Meninas Malvadas.

Charlie assente.

— As Meninas Malvadas são do mal.

Eu jogo as mãos para cima.

— Vocês viram o que eu estou vestindo? A noite de hoje pode dar muito errado de mil maneiras diferentes!

— E se a gente for te resgatar? A Nonna disse que você tinha que ir nos dates… mas não disse que você precisava ficar lá o tempo inteiro — Olivia acrescenta.

Olho para eles com o que espero que seja uma expressão ameaçadora.

— Vocês todos prometem que vêm me buscar?

— Prometo — Olivia responde.

Charlie olha para o teto e bate o dedo no queixo.

— Não sei, não. Isso vai contra o espírito do jogo, Sophie. Ainda mais depois da tia Patrice ter feito todo esse esforço pra levar seus gostos e interesses pessoais em consideração na hora de planejar esse date tão bem-pensado.

Atiro meu sapato nele. Ao me virar para Wes, pergunto:

— Você vai me buscar, né?

Ele dá de ombros e diz em voz baixa:

— Hoje eu não posso ajudar. Já tenho planos.

É claro que tem. Eu não deveria ter esquecido que ele tem namorada.

— Ah, é. Com a Laurel?

Charlie se vira para Wes com uma sobrancelha erguida.

— Cara, sério?

10 dates surpresa   **77**

— Sério — Wes responde em um tom de voz que desencoraja qualquer outra pergunta.

Nonna chega com uma pilha de toalhas e murmura:

— Meu Deus.

Eu ergo as mãos.

— Isso tudo é obra sua, Nonna.

Ela deixa as toalhas na cama e anda devagar ao meu redor, estalando a língua. Depois, passa a mão pelo meu braço.

— Tem alguma coisa costurada por dentro — Nonna diz. — Abaixando-se no chão, ela levanta a bainha e a inspeciona por alguns segundos. — A-há!

Quando menos espero, estou piscando.

Piscando.

No sentido de que tem luzinhas pisca-pisca por dentro da costura do meu manto.

— Meu. Deus. Do. Céu — Olivia diz, depois cai na gargalhada de novo.

Charlie e Wes estão me encarando, incrédulos.

— Por que isso tem luzinhas? Não faz sentido — Wes diz.

Nonna se levanta.

— É festivo!

— É um risco de incêndio! Nonna, você *precisa* me tirar dessa! — eu digo em pânico.

Ela ergue a sobrancelha.

— Você vai usar seu único passe livre?

Eu olho para os outros. Wes faz que sim com convicção, enquanto Olivia e Charlie sacodem a cabeça e repetem "Meninas Malvadas" sem emitir nenhum som.

— Acho que não — murmuro e sento na beirada da cama.

Nonna me aperta rápido e diz:

— Esse encontro não vai durar muito, o Presépio fecha por volta das nove.

— E essa deve ser a hora que o date dela tem que ir pra cama — Charlie diz baixinho.

Nonna olha feio para ele por cima do ombro, depois se vira para mim.

— Vou preparar uns *beignets* fresquinhos e a gente se reúne aqui depois do seu encontro. Vamos poder rir de tudo isso.

Que ótimo. Vou ficar presa nessas roupas por cinco horas só para podermos rir de tudo isso mais tarde comendo *beignets*.

Nonna sai do quarto. Olivia e Charlie não param de olhar para os pisca-piscas como se estivessem hipnotizados.

— A gente vai fazer o tour pelo Presépio. Muitas vezes — Charlie diz depois de voltar ao normal. — E vamos tirar fotos, com certeza. Você precisa mesmo de uma foto nova de perfil agora que terminou com aquele idiota. Será que todo mundo vai estar piscando ou só você?

Atiro um travesseiro nele.

— Sem fotos!

Wes pega a última parte da fantasia que evitei até agora: o véu. Ele se esforça ao máximo para não rir quando coloca o acessório na minha cabeça.

— Espera, acho que tem luzinhas aqui também. — Eu o ouço apertar um botão e me viro para o espelho. E eis que deparo com um círculo iluminado em volta da minha cabeça, tipo uma auréola.

O rosto de Wes aparece ao meu lado no espelho.

— Isso fica melhor a cada segundo.

Eu o empurro e ele perde o equilíbrio, caindo para trás e rindo sem parar.

10 dates surpresa   **79**

— Vocês são todos ridículos — digo enquanto pego minhas vestes com o máximo de dignidade que consigo reunir e saio do quarto, tentando não tropeçar.

Vejo que horas são quando entro na cozinha. Enfiei meu celular no bolso da calça, junto com dinheiro para pegar um táxi caso seja necessário ir embora. E estou certa de que vou precisar.

Papa está no jardim lateral supervisionando dois caras que descarregam uma pilha de lenha perto da porta dos fundos, enquanto Nonna assina um cheque na bancada da cozinha e conversa com outro cara que parece ter a minha idade.

Volto para o corredor para me esconder. Meus pisca-piscas refletem na parede branca e me deixam tonta.

— Obrigado por fazer negócios com a gente, sra. Messina.

— De nada. Obrigada por chegarem tão depressa.

Eu espio do cantinho. O rapaz está prestes a se virar quando Nonna põe a mão no braço dele para impedi-lo.

— Você tem quantos anos? — ela pergunta.

Meu Deus. O que ela está fazendo?

— Hm… dezoito — ele responde com um tom confuso.

— Está solteiro?

Encosto a cabeça na parede e deixo escapar um grunhido.

— É… não, senhora. Eu… eu tenho namorada.

Nonna solta um "hunf" e diz:

—Ah, que droga.

Só saio do meu esconderijo depois que o ouço ir embora.

— Sério, Nonna? Você ia mesmo arrumar um desconhecido pra passar o Ano-Novo comigo?

Ela dá de ombros.

— Eu sei quem ele é. — Ela pega o cartão de visita que ele deixou na bancada e lê depressa. — O nome dele é Paul.

— Paul, é? Sem olhar de novo para o cartão, me diz qual é o sobrenome dele.

Dá para ver que ela está se coçando para olhar. Mas Nonna se livra da minha pergunta quando ouvimos a porta se abrir de novo.

— Esqueci de dar o recibo — Paul diz ao voltar para a cozinha. Ele arregala os olhos quando me vê, tentando processar o manto brilhante e o véu de auréola.

— Ah, obrigada, *Paul* — ela responde com uma rápida olhadinha para mim. — E que pena que você tem namorada. Eu ia te apresentar a minha neta, Sophia. — Nonna gesticula na minha direção com um enorme sorriso no rosto.

Paul fica sem palavras. Ele faz que sim com a cabeça, gagueja e basicamente foge da casa como se ela estivesse em chamas.

— Eu não acredito no que você acabou de fazer — digo.

Nonna ri, depois se vira para a porta da frente quando ouve alguém abri-la.

— Melhor se preparar, acho que a Patrice chegou.

— Estou avisando, se o meu date for alguém do Ensino Fundamental, eu caio fora.

Uma pequena multidão se reuniu para presenciar minha humilhação. Os espiões da minha mãe, tia Lisa e tio Bruce, estão sentados na sala de estar com Nonna e Papa, mas suas cadeiras estão viradas na direção do hall de entrada. Só falta a pipoca para completar a cena. É claro que Olivia, Charlie e Wes não perderiam isso por nada. Tio Michael está alojado em outro quarto de hóspedes, então não me surpreende que ele esteja aqui, mas Jake e Graham apareceram fingindo procurar pelos óculos escuros de Graham, mesmo depois de

Papa ter avisado que estavam na cabeça dele. Ah, e tio Sal e tia Camille estavam "só passeando com os cachorros" quando resolveram dar uma passadinha.

Aham, claro.

Tia Patrice e tio Ronnie estão no hall de entrada, acompanhados de um garoto muito novo e muito baixinho que presumo que seja meu date. Suas vestes são parecidas com as minhas, mas ninguém acendeu as luzes dele ainda.

Ou... ah, meu Deus. Talvez minha roupa seja *mesmo* a única que pisca.

— Sophie, gostaria de te apresentar ao Harold Riggs. Ele está no primeiro ano do Ensino Médio na Eagles Nest.

No primeiro ano.

Isso só pode ser brincadeira.

Eu me viro para Nonna com um olhar suplicante, mas ela se aproxima de Harold e lhe dá um abraço apertado.

— Muito prazer, Harold! — ela diz, entusiasmada demais.

Ele a cumprimenta e depois olha para mim.

— Oi — Harold diz. Acho que a voz dele nem mudou ainda. — Em que ano você está?

— No último — resmungo. Ouço Olivia, Charlie e Wes dando risadinhas debochadas atrás de mim, então lanço um olhar ameaçador por cima do ombro. Os três estão vermelhos e com lágrimas nos olhos de tanto segurar o riso. Jake e Graham estão no mesmo estado do outro lado da sala.

Os olhos de Harold brilham.

— Último ano! Que legal!

Quero sumir agora mesmo.

Virando para Nonna, digo entredentes:

— Você disse que os caras tinham que ser da minha idade. Ele claramente não é da minha idade.

Ela agita a mão para mim.

— Vocês dois estão no Ensino Médio. Quase a mesma coisa!

Levanto o dedo para o grupo no hall de entrada e digo:

— Vocês me dão só um minutinho? — puxo Olivia para a cozinha. Charlie e Wes vêm logo atrás.

Eu me viro assim que chegamos a uma distância segura.

— Uma hora. Vocês vão me buscar nessa escola daqui a uma hora. — Aponto para todos eles. — Ninguém vai tirar fotos nem falar sobre isso pelo resto da vida ou eu mato vocês enquanto estiverem dormindo.

Olivia e Charlie não conseguem nem me responder em meio às risadas. Wes bate continência e diz:

— Como quiser, Disco Mary.

Eu os empurro para fora do caminho e sigo para a porta da frente. Quando chegamos do lado de fora, tio Michael grita:

— Divirtam-se, crianças!

É tia Patrice quem dirige porque, é claro, Harold Riggs não pode ter carteira de motorista aos quinze anos.

Sentamos no banco de trás e tio Ronnie vai na frente com tia Patrice. Fico o mais colada possível na janela, e Harold se senta o mais próximo de mim que o cinto de segurança permite. São poucos e preciosos os centímetros que nos separam.

Tia Patrice olha para mim pelo retrovisor.

— Sophie, acho melhor você desligar seus pisca-piscas até a gente chegar lá. Não sei quanto tempo a bateria vai durar.

A ideia é justamente essa. Faço que sim, mas não desligo as luzes. Olho para o meu relógio o tempo inteiro. Se minha equipe de resgate não chegar às cinco, eu chamo um táxi.

10 dates surpresa **83**

Essa escola fica no meio do nada. Meu Deus, espero que Olivia consiga encontrar o lugar, senão vou ter que gastar uma fortuna para voltar para a casa da Nonna.

Olho para minha fantasia e depois para meu date. Vai valer cada centavo.

Paramos na entrada e vejo um grupo de pessoas vestidas iguais a mim, exceto pelo fato de que só eu estou piscando. Há várias estruturas de madeira alinhadas ao longo da calçada e enfileiradas em frente à escola, e um caminho de cordas por onde suponho que os visitantes que vêm nos assistir devam seguir. A manjedoura parece estar bem ali no meio, levando em conta o berço de madeira.

— Chegamos! — tia Patrice grita do banco da frente.

Eu saio depressa do carro e Harold vem logo atrás. Ele faz várias tentativas de segurar minha mão enquanto caminhamos até a escola, mas por sorte consigo me esquivar de todas.

— Ei! Olha só o meu date! Ela está no último ano. Do Ensino Médio! — Harold anuncia para a multidão. Eu quero cavar um buraco na terra e morrer. Todas as outras pessoas vestidas com os mantos parecem estar no Ensino Fundamental; Harold e eu claramente somos os mais velhos aqui.

Eu me viro para tia Patrice.

— Não estou entendendo esse date. Tipo, a gente está numa escola.

Tia Patrice sorri e dá tapinhas no meu braço.

— Pois é! Vai ser tão divertido. Quando as duas crianças que iam fazer José e Maria ficaram gripadas, Harold se ofereceu pra ser o José. O irmãozinho dele estuda aqui… olha ele ali — ela diz e aponta para uma miniversão de Harold vestida de pastor de ovelhas. — A gente só precisava de uma Maria!

Aí quando a mamãe teve essa ideia maluca pra te fazer sair de novo, pareceu a solução perfeita para o nosso problema.

Isso só pode ser brincadeira.

— Vai ser divertido! — ela diz com uma voz estridente.

Tia Patrice nos conduz em direção ao centro da manjedoura, onde uma mulher de prancheta nos posiciona.

Uma garota que parece ter uns doze anos se aproxima de mim. Está toda de branco, com asas maiores do que o próprio corpo.

— Você já saiu com ele alguma vez? — ela cochicha e aponta com a cabeça na direção de Harold.

Eu balanço a cabeça.

— Não.

Ela franze a testa.

— Bom, fica ligada. O apelido dele não é Harold Safadão à toa.

Antes que eu sequer consiga processar o que ouvi, tia Patrice põe um bebê de verdade nos meus braços.

— Era por isso que a gente precisava de você. A outra Maria também estava no Ensino Médio. A mãe do bebê não queria que ninguém mais novo segurasse ele. Viu só? Deu tudo certo!

Meu Deus do céu.

O bebê – que deve ter poucos meses – olha para mim. Nós nos encaramos por alguns segundos, e então ele abre a boca e solta o grito mais ensurdecedor que já ouvi.

E isso diz muito, levando em consideração a quantidade de bebês com quem já convivi.

Tento devolvê-lo para tia Patrice, mas ela se afasta.

— A gente quer que tudo seja bem autêntico, então não tem problema se ele chorar um pouquinho.

10 dates surpresa   **85**

Autêntico? Estou vestindo um manto que tem pisca-pisca na costura. Balanço o bebê no meu ombro, dou tapinhas nas costas dele, faço tudo que sei para acalmá-lo. Começo a suar tanto que minha auréola não para de escorregar da minha cabeça.

Dez minutos depois, o bebê finalmente se acalma. Se eu continuar a sacudi-lo desse jeito, talvez ele continue quieto. Não ajuda muito eu ter que bater no meu date a cada trinta segundos. Harold Safadão é um apelido bem apropriado.

Consigo entrar em um ritmo: sacudir o bebê, cotovelar Harold, olhar feio para tia Patrice. Conforme nos aproximamos das cinco horas, começo a achar que de fato dá para segurar as pontas até Olivia chegar.

E é aí que eles trazem os animais.

Quando Olivia e Charlie finalmente passam pela fila, a cabra do meu lado já comeu uns sete centímetros do meu manto, e não dá nenhum sinal de que vai parar.

— Vocês estão atrasados! — digo entredentes.

Charlie levanta o celular e, antes que eu consiga me esconder atrás de Harold, ele tira uma foto.

— Eu vou te matar, Charlie Messina. Matar. Você é um homem morto.

Ele digita alguma coisa no celular, depois joga as mãos para cima como quem se rende.

— Foi mal, mas a Margot me mandou uma mensagem e ofereceu vinte dólares por uma foto. Não dava pra recusar.

Harold aproveita o momento para marcar território. Ele põe o braço ao meu redor e diz:

— Nós vamos ter que pedir que vocês continuem na fila.

Aponto para ele com o polegar e olho para Olivia.

— É esse tipo de coisa que estou tendo que aturar. — Eu me viro para Harold e pergunto: — Nós quem? Tem algum rato no seu bolso?

O braço dele escorrega pelas minhas costas e eu sei que sua mão quer ir direto para minha bunda. De novo.

Seguro o bebê com uma só mão e, com a outra, agarro Harold pela frente das vestes e o puxo até ele ficar na ponta dos pés.

— Se você tentar encostar na minha bunda mais uma vez, eu vou te prender aqui enquanto deixo a cabra comer sua calça, começando pela sua virilha.

Harold arregala os olhos e deixa as mãos caírem para os lados.

— Entendido.

Então ouvimos um som pavoroso vindo da cabra, poucos segundos antes das luzinhas das minhas vestes se apagarem.

— Eu acho… que a cabra acabou de ser eletrocutada pelos pisca-piscas do seu manto — Olivia diz, chocada.

Charlie ri tanto que por pouco não faz xixi na calça.

— Essa é a coisa mais incrível que já aconteceu.

Solto Harold e me viro para olhar para a cabra. Não parece ter sido nada sério, porque ela já está atacando a ponta do meu manto de novo.

Quando Charlie menos espera, eu lhe entrego o bebê.

— Ei! Ei! O que você está fazendo? — ele grita enquanto eu saio enfurecida.

— Vou me livrar dessa roupa antes que a cabra arranque um pedaço da minha perna. A mãe do bebê é aquela

10 dates surpresa   **87**

ali de camisa azul. Pode devolver a criança e se preparar pra ir embora.

As pessoas na fila cochicham e apontam, mas eu não ligo. Não aguento mais um segundo de Harold. Ou de cabra.

Eu me abaixo na parte de trás da manjedoura, tiro a fantasia e a entrego para uma mulher que tenta impedir que as galinhas escapem.

— O que é isso? — ela pergunta, confusa.

— A fantasia de Maria. Vai precisar de alguns ajustes antes do evento do ano que vem.

Quando me encontro com Charlie e Olivia perto do estacionamento, escuto Harold gritar "Você foi o melhor date da minha vida, Sophie. Me liga se quiser sair de novo!".

— Ah, que fofo — Charlie diz.

Olivia põe o braço ao meu redor.

— Você está bombando. Primeiro o Seth quer um segundo date, agora o Harold!

Estamos quase no carro quando escuto o som de pés batendo no concreto atrás de nós. É tia Patrice vindo em disparada.

— Como é que a gente vai reproduzir um presépio sem a Maria? — ela grita do outro lado do estacionamento.

— Não parem — sussurro para Olivia e Charlie. Apertamos o passo até começarmos a correr. Quando conseguimos chegar à caminhonete de Charlie, há uma boa distância entre nós e tia Patrice.

— Entra! — Charlie grita.

Em questão de segundos, estamos dentro da caminhonete dando o fora do estacionamento.

— Então, quantas vezes aquele garoto tentou passar a mão na sua bunda? — Olivia me pergunta assim que pegamos a estrada principal.

— Até perdi a conta! O apelido dele é Harold Safadão. Uma garotinha me avisou assim que a gente chegou lá.

— Harold Safadão! — Charlie cai na gargalhada. Ele me olha pelo retrovisor. — Faz um bom tempo que eu não rio que nem hoje. E você parece muito melhor do que uns dias atrás.

De fato, minhas bochechas chegam a doer de tanto que estou rindo agora. Lembro que Wes me disse algo bem parecido na noite passada.

— É verdade, você parece muito melhor mesmo — Olivia concorda. — A gente sentiu sua falta.

É a primeira vez que um de nós menciona em voz alta como nos distanciamos.

— Eu também. Obrigada por terem vindo me buscar. Imagino que vocês quisessem fazer qualquer coisa, menos me resgatar desse date.

Olivia me olha confusa.

— Ah, fala sério. Estou feliz que você está presa com a gente pela próxima semana.

— E eu estou feliz do Griff ter caído fora — Charlie comenta. — Essa semana não ia chegar nem perto de ser tão legal se você trocasse a gente pra ficar com ele.

Olho para baixo. Era exatamente esse o plano antes de terminarmos. Todas as vezes que minha mãe queria vir até Shreveport para passar um dia ou um fim de semana, eu escolhia ficar com meu pai ou ir para a casa de Addie para poder ficar com Griffin.

— Faz muito tempo que a gente não sai assim — digo. E, pela primeira vez desde que cheguei à casa da Nonna, as coisas entre nós finalmente parecem mais normais. — Se o Wes estivesse aqui, ia ser como nos velhos tempos.

10 dates surpresa   **89**

Charlie faz um som de desdém.

— Que foi? — pergunto.

Ele balança a cabeça.

— Nada. Só não sou muito fã da Laurel.

Estou morrendo de vontade de saber mais detalhes, mas, em vez disso, encosto a cabeça na janela e curto a viagem sem Harold.

Nonna e eu estamos na cozinha limpando a bagunça dos *beignets* pós-date quando uma batida na porta dos fundos nos assusta — principalmente porque ninguém nunca bate antes de entrar nessa casa.

— Está aberta! — Nonna avisa.

Wes põe a cabeça para dentro e examina o lugar com os olhos.

— Não me diz que eu perdi eles.

Dou um sorriso sem graça.

— Foi mal, o Charlie e a Olivia foram embora há uns dez minutos.

Ele solta uma risadinha.

— Não estou falando deles! Os *beignets*. Por favor, me diz que ainda tem.

Nonna põe um prato na mesa com os poucos doces que sobraram.

— Fique à vontade, querido.

Wes se senta e eu fico de frente para ele na mesa.

— Seu date acabou cedo — comento.

Ele dá de ombros.

— Fiquei sabendo que o seu também.

Deixo a cabeça cair até a mesa e solto um grunhido.

— Você não faz ideia de como foi horrível. De um lado, o Safadão, do outro, uma cabra faminta… eu não sabia se ia conseguir sair viva.

— O Charlie me contou tudo. — Ele faz uma pausa. — Junto com uma foto.

Levanto a cabeça na hora.

— Ah, não, ele não fez isso.

Um sorrisinho cheio de açúcar se abre no rosto dele. Wes gira o celular e ali estou eu, suada e com o rosto todo vermelho, segurando aquele bebê chorão no colo. As luzinhas brilham ao meu redor, e a auréola está pendurada de um lado da minha cabeça. Harold está todo aconchegado do meu lado, sorrindo de orelha a orelha.

É a nova imagem de fundo do celular de Wes.

Solto outro grunhido.

Ele põe o celular na mesa e come o último *beignet* de uma só vez.

— Tá, você sabe por que meu date acabou cedo, mas e o seu? Não são nem nove horas ainda.

Ele dá de ombros de novo.

— A gente tinha um jantar pra ir e já acabou.

Espero mais detalhes, mas ele está ocupado demais tirando o açúcar dos dedos.

— Amanhã é o date do Charlie. Você sabe quem ele escolheu pra mim? — pergunto.

Wes limpa o açúcar que caiu na mesa e sacode a cabeça.

— Eu perguntei, mas ele não quis me dizer.

Apoio os cotovelos na mesa e deixo minha cabeça cair sobre as mãos.

— Ele vai escolher um dos nossos amigos. Você vai se divertir — ele afirma.

10 dates surpresa   **91**

Nós nos olhamos por alguns segundos até eu finalmente dizer o que está na minha cabeça.

— Hoje me dei conta do quanto eu sentia falta de ficar por aqui... com você, com o Charlie e com a Olivia.

Ele olha para mim de um jeito que eu nunca tinha visto antes, meio sorrindo, meio confiante.

— A gente também sentiu sua falta.

E, pela primeira vez desde que tudo isso começou, estou muito feliz de estar aqui.

TERÇA-FEIRA, 22 DE DEZEMBRO

Date surpresa n° 3: o escolhido de Charlie

Corro até o quadro da cozinha. Por mais que eu tenha implorado ontem, Charlie não quis me dar nenhuma pista sobre o cara com quem vou sair ou aonde vamos.

Festa do suéter brega

18h30

(E sim, é pra usar um suéter brega de Natal)

— Você vai se divertir muito nessa festa — Nonna diz. Ela tira uma travessa de rolinhos de canela do forno. A cozinha fica com um cheiro delicioso. Dou uma risada quando leio os dizeres no avental dela: "Eu sou o *Pró* do Prosecco!"

— Você sabe pra onde a gente vai? — pergunto, depois pego uma faca para ajudá-la com o glacê.

— Sei, vai ser na casa dos Brown, logo ali na esquina. A primeira festa que eles deram foi há uns cinco anos, e agora já é tradição no bairro. A Amy dá um prêmio para o suéter mais feio e tem várias outras brincadeiras. Os filhos dela, Alex e Brandon, estudam na mesma escola que os seus primos, então vai ter um monte de gente da sua idade por lá.

Nonna passa os rolinhos com glacê para uma bandeja e, com um timing perfeito, a família começa a entrar pela porta dos fundos.

— Eu sei que uma parte da família costuma passar aqui no café da manhã, mas fica sempre tão cheio assim? — cochicho para Nonna.

Ela inclina a cabeça.

— Estamos no fim do ano. E todo mundo está tão animado com você aqui.

Franzo a testa.

— Eles não estão aqui pra me ver.

Nonna sorri carinhosamente para mim.

— Ah, mas é claro que estão. É uma alegria imensa ter você aqui, só pra gente.

Tia Lisa põe o braço ao meu redor e me dá um beijinho na testa.

— Bom dia, Sophie. Fiquei sabendo que o encontro de ontem foi interessante.

Faço uma careta.

— Não sei bem se "interessante" é a palavra certa.

Tio Sal e seu grupo ocupam quase a mesa inteira. Não basta ser o irmão mais velho, mas ele e tia Camille também têm o maior número de filhos: cinco. Além disso, eles têm a maior quantidade de animais, já que tia Camille não pode ver um bichinho abandonado que já quer adotá-lo. Charlie aparece alguns minutos depois e Sara vem logo atrás. Eles pegam algumas cadeiras a mais e se espremem no pouco espaço que sobrou da mesa.

Sirvo dois bolinhos de canela no prato e arrasto uma banqueta para perto da mesa.

— Então, onde é que eu vou achar um suéter brega pra festa de hoje? — pergunto para Charlie.

— É só fazer um. E, sério, quanto mais brega, melhor. Fiz uma aposta com a Olivia de que meu date vai ser melhor do que o dela.

Sara dá uma cotovelada nele.

— Quero entrar nessa aposta. O meu date é o de amanhã e eu *sei* que ele vai fazer o seu parecer que foi planejado pela tia Patrice.

Deixo escapar um suspiro.

— Acho que todo mundo já ficou sabendo da noite de ontem, né?

— É, e a gente recebeu a foto também. Quantos anos ele tinha? Doze? — tio Sal pergunta.

Eu fuzilo Charlie com o olhar.

— Você mandou a foto pra todo mundo, né?

Ele estende as mãos.

— Não deu pra evitar! Assim que comecei não consegui mais parar.

— Será que não existe privacidade nessa família?

Todos à mesa respondem:

— Não.

Charlie se vira para a irmã.

— Por que você acha que o seu date vai ser melhor que o meu? Você tem quinze anos. O que você sabe sobre dates?

— Contanto que não tenha nenhum animal de fazenda, estou de boa — digo. — Nem bebês.

10 dates surpresa **95**

Sara dá um sorriso presunçoso.

— Você vai ver. Vai ser incrível.

Tia Patrice, tio Ronnie e os meninos entram pela porta dos fundos de repente, e minha tia olha a cozinha inteira atrás de mim.

Assim que me encontra, ela abre caminho em meio à confusão de gente.

— O presépio acabou assim que você foi embora. Tudo... desmoronou. O Harold ficou tão deprimido quando você saiu que não quis mais ser José. As cabras passaram mal e vomitaram em tudo. O menino Jesus não parava de chorar.

Olivia entra de fininho no meio da explosão de tia Patrice e arruma um lugar do meu lado, me cutucando por baixo da mesa.

— Me desculpa mesmo, tia Patrice — digo com o tom de voz mais sincero que consigo fazer.

Ela continua de cara fechada.

— Eu sei que você ainda não conseguiu esquecer o Dave, mas isso não é motivo pra estragar a diversão de todo mundo.

— Griffin — Charlie corrige.

— Quem é Griffin? — ela pergunta.

— O cara que a Sophie não conseguiu esquecer — ele responde.

Eu jogo um pedaço do rolinho nele.

Tia Patrice parece confusa.

— Então quem é Dave?

Charlie dá de ombros.

— Não faço a menor ideia.

Por fim, tia Patrice se afasta, ainda se perguntando sobre quem poderia ser Dave. Pelo menos ela não está mais me dando sermão.

Tio Michael entra na cozinha e diz:

— A nova planilha está pronta.

Toda essa história dos dates acabou virando uma espécie de final da NBA. Ao que parece, Nonna soube ontem que meus tios, algumas tias e alguns primos mais velhos começaram um bolão para ver que horas eu chego em casa depois do encontro. A estratégia básica é avaliar quem escolheu o date, o que vamos fazer e quanto tempo eles acham que eu consigo aguentar. Todas as apostas precisam ser feitas até o momento em que eu entro no carro do date.

Nonna finge estar aborrecida, mas tenho minhas suspeitas de que ela também está participando. De qual outra forma eles saberiam o horário em que eu passo pela porta?

— Então agora existe uma planilha de verdade pra fazer as apostas? — pergunto para Olivia.

— Aham. O grupo da família estava ficando fora de controle.

— Quantas pessoas estão no grupo? E por que eu não posso entrar?

Olivia faz uma careta estranha com a boca.

— Praticamente todo mundo. Eu queria te adicionar, mas o Graham disse que o único jeito de manter a competição justa seria se você não fosse influenciada pelas apostas. Aí o tio Ronnie encheu o grupo com fotos do cachorro dele, então o Charlie fez outro grupo paralelo pra gente votar se ele deveria ser expulso. No fim das contas, o tio Michael decidiu fazer uma planilha.

Banks, filho de tio Sal, inclina-se para frente e diz:

— É tipo aquelas tabelas de aposta que as pessoas fazem no Super Bowl.

Olho para Olivia.

10 dates surpresa **97**

— Isso está totalmente fora de controle.

Ela aponta para tio Sal com a cabeça.

— Tipo, eu nem sabia que ele sabia mandar mensagem, aí de repente só dá ele no meu celular.

Tio Sal dá uma risada.

— Que bom que migramos para a planilha. Eu não ia aguentar mais uma foto do cachorro do Ronnie lambendo a própria bunda.

Meu celular vibra em cima da mesa e eu o viro. Meu coração dispara quando vejo o nome de Griffin. Parece que ele sabia que estávamos falando dele.

Charlie surge atrás de mim e olha para a tela.

— Ah, não. Nada de babacas no meu dia. — Ele tenta pegar o celular, mas eu o mantenho fora de alcance.

Corro para a cadeira e abro a mensagem. É uma foto minha com Seth, Olivia e Drew no primeiro date. Estamos todos reunidos na frente de um enorme boneco de neve de papelão. A foto foi tirada logo antes da nossa guerra de bola de neve.

> **GRIFFIN:** Me mandaram essa foto. O cara que está com você postou e disse "Espero que todos os outros dates dela sejam um lixo"

Antes que eu consiga pensar numa resposta, Griffin envia outra mensagem.

> **GRIFFIN:** Acho que eu não esperava que você fosse ter outros encontros tão cedo. Eu sei que estraguei tudo. E sinto muito. Ver você com esse cara está acabando comigo

— Ah, não. Nem pensar — Charlie diz por cima do meu ombro. Desta vez, ele consegue pegar o celular. — Ele não vai fazer você se sentir culpada sendo que ele mesmo quis terminar.

Charlie começa a digitar alguma coisa no meu celular. Eu tento pegá-lo de volta.

— O que você está escrevendo? — Minha voz estridente ecoa pela cozinha, mas ninguém me dá atenção.

— Estou dizendo a ele o que você deveria ter dito dias atrás.

Quando Charlie me devolve o celular, sei que a mensagem já foi enviada. E quando leio o que ele escreveu, minhas bochechas ficam vermelhas de tanta vergonha. Charlie foi *bastante* descritivo sobre o que Griffin deveria enfiar em certas partes do corpo.

Ainda estou encarando o celular quando Nonna me leva até o corredor.

— Vá se vestir. Você vai pra loja comigo, já que a Olivia tem que resolver algumas coisas pra mãe dela hoje de manhã. A gente para no caminho e vê se consegue achar uma roupa pra você usar hoje à noite.

A maior parte da família se dispersa da cozinha assim que acaba de comer. Charlie para na porta dos fundos e grita:

— Esteja pronta às seis e meia!

Ainda estou olhando para o celular quando entro no quarto de hóspedes, mas, como é de se esperar, Griffin não respondeu.

Nonna e eu estamos a caminho da loja quando minha mãe me liga.

— Oi, meu amor, como você está? Sobreviveu ao encontro de ontem, né? — ela pergunta. Dá para notar que ela está tentando parecer animada, mas soa cansada. E preocupada.

— Foi horrível, mas não daria pra esperar algo diferente da tia Patrice, né? Como a Margot está?

Ela fica em silêncio do outro lado da linha.

— Bem. Segurando as pontas.

Tento responder, mas sinto como se tivesse algo preso na minha garganta. Por fim, pergunto:

— O que está acontecendo? Você está escondendo alguma coisa de mim?

— Bom, a pressão dela está um pouco mais alta do que a médica gostaria, e tem a questão do inchaço. Ela tem tido algumas contrações, mas cuidaram disso com um pouco de magnésio. Não precisa se preocupar! Estamos todos acompanhando de perto!

Ela parece entusiasmada demais, o que me faz duvidar.

— Vai ficar tudo bem com ela? E o bebê?

— Vai, meu amor. Os dois estão bem. E você? Se quiser, posso acabar com essa história de encontro às cegas. Odeio imaginar que você anda infeliz por aí.

Droga, a última coisa que quero é que eles se preocupem comigo.

— Não. Está tudo bem. É uma distração boa. Estou me convencendo de que tudo isso vai dar uma ótima história no futuro.

Minha mãe solta uma risada carinhosa.

— Bom, a gente te ama. Muito mesmo.

— Também amo todos vocês. Diz pra Margot me mandar uma mensagem se ela estiver a fim.

— Pode deixar, meu amor. Ela está dormindo agora, mas sei que ela ama ter notícias suas. Ela se divertiu muito com aquela foto que o Charlie mandou ontem à noite.

Pelo menos a foto serviu para alguma coisa.

Nós nos despedimos e eu desligo assim que paramos no estacionamento.

— Quão ruim está a situação? — Nonna pergunta.

— Oi? — digo, franzindo a testa.

— A Margot e o bebê. Sua mãe age como se eu não tivesse tido oito filhos. Ela acha que sou frágil demais pra saber o que está acontecendo por lá.

Eu suspiro.

— A pressão dela está muito alta e o inchaço piorou. Ela está com algumas contrações, mas estão tentando controlar.

Nonna assente.

— Ah, que bom. É incrível o que esses médicos conseguem fazer! Sei que tudo vai ficar bem!

E agora eu sei de quem minha mãe puxou o falso entusiasmo.

Caminhamos pela loja de departamento e seguimos até a seção de papelaria, debatendo sobre o que precisamos comprar para fazermos o suéter mais cafona de todos os tempos. Nonna encontrou um suéter vermelho bem velho em uma gaveta hoje de manhã, então agora só faltam os acessórios.

Ela levanta um pacote de enfeites natalinos prateados.

— Que tal isso aqui? A gente pode prender com cola quente nas mangas do suéter.

Meu Deus.

Ela percebe a expressão no meu rosto.

— Sophie, o importante é ser cafona.

Faço que sim e ela começa a jogar de tudo dentro da cesta, desde arcos até limpadores de cachimbo coloridos e bolinhas de algodão felpudas. Os olhos dela brilham.

10 dates surpresa   **101**

— Quando eu terminar esse suéter, não vai ter pra ninguém.

Deixo minha cabeça cair para trás e encaro o teto.

— É disso eu tenho medo.

Seguimos para o caixa quando a cesta está quase cheia, mas de repente ela para.

— Ah! Quase esqueci. A Gigi precisa de algumas coisas. — Ela tira um papel de dentro da bolsa e eu identifico a caligrafia da minha bisavó. — Você pode pegar esses aqui pra mim? Eu já vou indo pra fila. Vamos deixar na casa de repouso a caminho da loja.

Dou uma lida na lista e fico sem jeito quando vejo itens como fralda geriátrica. Assim que encontro tudo, corro pela loja carregando todos os produtos da maneira mais discreta possível. Nonna já está colocando todos os acessórios do suéter na esteira enquanto conversa com o atendente do caixa.

Eu me aproximo bem a tempo de ouvi-la dizer "Você já tem planos pro Ano-Novo? Estou tentando encontrar alguém pra minha neta!".

O quê.

Ela.

Está.

Fazendo?

— Bom… — ele responde. — Acho que meus amigos vão dar uma festa, mas a gente não sabe ainda…

O olhar dele passa dela para mim e depois para os produtos nos meus braços. Ele mira direto no creme para hemorroida.

— Ah, olha ela aí! Essa é a minha neta, Sophie — ela diz, depois olha para o crachá dele. — Sophie, esse é o David.

Coloco todos os itens na esteira e olho para Nonna.

— Vou esperar no carro.

Quando estou prestes a sair da loja, eu a ouço dizer "Bom, se a festa dos seus amigos não acontecer, é só ligar pra Greenhouse Flores e Presentes e pedir pra falar com a Sophie".

Olivia e eu estamos escondidas na estufa dos fundos durante nosso horário de almoço, comendo os sanduíches que tia Lisa preparou para nós. Ela está trocando mensagens com Drew com um sorriso sincero no rosto, e detesto admitir que estou com inveja.

Seth falou comigo algumas vezes, mas estamos naquela fase inicial em que as conversas são meio desconfortáveis. Sinto falta de ter uma ligação mais profunda com alguém. Já falei com Addie duas vezes hoje, primeiro de manhã, para atualizá-la do último date, e depois outra vez quando soube que Seth postou nossa foto.

Então, em vez de dar o braço a torcer e procurar Griffin, mando uma mensagem para Margot.

> **EU:** Como você está?

> **MARGOT:** Bem!

> **EU:** Mentira. A mamãe me ligou hoje de manhã.

> **MARGOT:** Tá. As coisas estão horríveis. Não só estou preocupada com o bebê como mamãe, papai e os pais do Brad estão me deixando doida.

Queria muito dizer como estou preocupada com ela e com o bebê. Mas não é esse o tipo de coisa que ela precisa ouvir de mim agora.

> **EU:** Diz pra mamãe que você quer aquela sopa de legumes que ela faz. Você sabe que ela demora horas pra preparar. E a mãe do Brad não costura ou algo do tipo? Pede pra ela bordar algo especial para o bebê. Você tem que deixar todo mundo ocupado

> **MARGOT:** Você tem razão. Peraí, vou resolver isso

Como metade do meu sanduíche antes de Margot aparecer de novo.

> **MARGOT:** funcionou! Papai vai levar a mamãe no mercado, mas a sopa provavelmente vai ficar horrível, já que minha dieta está bem restrita. E o Bill vai sair com a Gwen pra comprar material pra fazer um cobertor, mesmo que ela já tenha feito uns dez

> **EU:** Viu só? Eu sou genial

> **MARGOT:** E como vai ser o date de hoje?

> **EU:** Festa do suéter brega com alguém que o Charlie escolheu pra mim

> **MARGOT:** Me manda foto! E não me faz subornar o Charlie pra isso

Trocamos mais algumas mensagens. Eu conto a ela sobre o date horroroso com Harold e como Nonna não para de tentar me arrumar caras aleatórios na frente dos quais sempre acabo parecendo ridícula. Pouco antes do horário de almoço terminar, escrevo:

> **EU:** Estou tentando ao máximo não ficar preocupada com você e com o bebê

> **MARGOT:** Eu também, Soph. Eu também

A casa da Nonna nunca esteve tão cheia quanto a noite de hoje. Seria mais fácil citar os parentes que *não* estão aqui. Olivia está vestindo o que só pode ser a coisa mais ridícula que já vi na vida; é como se ela tivesse cortado uma pequena árvore de Natal inteiramente decorada (com pisca-pisca e tudo) ao meio e depois colado na frente do suéter.

Tia Lisa e alguns primos estão ajudando Nonna nos ajustes finais do meu suéter horroroso. Enquanto o de Olivia tem um tema definido, o meu é puro caos. Tem laços, grinaldas, fitas, enfeites e sabe Deus mais o quê, tudo grudado com cola quente em cada espacinho livre. Esse suéter deve pesar pelo menos uns sete quilos.

— Tudo pronto? — Charlie grita do corredor pouco antes de aparecer. Todos nós paramos para olhar o suéter dele.

— Charlie, essa rena está... vomitando? — Nonna pergunta.

Charlie se exibe pelo quarto, de braços bem abertos enquanto desfila com sua roupa. Próximo do ombro direito há um pedaço de feltro marrom em forma de meia rena, com a

10 dates surpresa **105**

boca bem aberta. Vários tipos de doce estão colados por todo o suéter, como se a rena tivesse vomitado aquilo tudo.

— Não é maneiro? — ele diz. — Espera só até ver o do Judd.

— Quem é Judd? — pergunto ao mesmo tempo que Olivia guincha:

— Me diz que você não escolheu o Judd pra ela!

— Que foi? — Charlie pergunta, confuso. — O Judd é legal.

— O Judd é nojento. E um idiota — Olivia corrige.

Eu me afundo na beirada da cama e olho para Olivia.

— Nojento do tipo "melhor usar meu passe livre pra me livrar dele"?

Nonna se endireita e olha para mim.

— Depois de toda essa trabalheira pra montar o suéter?

Charlie chega mais perto.

— O Judd é legal. E eu já te avisei: melhor guardar o passe livre pras Meninas Malvadas.

Nonna estala a língua.

— O que foi que eu falei sobre esse apelido?

— Pra parar com isso — Charlie responde, depois me arrasta para fora do quarto. — O Judd já está lá embaixo. Vem conhecer ele.

Com minha comitiva logo atrás de mim, marchamos até a cozinha, onde Judd está esperando. Ele está de costas para nós, mas nos olha por cima do ombro maliciosamente, aguardando Charlie. Ele para ao lado de Judd como se tivessem ensaiado tudo, e então se viram para a frente devagar, sem desgrudar os ombros.

Nonna deixa escapar um gritinho de surpresa enquanto todos nós encaramos os dois. Bem onde Charlie prendeu a cabeça e a parte de cima da rena, Judd ficou com a parte de baixo. Digamos apenas que a mesma quantidade de doce também sai da outra ponta.

Eles pulam pela cozinha e dão soquinhos no ar.

— A gente vai zerar a festa! — Judd grita.

— A gente não tem a menor chance de perder! — Charlie grita de volta.

O único lado bom desse date é que aparentemente Judd e Charlie vão ter que ficar grudados a noite inteira.

Embora a festa seja no fim da rua da Nonna, entramos na caminhonete de Charlie para buscar a garota com quem ele está saindo, Izzy, que mora do outro lado da cidade. Judd se senta no banco de trás comigo, fazendo Charlie parecer nosso motorista.

Ele põe o cinto de segurança e se vira de lado para me olhar.

— E aí, Sophie, já tem planos pra faculdade?

Charlie ri e eu respondo:

— Sim, tenho.

— Você já escolheu pra onde quer ir ou preferiu deixar algumas opções em aberto? — Judd pergunta em um tom formal, como se tivesse ensaiado assuntos para quebrar o gelo.

— Estou tentando doze faculdades diferentes — respondo.

Charlie se vira depressa para mim e diz com a voz horrorizada:

— Doze? Existem doze faculdades diferentes pra onde você talvez queira ir?

— Eu não quero descartar nenhuma possibilidade! — retruco.

— Quais são as doze? — ele pergunta.

10 dates surpresa 107

— Você deveria prestar atenção na estrada — digo. Meu Deus, onde é que Izzy mora?

Volto a dar atenção para Judd.

— Quais são as doze faculdades que você pensou? — ele faz a mesma pergunta.

Argh.

— Ah, pensei na Texas A&M... — Eu paro quando ouço o gemido de Charlie. — Qual é o problema com a A&M? — pergunto a ele.

— Nenhum. Mas tem um milhão de pessoas que estudam lá. E você odeia tumulto.

— Não odeio, não — rebato, mas ele tem razão. Eu realmente não gosto de tumulto.

— E as outras? — Judd pergunta.

— Ah, estou esperando resposta de uma faculdade de artes lá de Massachusetts.

— Massachusetts! — Charlie exclama e desvia rapidamente o carro quando tenta se virar para mim de novo. — Você sabe que o inverno lá dura o ano inteiro e que a temperatura fica abaixo de zero quase sempre, né?

— Você está exagerando e sabe disso — digo.

Charlie para em frente a uma casa de dois andares bem bonitinha e estaciona a caminhonete. Ele se vira até ficar de frente para mim.

— Vou ali buscar a Izzy. Não falem nada até eu voltar.

E, depois disso, ele sai.

Judd observa Charlie andar até a casa de Izzy e depois olha para mim com a testa franzida, confuso.

— Espera, achei que a Olivia tivesse dito que vocês todos iriam pra LSU juntos.

Sinto um frio na barriga.

— Ah, a gente dizia isso, mas agora eu não sei…

Mas Judd não fica na caminhonete por tempo o suficiente para ouvir minha resposta toda. Assim que vê Izzy, ele salta para fora para completar o suéter de Charlie.

Izzy parece igualmente horrorizada com os suéteres dos dois. Ela optou por uma estratégia diferente e, em vez de um suéter brega, ela está usando uma daquelas sainhas que costumam enfeitar a base das árvores de Natal como uma saia de verdade.

Depois que todos entram no carro, Charlie nos apresenta e, felizmente, esquece o assunto das faculdades.

Eu estava preocupada de chegar na festa vestindo essa roupa monstruosa, mas em poucos segundos me dou conta de que sou uma das mais básicas. As pessoas de fato levaram o tema a sério, e é impossível não encarar cada um que passa por mim.

A sala principal da casa dos Brown é uma área enorme. Quase todos os móveis foram arrastados para as paredes para dar mais espaço aos convidados. Há uma árvore de Natal gigantesca em um dos cantos, a mesa da sala de jantar está repleta de comida e um bar foi montado na bancada da cozinha. Um homem vestido de Papai Noel circula pela festa servindo shots de gelatina. Tenho certeza de que só os adultos deveriam pegar os drinques, mas como ele mesmo também tem se servido, ele distribui a bebida para qualquer um que passa pela frente.

Charlie e Judd são a sensação da festa, como previam. E como eu mesma previ, Judd não é exatamente um date. Neste momento, ele está competindo com uma garota de doze anos em um daqueles joguinhos de dança.

Não que eu esteja reclamando.

Olivia e Drew chegam, e ela me apresenta para todos da festa. Pouco tempo depois, Wes aparece com Laurel. Ele está vestindo uma camiseta com a frase "Este é o meu suéter de Natal" escrita com fita isolante. Mas é quando vejo Laurel em seu look de Mamãe Noel sexy que cruzo os braços.

E eu que achava que o Halloween era a única ocasião do ano em que todas as fantasias que existem ganham uma versão feminina sexy.

— Oi, Sophie. Você se lembra da Laurel, né? — Wes diz quando os dois se aproximam do sofá em que Olivia e eu estamos sentadas.

Nós nos cumprimentamos, mas ela logo desvia a atenção para outro lugar, sem dúvida à procura de qualquer outra pessoa para conversar.

— Cammie! — ela grita e corre para a cozinha. Wes se joga do meu lado no sofá, e eu chego mais perto de Olivia para abrir mais espaço para ele.

— Você viu o Charlie e o Judd? — Olivia pergunta, inclinando-se na minha frente para falar com Wes.

Wes ri.

— Vi, eles me mandaram uma foto hoje à tarde. — Ele olha para mim e pergunta: — Você veio com o Judd?

Antes que eu tenha qualquer chance de responder, Judd me puxa do sofá e diz:

— Sophie, é a nossa vez!

— Nossa vez de quê? — pergunto enquanto ele me arrasta, mas fico sem resposta. Quer dizer, até pararmos na frente de uma máquina de karaokê.

— Ah, não — eu digo e começo a me afastar.

Judd pega minha mão e me puxa de volta.

— Vai ser muito legal!

Charlie nos vê e começa a bater palmas e cantar nossos nomes.

A música começa e eu encaro a telinha. Talvez, se eu fixar os olhos nela e ignorar a plateia, tudo termine bem.

Quando penso que as coisas não podem piorar, o nome da música aparece na tela.

— A gente vai cantar "Grandma Got Run Over by a Reindeer"? — pergunto, horrorizada.

— Sim! — Ele aponta para o próprio suéter. — É perfeito!

A música toca e nós começamos a cantar. A certa altura, consigo desviar o olhar e vejo Wes. Ele está inclinado para trás no sofá e tenho quase certeza de que está chorando de tanto rir. Quando olho para Olivia, ela está na mesma situação.

— *Na cena do ataque...* — cantamos.

E então, Judd canta mais alto:

— *Ela tinha pegadas de rena na testa e marcas suspeitas do Papai Noel nas costas.*

Abaixo o microfone e olho para Judd.

— Essa é a pior música do mundo.

Ele olha para mim, confuso.

— Sério? Você acha mesmo?

Entrego o microfone para Judd e volto para o sofá enquanto ele continua cantando.

A música termina assim que a sra. Brown, anfitriã da festa, entra na sala batendo palmas para chamar a atenção de todos. Ela é uma mulher animada e adorável, com aquele sotaque bem carregado do sul da Luisiana que deixa algumas palavras irreconhecíveis.

— Hora das brincadeiras! — ela grita por cima da música.

Eu me viro para Judd.

— Que brincadeiras? — pergunto.

O sorriso no rosto dele me diz que eu deveria sentir medo.

— Brincadeiras bem legais — ele responde, depois me leva para o meio da sala.

— Muito bem, vão ser os jovens contra os velhos — a sra. Brown diz. — Preciso de duas fileiras: os jovens do meu lado esquerdo, os coroas do meu lado direito. Menino, menina, menino, menina.

Observo todos na sala se dividirem em dois grupos. Judd fica do meu lado na fila e parece superanimado com a brincadeira. Wes está atrás de mim com Laurel.

A sra. Brown fica bem na frente da sala segurando duas laranjas enormes, uma em cada mão.

— Vamos fazer o seguinte: eu vou colocar uma laranja debaixo do queixo da primeira pessoa de cada fileira, aí vocês têm que virar e passar a laranja pra pessoa que está logo atrás, mas sem usar as mãos!

Meu. Deus.

Alguém aumenta o volume da música enquanto a sra. Brown posiciona as laranjas. Charlie, claro, é o primeiro da nossa fileira e levanta as sobrancelhas para Izzy.

Vou ter que pegar a laranja de Judd e passá-la para Wes. Acho que não tem problema minhas mãos estarem suando, *já que eu não posso usá-las!*

A sra. Brown grita "Já!" e Charlie se atira em Izzy. Não existe um jeito de passar a laranja para frente sem chegar extremamente perto da pessoa que vai recebê-la. Os adultos derrubam a deles e têm que começar tudo de novo. Todos já estão meio bêbados por causa das gelatinas, e não conseguem parar de rir nem enquanto passam a laranja uns para os outros.

Quando me dou conta, Judd já está com a laranja no queixo e se vira para mim.

— Estou chegando, Sophie! — ele diz e me puxa para perto. Viro a cabeça para o lado e tento aproximar meu queixo da fruta. Judd é um cara alto e, com toda a tralha dos nossos suéteres, é difícil chegar mais perto. Por fim, consigo pegar a laranja com o queixo. Judd se afasta lentamente e eu me viro para Wes.

E então eu hesito.

Ele ergue as sobrancelhas e inclina a cabeça para o lado, quase como se me desafiasse. Por que estou nervosa com a ideia de me aproximar de Wes? Eu o conheço desde sempre.

Charlie entoa meu nome e eu simplesmente vou com tudo. Puxo Wes pelos ombros para perto de mim enquanto inclino a cabeça. Ele me envolve com os braços e ficamos colados um no outro. Sinto Wes segurar a laranja e começo a me afastar. Mas foi cedo demais. Ela escorrega. Wes se pressiona contra mim, segurando a fruta logo abaixo da minha clavícula, onde ela fica presa entre um laço de glitter e um enfeite de Papai Noel.

— Bom, isso é estranho — Wes diz. Ele me olha de cima, segurando a laranja em mim com sua bochecha.

Ele está ridículo. Rindo, olho para o outro lado da sala, onde a laranja dos adultos está passando de um para outro depressa, e depois olho para ele de novo.

— A gente não pode deixar os velhos ganharem! — exclamo. — Pega a laranja!

Ele começa a mover a laranja com o rosto para tentar encaixá-la debaixo do queixo. Ela rola em direção ao meu ombro, depois desce pelo meu braço. Wes está agachado ao meu redor, já que ele é muito mais alto do que eu, e fico na

10 dates surpresa   113

ponta dos pés para tentar esticar meu ombro para perto do queixo dele.

— Para de balançar! — ele diz.

— Você é péssimo nisso! — retruco.

Charlie se aproxima de nós para tentar dar instruções para Wes, mas tudo o que Wes consegue fazer é rolar a laranja pelo meu braço, subir de volta até meu ombro e chegar perto demais do meu peito.

— Você precisa pegar essa laranja e passar ela para a frente — digo.

Então ele finalmente consegue encaixá-la no lugar certo. Wes se aperta contra mim uma última vez e segue em frente.

Laurel consegue pegar de primeira e logo se vira para o cara atrás dela.

Wes olha para mim por cima do ombro e meu coração dispara. Nos encaramos por alguns segundos antes que ele se vire para a frente.

Quando ganhamos dos adultos, Judd me pega no colo e me balança.

A sra. Brown pede nossa atenção para anunciar a próxima brincadeira.

— Vou escolher seis dos mais jovens e seis dos mais velhos. — Eu sou uma das felizardas; Judd pulou loucamente e apontou para mim até a sra. Brown me chamar. Ela me entrega uma caixa retangular de lencinhos de papel com uma grande fita presa na parte de baixo, e ouço um barulho quando a sacudo. Está cheia de bolas de pingue-pongue.

Não faço a menor ideia do que isso significa.

— Agora todo mundo tem que amarrar a fita na cintura até a caixa ficar bem acima do seu bumbum, com a abertura virada pra cima.

Olivia me ajuda com a caixa para deixá-la na posição certa. Percebo que Charlie e Wes também foram escolhidos para a brincadeira. Dou uma olhada pela sala à procura de Laurel, mas não a encontro em lugar nenhum.

Wes está parado com as mãos erguidas para que Charlie possa amarrar a caixa em sua cintura. A camiseta dele parece um pouco mais apertada na região dos bíceps do que eu lembrava – parece que ele andou malhando. Ele está... bonito.

Afasto o pensamento imediatamente. Por que eu estou reparando nos braços de Wes?

A sra. Brown bate palmas repetidas vezes.

— Então tá, quando eu disser "já!" vocês vão dançar e rebolar até todas as bolas saírem da caixa.

Balanço a cabeça para Olivia e sussurro "Não!".

Ela ri, assente e sussurra "Sim!".

A música volta a tocar e a sra. Brown grita:

— Já!

E então todos nós começamos a nos movimentar. Não demora muito até eu descobrir que mexer só de cima para baixo não vai funcionar, então começo a me sacudir de um lado para o outro. Eu basicamente pareço estar presa no modo centrífuga de uma máquina de lavar.

Eu deveria me sentir humilhada, mas, por alguma razão, não me sinto.

Charlie faz uns movimentos malucos com as mãos no chão e a bunda para cima, e se sacode de um lado para o outro. As bolas de pingue-pongue dele voam para todos os lados. Wes parece estar com a mesma dificuldade que eu. Ele se aproxima de mim enquanto mexe os quadris para a frente e para trás.

— Não está feliz de ter vindo? — ele grita por cima da música.

10 dates surpresa **115**

— Ainda não tenho certeza! — eu grito de volta.

— A gente pode se ajudar. Me dá a sua mão. Eu inclino você e, se tudo der certo, as bolas vão sair voando.

Seguro minha mão direita na dele e me inclino para trás. Ele mantém o braço ao redor dos meus ombros enquanto balanço meus quadris.

— Ei, isso não vale — uma mulher mais velha diz. Ela pula para cima e para baixo como se estivesse em uma cama elástica.

— Ela disse que era pra dançar, e a gente está dançando! — Wes diz.

Charlie se aproxima de nós e exclama:

— Digam "xis"!

Mais fotos.

— A Margot vai amar essas — Charlie comenta.

Reviro os olhos e Wes dá uma risada.

Quando esvazio minha caixa, digo:

— Tá, agora é a sua vez.

Trocamos de lugar e, em poucos segundos, estou de pé acima de Wes.

Nós giramos sem parar e começamos a ficar sem fôlego.

— A gente deve uma ao Judd por isso — digo. Judd também fez com que Wes fosse escolhido para a brincadeira.

As sobrancelhas dele se erguem e ele me puxa para perto.

— Assim que a gente acabar, coloca o meu celular no bolso de trás da calça do Judd.

Dou uma olhada rápida para Judd antes de me virar para Wes de novo.

— Por quê?

— Você disse que a gente deve uma a ele. Tive uma ideia perfeita.

Depois de mais algumas voltas, as últimas bolas de pingue-pongue caem da caixa, mas um casal mais velho conseguiu nos vencer. Enquanto desamarro a caixa da minha cintura, Wes me entrega o celular.

— É só jogar lá dentro.

Balanço a cabeça.

— Não. De jeito nenhum.

Wes revira os olhos.

—Ah, fala sério! — Ele põe as mãos no meu ombro e me gira até que eu fique de frente para Judd, que está ocupado conversando com Brandon, filho da sra. Brown. — Aquela calça é tão grande que ele nem vai perceber.

Já faz muito tempo que eu não prego uma peça em alguém. Respiro fundo e caminho na direção de Judd.

— Oi — ele fala quando paro ao lado dele. — Já te apresentaram o Brandon?

— Obrigada por ter me deixado invadir a sua festa — digo.

Eu me aproximo de Judd e ponho uma das mãos no ombro dele, como se quisesse lhe contar um segredo. Conforme esperado, ele se inclina na minha direção.

— Você sabe onde fica o banheiro? — pergunto. Deslizo o celular de Wes no bolso traseiro de sua calça assim que ele se vira e aponta para um corredor do outro lado da sala.

— Ali naquele corredor, segunda porta à direita.

Agradeço com um sorriso ridiculamente enorme no rosto e sigo na direção que ele apontou, mas desvio assim que ele volta a prestar atenção na conversa com Brandon. Quando me aproximo de Wes, Charlie e Olivia estão do lado dele.

— Tá, e agora? — pergunto.

Wes sorri.

10 dates surpresa **117**

— Pega o seu celular e me liga.

Não sei dizer se Olivia e Charlie sabem o que está acontecendo. Abro minha lista de contatos e aperto no nome de Wes.

— E aí, o que é que vai acon... — Sou interrompida por um som estridente de buzina a gás. A maioria das pessoas ao redor de Judd toma um susto, mas ele pula como aqueles gatos de desenho animado que deixam todo o pelo para trás.

Sério, é inacreditável a altura que ele conseguiu atingir.

A buzina não para de tocar. Judd agarra a própria bunda, tentando descobrir o que está acontecendo.

— Acho que agora já dá pra desligar — Wes diz, rindo.

— Ah, claro! — Eu olho para a tela e aperto o botão vermelho de encerrar a chamada. Não consigo parar de rir enquanto observo Judd.

— Essa nunca perde a graça — Charlie comenta, então imagino que essa não seja a primeira vez que pregam essa peça nele.

Judd tira o celular do bolso e olha para a tela. Ele se aproxima de nós, acenando com o aparelho na mão.

— Boa, Sophie! — ele diz.

Olivia se apoia no meu ombro e clica no nome de Wes no meu celular. A buzina toca de novo e, desta vez, Judd por pouco não cai no chão. A gente quase se dobra ao meio de tanto rir.

— O que vocês estão fazendo?

Nós nos viramos e nos deparamos com Laurel atrás de nós, encarando-nos de braços cruzados.

— A gente só está zoando o Judd — Wes responde.

— É, é fácil demais pra resistir — Charlie acrescenta.

Laurel revira os olhos.

— Eu não sei por que você tem que agir que nem uma criança.

Olivia e eu trocamos olhares discretos. Quer dizer, o que fizemos foi meio infantil? Talvez. Mas é engraçado. E Judd não tem medo de dar o troco, então está tudo bem.

Wes não a responde.

— Está pronto pra ir? — ela pergunta.

A sra. Brown já está organizando a próxima brincadeira. A sala ainda está cheia de gente, a música ainda está tocando e a mesa ainda está repleta de comida. A festa não está nem perto de acabar.

Ele sacode a cabeça.

— Na verdade, não.

Ela olha feio para ele.

— A Mia me mandou uma mensagem. Ela está numa festa no centro da cidade, e uma galera que a gente conhece da faculdade acabou de chegar. Ela quer que a gente vá pra lá.

Wes olha de relance para nós antes de se voltar para ela.

— Não estou a fim de sair com um monte de gente que eu não conheço.

— Bom, eu também não estava a fim de voltar pra cá pra ficar numa festinha de Ensino Médio.

Wes tensiona os ombros. Não preciso nem olhá-lo para saber que ele está irritado. Charlie, Olivia e eu deveríamos sair de perto, mas nenhum de nós se mexe.

— É, é um saco ter que sair com os mesmos *amigos* com quem você saía cinco meses atrás — Wes retruca.

Laurel arqueia a sobrancelha.

— Pelo visto eu vou sozinha, então.

Ele assente.

10 dates surpresa   **119**

— Parece que sim.

Eles se encaram por alguns segundos. Depois, ela se vira depressa – e não para até atravessar a porta da frente.

QUARTA-FEIRA, 23 DE DEZEMBRO

Date surpresa n° 4: o escolhido de Sara

Acordo um pouco confusa. Trechos e detalhes de um sonho que pareceu bastante real ainda estão vivos na minha mente, e demoro alguns minutos para distinguir fato e ficção. No sonho, vários caras surgiram na casa da Nonna, prontos para me buscar para um date. Parecia um apocalipse zumbi, só que os garotos não estavam mortos.

Estremeço e saio das cobertas, na esperança de que um banho me ajude a deixar o pesadelo de lado. Conforme desço as escadas, ouço um barulho vindo da cozinha, mas não sinto aquela preguiça de sempre me invadir. Em vez disso, me pergunto se minha prima Frannie conseguiu convencer tia Kelsey a deixá-la assistir ao *Estranho mundo de Jack* – ela só falava disso no café da manhã de ontem. E será que Olivia e Charlie sabem o que está rolando entre Wes e Laurel?

É, realmente quero saber a resposta desta última pergunta.

Judd é a primeira pessoa que vejo quando entro na cozinha.

— E aí, Sophie? — ele grita de uma das mesas extras, onde está sentado com Charlie. Os outros membros da minha família perambulam pela cozinha e pela sala com pratos e canecas de café. Judd ainda está usando o suéter da noite passada, mas parece que alguém comeu todos os doces e deixou só os papéis, que ainda estão saindo direto do traseiro da rena.

Eu me aproximo e aponto para o peito dele.

— Parece que você foi assaltado.

Ele olha para baixo, depois joga a cabeça para trás e ri, uma risada alta o bastante para chamar a atenção da minha família superbarulhenta.

— Não. Só bateu um pouquinho de fome de madrugada. Não tem nada pra comer na casa do Charlie, literalmente.

Charlie bate no ombro dele.

— Cara. A gente tem comida.

Nonna organizou o café da manhã como se fosse um bufê, então eu pego um prato e entro na fila da bancada. O cheiro do bacon, da canela e do café me deixam com água na boca.

As quatro filhas de tia Kelsey estão sentadas em cadeiras encostadas na parede, todas com o rosto coberto de glacê.

— Oi, Fran — eu chamo. — Como foi o filme?

Fran arregala os olhos. Ela se inclina para a frente e diz com um tom muito sério:

— Eu morri de medo. — Ela pronuncia o "r" com som de "l", e é de verdade a coisa mais fofa que eu já ouvi na vida.

Quando estou prestes a servir meu prato, vejo Sara entrar de fininho pela porta dos fundos e escrever no quadro. Todo mundo fica em silêncio, até os bebês, como se tivessem esperado a manhã inteira por este exato momento.

E provavelmente esperaram mesmo.

Sara termina de escrever e se vira para nós.

— Eu com certeza vou ganhar esse jogo — ela diz.

Natal Underground
20h
Trajes formais
(Vou sair pra fazer compras com você!)

— Não acredito que você conseguiu um date pra ela no Natal Underground — tio Michael diz. — Nossa, estou tentando conseguir ingressos desde que cheguei aqui!

— Que negócio é esse de Natal Underground? — tia Patrice pergunta.

Fico meio aliviada por tia Patrice nunca ter ouvido falar disso, mas só consigo pensar em: TRAJES FORMAIS.

— Diz pra eles o que é o Natal Underground, Sara — Nonna diz. Hoje ela está usando um avental com a imagem de uma espátula, um batedor, uma colher, um rolo de massa e a frase "Escolha sua arma" logo abaixo.

Sara esfrega as mãos, claramente amando receber toda a atenção.

— Bom, o Natal Underground é simplesmente a maior e melhor festa que essa cidade já viu. É o Conselho Regional de Artes que organiza, e ela só acontece de dois em dois anos, porque envolve muito planejamento. Os pais do meu amigo são donos de um dos restaurantes locais que vão trabalhar no evento e, Soph, você vai ficar impressionada.

— Essa festa é uma loucura, Sara. Quantos anos o rapaz tem? Tem certeza de que é o tipo de evento para a sua prima? — Tio Charles olha sério para a filha.

10 dates surpresa 123

Ela põe as mãos nos quadris.

— Pai, ela tem quase dezoito. A tia Patrice arrumou um cara do primeiro ano pra ela, e eu também. Primeiro ano da faculdade.

Eu arqueio as sobrancelhas. Festa louca? E meu date é um cara da faculdade?

Todos começam a falar ao mesmo tempo. Eu me sento do lado de Charlie, Judd e Olivia.

— Cara, a Sara te humilhou — Judd comenta.

Charlie bate no ombro dele de novo.

— Cara, você foi o date dela, então você está *se humilhando*!

Judd dá uma piscadinha, e não consigo conter o sorriso.

Olivia pega o prato dela e leva para a pia.

— Sophie, o que você vai vestir? — Quando éramos pequenas, costumávamos brincar no closet da tia Camille, que era cheio de chapéus, vestidos de festa, luvas, sapatos de salto e tudo que se possa imaginar. Nós nos arrumávamos e tia Camille nos servia chá e biscoitos. Eu adorava, mas não tanto quanto Olivia.

— Não faço ideia — respondo.

— Estou triste por não poder ir também — ela comenta.

E é então que me dou conta: não vou ter ajuda de ninguém nesse date.

— Então quer dizer que ninguém da família vai estar na festa? — pergunto.

Ninguém me responde, e eu abaixo minha cabeça na mesa. Sara se aproxima e passa a mão pelo meu longo cabelo.

— Não se preocupa, Soph. Seu date é muito gato. Você vai se divertir muito.

— Um date muito gato que por coincidência está disponível pra uma das festas mais maneiras do ano. —

Charlie dá uma risadinha sarcástica. — Parece que temos um vencedor.

Sara sorri.

— Espera só. Vocês vão ver.

Ligo para Addie assim que a casa se esvazia após o café da manhã. Ela parece tão animada para escolher o que vou vestir quanto Olivia.

— Eu tenho o vestido perfeito. A Gabby usou um longo maravilhoso num baile ano passado, e eu tenho certeza que vai caber direitinho em você. Se não couber, a Maryn vai ter alguma coisa que sirva. Ela vive indo nas festas da faculdade dela. —Addie tem duas irmãs, então nunca falta roupa na casa dela.

— O.k., talvez eu consiga passar aí, se rolar um tempinho no trabalho.

Conversamos por mais alguns minutos. Morro de vontade de perguntar sobre Griffin, mas me controlo. Prometo a ela que vou ligar mais tarde, então corro para o chuveiro. Quando saio, sou bombardeada por mensagens de Margot.

MARGOT: natal underground!

MARGOT: Não sei se você tá preparada pra essa festa

MARGOT: Vai ter gente pelada lá. Muita pele. E nudez

Mal seco as mãos antes de respondê-la.

EU: Como assim, gente pelada???

10 dates surpresa **125**

> **MARGOT:** PELADA. Tipo com pouca ou nenhuma roupa. O Brad e eu fomos numa dessas festas uns anos atrás e achei que os olhos dele iam pular das órbitas. E o povo que fica pelado costuma ter comida no corpo. Que você tem que comer!

> **EU:** ????????????????

> **EU:** O quê?!?!?!?!?!?!

Olivia bate na porta e quase deixo meu celular cair.

— Anda logo — ela grita do outro lado. — A Nonna deu uma folga hoje de manhã pra gente encontrar um vestido!

Eu me enrolo na toalha e abro a porta.

— Você sabia que vai ter gente pelada nessa festa? Com comida no corpo?

Ela deixa escapar uma risadinha.

— Não tenho condições de lidar com isso agora. Me dá mais um minutinho — peço e fecho a porta. Eu me visto depressa e seco o cabelo só para ele não ficar pingando nas minhas costas.

Quando saio do banheiro, Olivia está esparramada na cama.

— Me explica esse negócio de gente pelada — digo.

Ela se vira e olha para mim.

— Pelo que sei, tem uns caras e umas garotas que circulam pela festa fantasiados. Fantasias minúsculas que combinam com qualquer que seja o tema. E aí alguns deles ficam deitados nas mesas cheios de comida em cima, que nem bandejas. É só pra chocar todo mundo. Bem escandaloso.

— Bom, eu com certeza vou ficar chocada — respondo.

— Enfim, a Addie disse que as irmãs dela têm uns vestidos que posso pegar emprestado pra usar hoje à noite!

Ela pula da cama.

— Perfeito. Vamos pegar a Sara e meter o pé na estrada.

Poucos minutos depois, estamos no meu carro a caminho de Minden.

Olivia começa a rir de alguma coisa em seu celular.

— Essa foto que o Charlie postou é maravilhosa!

Sara chega para a frente no banco traseiro.

— Vocês estão tão fofos!

Olivia estica o braço com o celular para que eu possa ver e o carro quase sai da estrada. É a foto que Charlie tirou noite passada, enquanto Wes e eu dançávamos para tentar esvaziar a caixa cheia de bolas de pingue-pongue. Mas não dá para ver o que estávamos fazendo. Parece só que Wes tinha me inclinado para trás e que ríamos sem parar.

— E, até agora, quatro pessoas já marcaram o Griffin nos comentários — Sara diz.

Olivia ri.

— Ótimo!

Sinto vontade de bater a cabeça no volante. Recebi mais um monte de mensagens dele esta manhã, todas dizendo a mesma coisa: "Eu errei" e "Por favor, fala comigo". Imagino que essa foto tenha sido o motivo.

— O Griffin quer que a gente volte — digo. — Ele não para de dizer que errou e que não queria dar um tempo de verdade.

Olivia se vira no banco e olha para mim.

— É isso que você quer?

Alongo o pescoço de um lado para o outro, tentando aliviar a tensão que estou sentindo.

— Eu não sei se ele realmente se sente assim ou se é só um reflexo por me ver com outros caras.

Olivia morde o lábio inferior.

— Você vai querer se encontrar com ele quando a gente chegar em Minden?

Dou de ombros.

— Não sei. Uma parte de mim pensa: "Vai lá e termina logo com isso. Resolve as coisas com ele de um jeito ou de outro." Mas não sei se já estou pronta pra lidar com isso. Não consigo esquecer o jeito como ele ficou chateado quando soube que eu não ia mais pra casa da Margot. Tipo, por que isso mudaria de repente, sabe?

— Bom, acho que você já tem a sua resposta — Olivia diz.

— Você tem que terminar os dates, Sophie! — Sara acrescenta.

Ficamos em silêncio por alguns minutos, até que meu celular começa a apitar.

— Ah, meu Deus, é o Griffin de novo? — pergunto quando Olivia dá uma olhada na tela.

Ela ri.

— Não. É o Seth. Ele quer saber se você quer almoçar amanhã, já que vai ser seu dia livre.

Antes que eu consiga responder, ela destrava o celular e passa o dedo pela tela até chegar na conversa com ele.

— Ele tem te mandado mensagens e você está ignorando.

— Não estou ignorando ele. Tem muita coisa acontecendo! — Olho de relance para ela. — Aliás, já ouviu falar em privacidade?

Ela revira os olhos.

— Você está ignorando ele.

— Ah, tá bom. Diz pra ele que eu adoraria ir almoçar. — Mas sei que essa não teria sido minha resposta se Olivia não tivesse feito eu me sentir culpada por sumir.

Olivia troca mensagens com ele por alguns minutos e depois começa a rir de novo.

— O que ele está dizendo?

— Agora é o Judd que te mandou mensagem. Ele lançou um desafio.

— O Judd do suéter de rena cagando? — Sara pergunta.

— O próprio — Olivia confirma.

— Que desafio? — questiono.

— Ele fez uma lista de coisas pra você fazer no Natal Underground. Mas tem que ter alguma foto como prova. Ele disse que vai ser tipo uma caça ao tesouro.

Judd é maluco, sem dúvida.

— Me diz o que tem na lista.

Olivia mal consegue parar de rir para ler o que está escrito.

— Tá, primeiro item, abre aspas: "Um vídeo seu comendo alguma coisa que estava no corpo nu de alguém. Pontos extras se estiver na bunda de alguém." Palavras dele, não minhas.

Encosto a cabeça no apoio do banco.

— O simples fato de isso ser possível me deixa desesperada.

— Cara, eu queria demais ir com você — Olivia diz.

Sara suspira.

— Eu também.

— Você está maravilhosa — Addie diz quando dou uma voltinha na frente do espelho do closet. O vestido é incrível. Não sei de que tipo de tecido ele é feito, mas é macio e me cai feito uma luva. Ele é longo, desliza pelo chão, e o prateado faz com que brilhe quando entra em contato com a luz.

— Mas para de puxar a parte de cima — Olivia comenta. O vestido é um tomara que caia, e tenho a sensação

10 dates surpresa **129**

constante de que ele vai escorregar a qualquer momento.

— Ele não vai cair.

Addie me entrega um par de saltos e eu os calço. Ela voltou com a gente para a casa da Nonna para me ajudar a me arrumar. Eu não tinha percebido o quanto sentia falta dela até ela abrir a porta. Havia uma meia dúzia de vestidos disponíveis nos closets das irmãs de Addie, mas assim que bati os olhos nesse aqui, já sabia que seria o escolhido.

— Tem certeza que a Gabby não vai se importar se eu pegar emprestado? — pergunto.

— Ela não vai, de jeito nenhum.

Ouço o som de uma foto sendo tirada e me viro. Olivia ergue as mãos.

— Calma. Eu só vou mandar para a Margot.

— E aí a família inteira vai receber em menos de dez minutos.

— Bom, pelo menos essa roupa não pisca — Olivia diz.

— Tá, foi mal, talvez eu tenha postado a foto sem querer.

— O jeito como ela sorri me diz que definitivamente não foi sem querer.

— Olivia! — Arranco o celular da mão dela. A foto mostra a parte de trás do vestido, que é quase tão linda quanto a frente. Decidimos deixar meu cabelo solto, e Olivia fez alguns cachos mais abertos nele. Na foto, apareço com o rosto de lado enquanto olho para o espelho, então só dá para ver meu perfil. A luz que entra pela janela faz com que o vestido brilhe de verdade.

— Olha só como você está linda — ela comenta.

Não consigo conter o sorriso. Mas então vejo a legenda – "Cinderela se arrumando para a grande noite!" – e solto um grunhido.

— Sério, Liv? Cinderela? Então vocês são as minhas irmãs postiças malvadas?

— Só se isso significar que a gente também pode ir ao baile — Addie diz.

E então os comentários começam a aparecer. A maioria deles é sobre como estou bonita, mas noto que Griffin já foi marcado duas vezes. Solto outro grunhido.

Quando meu celular começa a apitar, não me surpreendo. Desbloqueio a tela e leio a última mensagem dele.

> **GRIFFIN:** Não sei o que está acontecendo, mas preciso falar com você. Preciso te ver.

Meus dedos pairam sobre o teclado, mas não faço ideia do que responder. Ele estaria me mandando todas essas mensagens se eu estivesse trancada em casa, chorando por ele? Esse é o detalhe que não consigo ignorar.

Então, em vez de respondê-lo, largo o celular em um banquinho perto da janela.

— Aposto que a Nonna tem um colar ou uma pulseira que vai combinar direitinho com o vestido — Olivia diz, depois anda até a porta.

Addie desce da cama, indo atrás dela.

— Ah, eu também quero ver.

Pela primeira vez no dia, fico sozinha. Olho para o celular e me dou conta de que Margot não mandou notícias desde hoje de manhã.

Eu me sento na cadeira e abro nossa conversa.

> **EU:** O que houve? Você está quieta demais hoje.

10 dates surpresa   **131**

Ela não responde na mesma hora, o que me deixa preocupada. Eu me encosto na cadeira, com muito cuidado para não desmanchar o cabelo, e encaro o celular até uma batida constante lá fora chamar minha atenção. Espio pela cortina e olho para o caminho que passa por entre a casa da Nonna e de Wes.

E lá está ele com uma bola de basquete. Parece que já está ali há um tempo, visto que tirou a camisa e seu cabelo está molhado de suor. Wes quica a bola algumas vezes e a arremessa. Ela entra na cesta. E depois ele faz tudo de novo. Ele mantém uma boa média, errando apenas um a cada quatro ou cinco arremessos. Toda vez que lança a bola, não consigo deixar de olhar para os músculos de suas costas.

O que está acontecendo comigo? E justo agora que estou voltando a me sentir parte do Quarteto Fantástico. Não posso pensar em Wes desse jeito e estragar tudo.

Nosso grupo já passou por isso antes, e foi um desastre. No início do primeiro ano, Olivia e eu resolvemos ter uma quedinha pelo Wes ao mesmo tempo, mas como ela jurava que gostava mais, fiquei na minha. Eles tentaram sair por algumas semanas, mas não deu certo. Depois os dois ficaram sem se falar durante meses, o que foi horrível para todos nós.

Charlie nos reaproximou e disse para eles superarem. Nós concordamos que nossa amizade era importante demais para ser colocada em risco, então decidimos que todos seríamos apenas amigos. E tem sido assim desde então.

Mas os pensamentos que estão passando pela minha cabeça enquanto eu o observo não têm *nada* a ver com amizade. Sério, quando foi que ele começou a ter tantos músculos?

Sara surge no quarto e solta um gritinho.

— Sophie! Você está perfeita!

Quase caio da cadeira. Fecho as cortinas para que ela não perceba que estou praticamente babando pelo Wes, suado e sem camisa. Pego minha bolsinha e dou uma olhada no celular mais uma vez antes de guardá-lo, para ver se Margot já me respondeu.

— Obrigada, Sara. Estou tentando não surtar com essa festa. Ou com o cara da faculdade que você arrumou pra mim.

Ela está tão animada que quase chega a tremer.

— Bom, ele já chegou! Você está pronta?

Quero afundar na cama. Acho que nunca fiquei tão nervosa para um date, ainda mais porque não paro de repassar a lista de Judd na minha cabeça.

Então, Olivia e Addie voltam cheias de colares, pulseiras e brincos. Quando julgam que estou finalmente pronta, Addie diz:

— Tá, vamos lá dar uma olhada nesse cara.

A casa está lotada, como eu já sabia que estaria. Todo mundo quer fazer parte dessa história dos encontros. Não sei quem é o cara com quem vou sair, mas já sinto pena dele. Não consigo nem imaginar como deve ser buscar uma garota para um date e dar de cara com vinte pessoas te encarando.

Do alto da escada, respiro fundo. O hall de entrada está cheio de gente, mas eu não esperava encontrar a planilha de apostas colada na parede, ao lado de um retrato antigo da família. Graham está parado diante do papel com duas canetas na mão, parecendo aquelas pessoas que ficam na porta da loja chamando todo mundo que passa para entrar.

Que vergonha.

Desço os degraus e um rapaz de smoking dá alguns passos na minha direção.

Surpresa agradável não chega nem perto do que está acontecendo. Sara estava certa. Ele é *bem gato*.

— Oi, eu sou o Paulo Reis. — Ele me oferece a mão e eu a seguro. Paulo é alto, tem olhos castanhos e seu cabelo preto é levemente ondulado, apenas o suficiente para dar um pouquinho de volume. — Você está linda.

Então é isso, Sara venceu. E, a julgar pelos olhares que Charlie e Judd estão trocando do outro lado da sala, eles também sabem disso.

— Obrigada. Você também está ótimo.

Sara está radiante. Assim como Olivia e Addie. E, é claro, Olivia já está registrando tudo com seu celular, então é melhor eu me preparar para os próximos posts.

Paulo se vira para Papa e lhe dá um aperto de mão.

— Não vamos voltar tarde.

Papa retribui o cumprimento e se inclina para me dar um beijo na testa.

— Você está a cara da sua mãe quando ela tinha sua idade. Divirta-se, meu bem.

Eu não vou chorar. Eu não vou chorar.

Dois tios se aproximam de Graham e começam a discutir sobre a planilha. Imagino que queiram mudar as apostas depois de terem visto Paulo.

— Não, esse não pode — Graham diz. — Tia Kelsey já escolheu.

Tento ignorar a cena ridícula.

Ainda segurando minha mão, Paulo me conduz do hall de entrada para a porta da frente. Estamos atravessando o caminho de tijolos que leva ao carro quando olho na direção de Wes. Ele ainda está no mesmo lugar de antes – e ainda sem camisa –, mas agora apoia a bola no quadril e nos observa.

Nossos olhares se encontram e ele acena de leve com a cabeça. Aceno de volta e entro no carro de Paulo, onde ele me espera com a porta aberta.

— Bom, acho que nunca fiquei tão nervoso de buscar uma garota na vida — Paulo diz assim que entra.

— Sério? Não deu pra perceber — comento. Se aquilo foi ele nervoso, não consigo nem imaginar como deve ser quando está confiante.

Ele olha para mim antes de dar partida no carro.

— Tinha tanta gente.

Dou uma risada.

— Bem-vindo ao meu mundo.

Nós nos afastamos da casa dos meus avós. Eu me recuso a olhar para trás para ver se Wes ainda está nos observando. Em vez disso, me viro na direção de Paulo.

— Tá, vou perguntar de uma vez. Como é possível que você já não tivesse um date pra essa festa? Tipo, tem alguma coisa que eu deva saber?

Ele ri.

— Bem direta. Gostei.

Quando penso que a resposta não vai passar disso, ele limpa a garganta.

— Bom, tem uma garota — Paulo começa.

—Ah, sempre tem — respondo, e ele ri de novo.

— Eu me mudei pra cá no meio do Ensino Médio, mas a gente só se conheceu na LSU, mesmo ela sendo daqui. As coisas estão complicadas. Pensei que quando começassem as férias, alguns dos nossos problemas se resolveriam, mas a situação não está nada boa.

— Eu sinto muito — digo. Sinto vontade de completar com "Vai dar tudo certo!", mas seria ridículo. E, sem

10 dates surpresa   **135**

dúvida, não estou em posição de dar conselhos de relacionamento agora.

Observo a paisagem pela janela da frente e Paulo olha para mim uma, depois duas vezes.

— Então… que negócio é esse que a Sara estava me contando sobre os dates surpresa?

— É complicado — respondo, e ele ri de novo. — Ouvi sem querer meu namorado comentando com um amigo que queria dar um tempo porque o último ano deveria ser divertido.

— Nossa. Que babaca.

— Pois é. Então esse foi o plano da Nonna pra me animar.

Paulo para no sinal vermelho e se vira na minha direção.

— E está dando certo?

Inclino a cabeça para o lado.

— Tem sido diferente. Já tive uns dates muito bizarros e outros bem legais. Meu ex já viu várias fotos minhas com outros caras na internet, e como não estou chorando em posição fetal, ele não para de implorar pra me ver, pra falar comigo. Então, acho que está dando certo, sim.

O sinal ainda está fechado quando Paulo se aproxima um pouco mais.

— Então a gente vai fazer o seguinte: vamos encher a timeline dele de fotos de nós dois curtindo demais a noite de hoje.

O carro atrás de nós buzina quando o sinal fica verde, e Paulo volta a olhar para a frente. Que bom que ele não viu o sorrisinho ridículo que se abriu no meu rosto.

— Tudo bem, mas eu não quero que você faça nada que complique ainda mais sua situação.

— Não se preocupa comigo. A decisão agora é dela. Ela sabe que vou estar pronto quando ela estiver. Estou feliz de não ter que ir nesse evento sozinho.

Já decidi que essa garota é uma trouxa, não importa quem seja. Paulo é fofo, legal e sincero, e ela é uma idiota.

— Você se mudou pra cá vindo de onde?

— De Cabo Frio, uma cidade perto do Rio de Janeiro, no Brasil.

— Nossa! E você gosta daqui?

Ele dá de ombros.

— Tem coisas que eu gosto e coisas que sinto falta.

Eu me viro de lado no banco para poder vê-lo melhor.

— De todos os lugares do mundo que seus pais poderiam escolher, por que Shreveport, Luisiana? — É a mesma pergunta que me faço em relação ao meu avô.

Paulo dá uma risada.

— Alguns parentes nossos se mudaram pra cá uns anos antes da gente. Um primo meu passou pra faculdade de fisioterapia da University Health. Meus pais ouviam o tempo inteiro como era bom viver aqui, então a gente se mudou. Eles abriram um restaurante parecido com o que tínhamos no Brasil, e as coisas deram certo. Minha mãe se envolveu com essa festa de Natal assim que a gente chegou aqui porque queria conhecer as pessoas, e agora ela faz parte do conselho ou algo do tipo.

Meu celular apita e eu reviro a bolsa para pegá-lo.

— Foi mal, estou esperando a minha irmã mandar mensagem. Faltam poucas semanas para o bebê dela nascer e ela está de cama.

— Tudo bem com ela? — ele pergunta.

— Acho que sim — murmuro quando abro a mensagem.

MARGOT: A Olivia me mandou uma foto sua. Você está linda

10 dates surpresa   137

> **EU:** Tá tudo bem? Você não me mandou mensagem o dia inteiro!

> **MARGOT:** Tudo certo. Tive que voltar na médica. Mas já estou em casa. Só estou cansada. Me manda fotos de hoje. E divirta-se

> **EU:** Pode deixar.

Estou prestes a colocar o celular na bolsa quando ele apita mais uma vez. Mas agora não é Margot.

> **JUDD:** Não esquece o desafio

Reviro os olhos e guardo o aparelho. Ao me virar para Paulo, digo:

— Vou precisar de mais uma ajudinha sua hoje.

Paulo me disse que o tema da festa este ano é "Sinta o ritmo", então já esperava algo relacionado à música, mas não imaginava encontrar um grupo de Elvis Presleys cantando na calçada ao lado do manobrista. Mal saímos do carro e já o levaram embora. Vejo uma mesa no canto com uma mulher vestida de Madonna quando estava no começo da carreira. Ela dá um gritinho assim que vê Paulo.

— Você conseguiu! — Então ela olha para mim e dá outro gritinho. — A Sara me disse que você era linda e ela estava certa!

Paulo se vira na minha direção.

— Sophie, essa é a minha mãe, Rita.

— Mas hoje você pode me chamar de Madonna! — Ela põe pulseiras na gente e abraça Paulo do outro lado da mesa. — Divirtam-se!

Passamos pelos Elvis, que cantam "Hound Dog" a plenos pulmões, e paramos em frente a um prédio pequeno – *muito* pequeno – próximo a um aglomerado de gente. Não chega nem a ser um prédio. Está mais para uma caixa com várias portas duplas na parte da frente. E nós só ficamos diante dela, parados.

— Que negócio é esse?

Paulo ri.

— É o elevador.

Olho ao meu redor, mas não tem mais nada.

— E pra onde esse elevador vai?

Paulo aperta minha mão.

— Você vai ver.

Quando ele se abre, damos de cara com um sósia do vocalista do Aerosmith. Ele segura a porta e diz:

— Desce?

Dou uma risadinha e o elevador se enche até não caber mais ninguém. Assim que as portas se fecham, o clone do Steven Tyler começa a cantar "Love in an Elevator". A voz dele é idêntica.

— Que loucura — sussurro para Paolo.

— E olha que a gente ainda nem chegou lá dentro.

As portas se abrem novamente e acelero para ficar ao lado de Paulo, com medo de ser arrastada pela multidão. O lugar está lotado, mas o teto é tão alto e o espaço é tão amplo que não me sinto claustrofóbica.

— Tinha um prédio aqui uns anos atrás, mas foi demolido — Paulo me explica. — Esse espaço era um porão que alguém reformulou há uns dez anos.

10 dates surpresa   **139**

Tem tanta coisa acontecendo ao mesmo tempo que quase não consigo absorver o que vejo. O espaço é dividido em áreas, como se fossem cômodos enormes. Cada parte tem um tema musical.

— Vamos dar uma volta — Paulo diz e me leva com ele.

Acho que tem o mesmo número de convidados e de pessoas trabalhando nas diferentes áreas. Passamos por um espaço dos anos 1950 cheio de garotas de saias rodadas que dançam com caras usando jaquetas de couro, um corredor com máscaras enormes dos rostos pintados do Kiss, uma sala roxa de cima a baixo com um sósia do Prince cantando "Little Red Corvette"... e por aí vai. Quando chegamos nos fundos do local, já passamos por dez espaços diferentes. E dentro de cada um tem vários artistas: uma garota com pernas de pau, acrobatas, e até mesmo um homem que engole e solta fogo.

Mas é o salão principal que me deixa boquiaberta. É praticamente um carnaval. Tudo brilha com as luzes de néon, e vejo garotas penduradas em balanços suspensos no ar e caras que pulam de poste em poste acima de nós. Nunca vi nada parecido.

Sigo Paulo até uma mesa redonda de doces. Vejo uma mulher deitada de barriga para baixo, vestindo apenas um fio-dental vermelho e um top bem pequenininho. É como se ela fosse uma bandeja humana com minicupcakes em cima. A mulher tem bolinhos nas costas, nas pernas e até mesmo na bunda. Ela se vira para nos olhar, seu queixo apoiado nas mãos.

— Eu recomendo o red velvet. É uma tentação de tão gostoso — ela diz, soprando um beijo na nossa direção.

Paulo ri e me dá um empurrãozinho em direção à mesa.

— Parece que já podemos riscar um dos itens do desafio!

Ele levanta o celular enquanto eu me aproximo aos poucos da mesa. Várias pessoas ao meu redor estão pegando cupcakes de cima dela e posando para fotos. É só um cupcake, digo a mim mesma. E está em uma embalagem de papel, então não está nem encostando na pele dela.

Por mais estranho que seja, estou feliz com o desafio de Judd, pois nos dá algo para fazer. Mas é claro que jamais vou confessar isso a ele.

Mudo de posição para garantir que Paulo consiga registrar o momento. Ele faz um joinha. Então eu rapidamente pego um cupcake de chocolate direto da parte inferior das costas dela. Todos os red velvet estão em sua bunda, mas não consegui criar coragem para encostar nela, com ou sem pontos a mais.

Levanto o cupcake e sorrio para a câmera, depois como tudo de uma vez. Posso até não querer fazer esse desafio, mas não existe a menor possibilidade de eu perder. Judd disse que se eu não cumprir todos os itens, vou ter que sair com Harold Safadão de novo. Olivia, que respondeu em meu nome, fez Judd prometer que, caso eu completasse a lista inteira, ele correria pelado pela rua da Nonna com apenas um chapéu de Papai Noel na cabeça e um sorriso no rosto. Para ser sincera, todos nós sairemos perdendo se tivermos que presenciar esse momento.

— Um já foi, faltam nove — Paulo diz, rindo. — Sério, o item que está me deixando mais ansioso é ver você rodopiar num pole. Acho que vi um lá no espaço do heavy metal.

— Que bom que você está se divertindo com isso — digo enquanto ele me leva para outra área.

A garota deitada na mesa grita atrás de nós:

— Podem repetir quantas vezes quiserem!

***

Completo todos os desafios antes do fim da noite, incluindo participar de uma disputa para ver quem consegue passar por baixo da corda, subir no palco para cantar com os backing vocals no espaço Motown e dançar swing com um dos Elvis. Também enchemos meu feed com fotos. Tenho doze mensagens não lidas de Griffin.

Nós nos sentamos em um banco do lado de fora enquanto esperamos o manobrista trazer o carro de Paulo. Aqui faz um silêncio incrível, se comparado com a festa lá embaixo.

Paulo me dá um empurrãozinho com seu ombro.

— Foi mais legal do que eu achei que seria. O Harold Safadão deve ter sido um date horrível pra você não querer repetir.

Eu dou um empurrãozinho de volta.

— Você não tem ideia. Não acredito que concordei em fazer tudo aquilo. Não tem nada a ver comigo.

— Eu achei incrível. E talvez seu ex fosse um peso na sua vida. Alguém que fazia você guardar todo esse seu lado divertido aí dentro. Fiquei preocupado quando a amiga da minha irmã mais nova disse que queria arrumar um date pra mim, mas acabou sendo ótimo.

Meu celular apita outra vez e nós olhamos para a tela. Décima terceira mensagem de Griffin.

— E missão cumprida — Paulo diz.

Faço que sim e olho para ele.

— Nada disso vai te atrapalhar com a garota que você gosta, né? — Não quero mesmo que ela fique irritada caso veja fotos de nós dois juntos.

— Não, ela estava aqui hoje, inclusive. A gente conversou enquanto você e as Supremes cantavam "Stop! In the Name of Love". — Ele ri de novo. — Expliquei o que estava acontecendo e acho até que ganhei uns pontos com ela por ter ajudado você.

— Que bom! Fico feliz de ter ajudado — digo. E estou sendo sincera. Paulo é um cara muito gente boa. Só espero que essa garota caia na real e fique com ele.

Quando Paulo me deixa na casa da Nonna, estou exausta. E meus pés estão me matando.

O que eu não esperava era ver Charlie, Wes e Judd pularem da varanda e fazer uma performance da música que cantei com a banda cover das Supremes.

— Por favor, não me digam que cantei mal desse jeito — comento quando eles terminam a performance.

Charlie vê que horas são, tira um pedaço de papel do bolso de trás da calça e solta um grunhido.

— Aff. O tio Ronnie ganhou a aposta de hoje. — Ele começa a digitar uma mensagem.

— Você foi incrível — Judd diz. — Principalmente quando montou aquele touro. Sério, incrível.

— Que bom que consegui entreter vocês — respondo. De verdade, o desafio fez minha noite.

— Não sei por que você está tão animado, Judd. Significa que você perdeu — Wes lembra.

— Me ver correndo pelado pela rua é uma vitória pra todo mundo — ele diz.

— Só avisa a gente com bastante antecedência pra eu passar longe daqui — Charlie responde.

— Eu também —Wes diz.

Levanto a mão.

— Somos três.

Charlie e Judd caminham para dentro da casa enquanto discutem a logística da corrida, mas Wes se senta nos degraus da frente e eu me junto a ele.

Nossos ombros quase se encostam. Estico as pernas e chuto meus sapatos para longe.

— Meu Deus, que alívio.

— Você está muito bonita — Wes diz e me dá um empurrãozinho com o ombro.

— Obrigada — respondo, retribuindo o gesto.

Wes apoia os cotovelos no degrau atrás de mim.

— Se você tivesse que listar os dates até agora, do melhor para o pior, como ficaria?

Eu me ajeito até ficar aconchegada no degrau, virada para ele.

— Com certeza o Harold foi o pior. E não só ele, mas todo o evento em si. Tipo, qualquer date que envolva cabras comendo sua roupa está fadado ao fracasso. — Wes ri e eu continuo: — O primeiro lugar, hmmm... eu me diverti bastante no date com o Seth. E o de hoje foi maravilhoso também.

Wes faz uma cara de falsa indignação.

— Então quer dizer que o date com o Judd não está na disputa do primeiro lugar? Estou chocado!

— É, chocante, eu sei.

— E qual deles beija melhor? Aposto no Safadão.

Jogo a cabeça para baixo para que ele não veja que fiquei vermelha.

Ele se inclina para a frente e abaixa a cabeça para me olhar nos olhos.

— Não me diz que você já teve todos esses dates e nenhum beijo de despedida.

Eu me endireito e, quando dou por mim, estamos muito próximos um do outro. Empurro o ombro de Wes de brincadeira, mas não tiro as mãos dele. Antes que eu possa me afastar, ele me segura. Nós dois nos surpreendemos, mas permanecemos imóveis. Seu olhar encontra meus lábios e ele aperta minha mão. Quando vejo, já estou inclinada para a frente.

Sinais de alerta ecoam pelo meu cérebro, mas não consigo parar.

O som da porta se abrindo faz isso por mim. Eu me jogo para trás e por pouco não caio do degrau em que estou sentada. Nós dois parecemos em choque pelo que quase aconteceu.

Olho de relance para a porta e vejo Nonna com um olhar de surpresa. Eu me levanto em um salto. Consigo sentir Wes atrás de mim.

— Não é nada disso que... — começo a dizer, mas Nonna me interrompe, sua expressão suavizando.

— Acabei de falar com a sua mãe. A Margot deu entrada no hospital. As contrações não paravam e o inchaço só piorava.

Sinto um frio na barriga e demoro alguns instantes para processar o que ela disse.

— Mas ela está bem? E o bebê? Está cedo demais. O parto era pra ser daqui a seis semanas!

Nonna me envolve em um abraço.

— Não é a melhor das situações, mas ela está bem. E o bebê também.

Ela não diz, mas sinto implícitas as palavras "por enquanto".

QUINTA-FEIRA, 24 DE DEZEMBRO

Dia livre

Mal consegui dormir na noite passada. Não tive a chance de conversar com Margot, mas ela me mandou uma mensagem dizendo para eu não me preocupar. Falei com minha mãe por um tempinho e ela não parava de afirmar a mesma coisa: vai ficar tudo bem.

Olivia está dormindo do meu lado, na cama enorme do quarto de hóspedes. O cômodo ainda está escuro, e apenas uma luz fraca e amarelada atravessa as cortinas, realçando as fileiras de fotos emolduradas na parede à nossa frente.

Minha avó manda fazer um retrato de cada um dos netos quando eles completam dois anos. Estamos todos de roupinhas muito chiques com nossas iniciais bordadas na frente, como se ela já soubesse que a parede ficaria lotada. Meus olhos correm de um lado para o outro e param quando encontro Margot. Seu cabelo preto está curto e sua cabeça está cheia de cachos bem redondinhos. Ela sorri de orelha a orelha e seus olhos dançam. Fico imaginando se seu bebê vai ser parecido quando tiver dois anos.

Sinto um nó na garganta. Não posso mais continuar deitada aqui.

Deslizo para fora da cama, com muito cuidado para não acordar Olivia, e saio do quarto na ponta dos pés. A casa está em silêncio quando passo por um estrado ocupado por meus primos mais novos, e sorrio ao notar o emaranhado de braços e pernas. Sinto falta desses dias mais simples, quando nossa maior preocupação era quem ficaria na beirada – correndo o risco de acabar no chão de tábua corrida, sem travesseiro ou cobertor. Do jeito que meu primo Webb está agora.

Puxo dois cobertores da parte de trás do sofá; uso um deles para cobrir Webb e levo o outro comigo para a varanda. Enrolando meu corpo nele, sento na escada, me recosto no degrau de cima e observo o céu passar de um azul profundo para um amarelo-alaranjado mais quente, até que finalmente vejo um pedacinho de sol despontar no horizonte. O ar está tão gelado que consigo ver minha respiração quando expiro, mas estou quentinha debaixo da coberta.

Dou uma olhada para a casa ao lado.

Acho que foi bom termos sido interrompidos antes de fazermos alguma besteira. Ele tem namorada e eu estou no meio de uma crise nervosa, saindo com metade da cidade. Mas não consigo deixar de sentir uma leve pontada de decepção.

A manhã está tão silenciosa que me assusto ao ouvir um som de motor cortando a rua, e fico ainda mais inquieta quando uma caminhonete familiar para em cima do meio-fio.

Griffin acaba de estacionar na frente da casa dos meus avós.

Fico congelada na escada ao observá-lo sair da caminhonete e atravessar o caminho de tijolos. Ele está de cabe-

10 dates surpresa   **147**

ça baixa e parece murmurar algo para si mesmo. Aproveito esses poucos segundos para olhá-lo bem. Seu cabelo castanho está meio grande demais, e ele parece ter dormido com a mesma roupa que está vestindo. Sinto uma pontada no peito tão dolorosa quanto a que senti na sexta-feira passada, na festa do Matt.

Quando enfim ergue a cabeça, Griffin toma um susto tão grande que pula para trás e dá um grito alto o bastante para acordar os vizinhos.

Não consigo não olhar para ele. Mesmo depois de tudo que aconteceu, meu coração começa a acelerar e minhas mãos ficam suadas.

— O que você está fazendo aqui? — eu finalmente pergunto.

Griffin dá mais alguns passos na minha direção, mas para quando fica a uns trinta centímetros de distância.

— Você não queria falar comigo, então esperei o máximo que pude. Eu preciso falar com você.

Eu me enrolo ainda mais no cobertor. Depois das notícias sobre Margot, sinto que estou a um passo de desmoronar, e ver Griffin aqui não ajuda em nada. Parte de mim sabe que seria muito fácil encurtar ainda mais a distância entre nós; deixá-lo me envolver em seus braços e espantar a tristeza que não me deixa de jeito nenhum. É fácil ignorá-lo a cinquenta quilômetros de distância, mas vê-lo aqui, com essa tristeza no rosto, é mais difícil do que imaginei.

— Eu já disse, ainda não estou pronta pra conversar com você.

Griffin põe o pé no primeiro degrau, mas eu estendo a mão para impedi-lo de se aproximar mais.

Ele põe as mãos nos bolsos e suspira.

— Por favor, Sophie. Só dez minutos.

— Pode dizer o que quiser, mas diz aí embaixo. — Eu me levanto e subo até o topo da escada. Preciso me afastar um pouco para lidar com o conflito interno que está acontecendo na minha cabeça agora.

— Eu estraguei tudo, Sophie. Soube no segundo em que vi seu rosto.

Eu me viro para ficar de frente para ele.

— Eu ouvi o que você disse. Você estava bem chateado por saber que eu ia ficar na cidade. E quer me dizer que mudou de ideia dez segundos depois?

Ele joga a cabeça para trás e levanta as mãos.

— O que eu quero dizer é que estou enlouquecendo. Estou assim desde que você foi embora da festa do Matt. E aí eu vejo essas fotos suas com outros caras e sinto vontade de arrancar a cabeça deles. Que negócio é esse, sabe? Vi uma foto sua em cima de um touro mecânico com um vestido chique. E depois outra foto maluca de você com… — Griffin agita as mãos enquanto tenta encontrar as palavras certas. — Luzes! — ele finalmente consegue dizer.

— Então te incomoda ver fotos minhas? — Depois acrescento com bastante ênfase: — Me divertindo?

Ele solta um suspiro profundo e começa a andar de um lado para o outro.

Eu me sento no último degrau e digo:

— Acho que você só quer voltar comigo porque me viu com outros caras. Você ainda ia querer se eu tivesse passado os últimos cinco dias trancada no quarto, chorando?

Ele franze a testa.

— Eu já tinha te mandado mensagem e já queria falar com você antes de ver a sua primeira foto com outro cara.

10 dates surpresa　**149**

— Mas e aquilo que você disse naquela noite? Sobre como o último ano era pra ser divertido?

Ele passa a mão pelo cabelo.

— Não sei. Tipo, a gente se concentrou tanto na escola que todo o resto ficou em segundo plano. Mas quanto mais a gente se aproxima da formatura, mais eu imagino tudo que a gente perdeu. O ano está quase acabando e tudo vai mudar e sei lá…

É difícil ouvir essas palavras. Mas é ainda mais difícil perceber que tem um fundo de verdade nisso tudo. Estar com Olivia, Charlie e Wes nessa semana me fez lembrar que já fui diferente. Quando éramos o Quarteto Fantástico, tudo era fácil e divertido. Mas então, no meio do caminho, trabalhos de escola, grupos e garantir que meu histórico escolar estivesse sempre perfeito tomaram conta de tudo. Fui de um extremo a outro.

E, embora eu pense que Griffin pode até sentir falta de mim, não acredito que os sentimentos dele tenham mudado.

— Ouvir você dizer aquilo foi difícil, mas também me fez pensar — digo. — Acho que nós dois temos muito o que refletir.

Ele sobe um degrau.

— Eu detesto ver você com outros caras, mas é mais do que isso. Não joga fora o que a gente tem. A gente pode resolver isso junto. — Ele eleva o tom de voz e, por instinto, dou uma olhada para a porta atrás de mim.

Seria tão fácil voltar com ele. Bastaria dizer sim e pronto. Mas por quanto tempo ele ficaria feliz? E será que tudo voltaria a ser como antes?

— Tudo certo aí?

Nós nos viramos e encontramos Wes parado na grama a poucos metros de distância. Ele está usando uma calça de pijama cinza toda estampada com chapeuzinhos de Papai Noel e uma camiseta vermelha. Mesmo com todo o climão entre Griffin e eu, sinto vontade de rir de seus trajes festivos.

Ele olha de mim para Griffin e depois para mim de novo.

— Ouvi uma gritaria — ele diz.

Griffin revira os olhos.

— Tá, cara, tudo tranquilo. A gente só está conversando.

Wes ainda está olhando para mim. Faço que sim discretamente.

— Será que a gente pode ter um pouco de privacidade aqui? — Griffin pede.

— Se você queria privacidade, talvez não devesse sair gritando a ponto de fazer a vizinhança inteira ouvir.

Griffin parece confuso.

— Ele não é um dos seus primos?

Droga, sei que minha família é enorme, mas nós estamos juntos há um ano. Era de se esperar que ele conhecesse minha família a essa altura.

— Não, o Wes é meu amigo de infância.

Então Griffin finalmente o reconhece.

— Aquela sua foto dançando. Com ele.

Faço que sim e olho para Wes.

— Está tudo bem. A gente só está conversando.

Wes fica parado por mais alguns segundos. Ele começa a se afastar, mas logo para e pergunta:

— Teve alguma notícia da Margot e do bebê?

Griffin estica o pescoço.

— Aconteceu alguma coisa?

— Ela está no hospital — respondo e me viro para Wes. — Nada de novo ainda. Estão tentando controlar o inchaço e parar as contrações.

Wes dá um leve sorriso para mim.

— Ela é durona. Sei que eles vão ficar bem.

E, com isso, ele vai embora.

A novidade sobre Margot faz com que Griffin se acalme um pouco. Ele se senta no fim da escada.

— Sinto muito, Soph. Sei como você deve estar preocupada.

Murmuro um "obrigada" e voltamos ao silêncio constrangedor. Por fim, Griffin diz:

— Só estou pedindo mais uma chance. Não quero que a gente termine.

— Você precisa me dar um tempo pra pensar. Aconteceu tanta coisa nos últimos dias que não consigo raciocinar.

Ele faz que sim com a cabeça.

— Você planeja ter mais algum date enquanto estiver aqui?

Penso no mural da cozinha. Eu poderia pôr um ponto final nessa história. Dizer para Nonna que Griffin e eu vamos tentar nos acertar. Mas algo me impede. Então, em vez disso, explico para ele o plano da Nonna.

E, quando termino de falar, fica nítido que Griffin não gostou nem um pouco.

— Então quer dizer que mesmo eu estando aqui, dizendo que quero voltar, você ainda vai ter mais seis dates?

Eu olho nos olhos dele.

— Sinto que aprendi mais sobre mim mesma nos últimos quatro dias do que nos últimos quatro anos. E não é como se eu estivesse ansiosíssima para os próximos dates nem nada. Mas preciso terminar o que comecei.

A hora é agora. Ou ele vai me entender ou vai embora para sempre. E não sei o que significa para nós dois que eu não consiga decidir o que eu quero que aconteça.

Ele se levanta depressa e quase cai para trás antes de se endireitar. Depois, anda de um lado para o outro na rua como se tentasse processar minhas palavras. Por fim, ele para e se vira na minha direção.

— Acho que a gente caiu na rotina. Se você procurar nossas primeiras fotos juntos, acho que vai perceber que era tão feliz naquela época quanto parece estar nessas fotos que postaram agora. E acho que dá pra voltar a ser daquele jeito. Pelo menos é isso que eu quero.

Começo a dizer algo – não sei nem o quê –, mas ele levanta a mão para me impedir.

— Mas eu concordo com a ideia de terminar o que já começou, porque você precisa ter cem por cento de certeza de que eu sou o que você quer.

Ele se vira de costas e volta para a caminhonete. Antes que eu consiga registrar tudo que foi dito, Griffin já está longe.

Será que ele está certo? Não paro de pensar em como os últimos dias têm sido diferentes, mas e se for só porque não consigo lembrar do início do nosso namoro? Será que é justo comparar a animação de um primeiro date – ou de quatro primeiros dates – com a familiaridade de um relacionamento sério?

É só quando me levanto para entrar em casa que vejo Wes sentado nos degraus da varanda dele, contemplando a rua vazia.

O dia se arrasta. Meu celular fica grudado em minha mão o tempo inteiro, e eu já quase abri um caminho no chão da cozinha da minha avó de tanto andar para lá e para cá.

Ela me observa da bancada, mas não diz nada. Nós duas deveríamos trabalhar por algumas horas, mas achamos que a ideia de ficar lá enquanto esperamos ter notícias de Margot é insuportável. Em vez disso, Nonna separa ingredientes e tudo que será necessário para a grande refeição de amanhã, e eu continuo perambulando.

O silêncio está me matando. Já falei com minha mãe algumas vezes, mas tudo que ouço como resposta é "sem novidades".

— Você não tinha um almoço marcado com aquele amigo da Olivia? — Nonna pergunta.

— Tinha. Mas cancelei. Não dá pra almoçar com ele hoje.

Nonna solta um murmúrio, mas não olha para mim.

— Preciso que você dê uma passada no mercado — ela diz.

Eu me viro depressa. Não posso ir no mercado. Preciso ficar aqui e esperar minha mãe me ligar.

— Pra quê?

— Pra você esfriar um pouco a cabeça.

Reviro os olhos e volto a andar de um lado para o outro.

— Não vou sair daqui agora.

Meu celular toca uma hora depois e tomo um susto tão grande que o deixo cair. Demoro uma eternidade para encontrá-lo debaixo da mesa lateral.

O nome de minha mãe brilha na tela.

— Alô? — atendo, quase sem fôlego. Parece que meu coração vai sair pela boca.

— Soph — ela diz. — Eles levaram a Margot às pressas pra fazer uma cesárea de emergência. O bebê deve nascer em poucos minutos.

A voz dela soa grave. Nonna fica imóvel.

— Ela está bem? O bebê vai ficar bem? — Mal consigo pronunciar as palavras.

— Eles disseram que é mais seguro o parto acontecer agora do que tentar impedi-lo. Uma obstetra e uma enfermeira neonatal já estão prontas para levarem o bebê para a unidade deles, e temos vários médicos e enfermeiras cuidando da Margot, então vai ficar tudo bem, não tem por que duvidar.

Exceto pelo detalhe de que o bebê vai nascer pré-maturo e, até hoje de manhã, o objetivo era tentar prolongar um pouco mais a gestação. Será que o bebê já está pronto?

Por mais que eu esteja muito assustada, uma emoção repentina toma conta de mim. Não acredito que Margot está prestes a ser mãe. E eu vou ser titia!

— Me liga assim que tiver notícias, tá?

— Claro. Não demoro a ligar — ela diz.

— Tá. Avisa a Margot que eu amo ela e que mal posso esperar pra ver o bebê!

—Ah, meu amor, pode deixar.

E então a ligação termina.

Conto as notícias para Nonna.

— Será que é possível ficar apavorada e animada ao mesmo tempo?

Ela chega por trás de mim e começa a brincar com meu cabelo em seus dedos, do jeitinho que fazia quando eu era pequena. Nonna responde em um tom de voz suave:

— Era assim que me sentia todas as vezes que um filho ou um neto meu nascia… e agora um bisneto! É incrível o que os médicos são capazes de fazer hoje em dia. Seis semanas antes é um pouco cedo, mas não é a primeira vez que acontece.

— Eu sei — murmuro. — Mas a gente nem fez o chá de bebê ainda. Ela queria esperar o Natal passar.

— Bom, então assim que a gente souber se é menino ou menina, a gente vai às compras.

10 dates surpresa **155**

Jurei que nunca pisaria numa loja em véspera de Natal, mas, pelo bebê, estou disposta a mudar de ideia.

Nonna volta ao fogão e eu continuo a encarar meu celular.

— Você vai ser bisavó pela primeira vez — comento. — Não tinha me tocado até você dizer. Como está se sentindo?

Nonna se vira para mim.

— Me sinto fantástica. — Ela parece radiante. — E você vai ser tia Sophia pela primeira vez!

— Tia Sophia é formal demais. Ele pode me chamar só de Sophie.

— Eu tinha uma tia Judy, e todo mundo chamava ela de tia Juju. Então quem sabe você não vira tia Soso ou outro nome fofo?

Parece bobo, mas abro um sorriso com a imagem de um bebê rechonchudo olhando para mim de bracinhos esticados e pedindo para tia Soso pegá-lo no colo.

Meu celular apita e dou um pulo da cadeira.

Abro a mensagem.

— É menina! — Dou um gritinho.

Nonna junta as mãos e vejo lágrimas em seus olhos.

— Uma menina! Que maravilha!

— Minha mãe disse que levaram o bebê na mesma hora pra unidade neonatal, mas ela vai mandar fotos assim que conseguir tirar.

— Eles já sabem que nome vão dar? — Nonna pergunta. Mando uma mensagem perguntando.

Os três pontinhos pulam na tela e logo a resposta chega.

O choque é tão grande que mal consigo dizer:

— Anna Sophia.

Estou arrasada. Aquela doce menininha ganhou meu nome e eu ainda nem a vi.

***

— Que tamanho você está procurando? — a vendedora me pergunta. Olivia e eu estamos em uma lojinha para bebês no centro da cidade. Por sorte, a maioria das pessoas que deixaram as compras de Natal para hoje não veio para cá. Bom para nós, eu acho.

— Ela nasceu hoje, mas é bem pequena. Mal passa dos dois quilos.

A mulher arregala os olhos.

— Venham aqui comigo. Nós temos uma seção de pré-maturos onde podemos encontrar alguma coisa no tamanho certo.

Olivia e eu seguramos vestidinhos minúsculos.

— Sério, se eu tirar a roupa das minhas bonecas velhas é bem capaz de servir nela.

— Pois é — digo. — Essas calcinhas mal cobrem a palma da minha mão.

Então um estande com produtos de amamentação chama a atenção dela.

— Será que a Margot vai precisar desse creme pra mamilo? — Olivia pergunta com uma risada.

— Isso aí ela vai ter que comprar por conta própria. E sério, depois de tudo que aconteceu, vai ser um milagre se um dia eu quiser ter filhos.

— Bom, vai ser um milagre se o Jake encontrar alguém que queira casar com ele, então talvez você tenha que dividir a Anna comigo e me deixar ser tia dela também. Pode ser minha única chance.

Olho para Olivia.

— Com certeza divido ela com você.

Estamos próximas o suficiente para que ela ponha o braço ao meu redor e me aperte.

— Nós vamos ser as melhores tias. Nada a ver com a tia Patrice.

Encosto minha cabeça na dela.

— Nem com a tia Maggie Mae.

Ela ri.

— Com certeza, nada a ver com ela.

Por fim, escolhemos três roupinhas com uma abertura elástica na parte de baixo e um cobertor rosa muito macio.

— É pra presente? — a vendedora pergunta.

— Sim, por favor — respondo.

Enquanto esperamos, Olivia pega uma miniatura de uniforme de cheerleader da LSU.

— Esqueci de perguntar como foram as coisas com o cara da faculdade ontem à noite — ela diz e ergue as sobrancelhas.

— A festa foi incrível!

— Eu vi as fotos, mas você gostou dele? Ele falou que quer sair de novo? — ela pergunta.

Balanço a cabeça.

— Não, ele meio que já está com alguém.

Olivia parece chateada.

— Ah, que droga.

Chego a abrir a boca para falar sobre Wes, mas desisto rapidamente. O que eu diria? Estou feliz por as coisas finalmente estarem voltando ao normal, e agora vou estragar tudo dizendo que quase beijei Wes? Sem contar que ele tem namorada... acho. E eu estou muito confusa sobre meu ex-namorado.

É, talvez seja melhor eu não dizer nada por enquanto.

A vendedora volta com os presentes embrulhados e nós saímos da loja. Assim que entramos no carro, olho para a foto que Margot me enviou. Por mais que eu estivesse ansiosíssima para conhecer minha sobrinha, é difícil vê-la desse jeito. Antes de receber a imagem, eu a imaginava toda enroladinha em um cobertor branco, dormindo serenamente com bochechas rosadas e lábios redondinhos. A foto que minha irmã me mandou me faz querer chorar.

O cobertor está ali, mas Anna está deitada em cima dele só de fralda. Ela está de barriga para cima, com braços e pernas esparramados, e tem tubos, fios e sabe Deus mais o que ligados a ela. Vejo também um tubo fininho enfiado em seu nariz, provavelmente com oxigênio, e uma fita na bochecha para que ele não saia do lugar. Em uma das pernas tem uma tornozeleira com identificação e, na outra, um aparelho de pressão minúsculo.

Amplio o rosto dela e sorrio quando vejo o cabelo escuro em sua cabeça. O marido de Margot é loiro e bem branco, e eu secretamente torcia para que ela se parecesse com nossa família. Os olhos dela estão fechados e o rosto inteiro parece meio inchado, mas ela é linda.

Mal posso esperar para conhecê-la.

Margot não deu muitas informações na mensagem, só disse que está cansada e dolorida e que Anna parece estar "o.k.", o que não é exatamente o termo que eu gostaria de ouvir sobre a saúde da minha sobrinha recém-nascida. Minha mãe disse que só viram o bebê uma vez até agora, mas esperam poder vê-la de novo em breve.

Olivia se inclina para olhar meu celular quando o sinal fecha, e eu viro a tela para ela.

— Ela parece tão pequenininha — Olivia comenta. — Tipo, mal chega a ocupar um terço da incubadora.

— Eu prometi à Margot que estaria com ela quando o bebê nascesse — comento. E então digo aquilo que não sai da minha cabeça desde que recebi a mensagem da minha mãe: — Estou pensando em ir pra lá.

Isso chama a atenção dela.

— Hoje? Agora?

Dou de ombros.

— É que eu sinto que preciso estar lá. — Na verdade, cheguei a sugerir a ideia para a minha mãe, mas ela não deixou.

Olivia ergue a sobrancelha esquerda – apenas a esquerda – e me olha daquele jeito dela.

— Você sabe que eu morro de inveja de não conseguir fazer isso — digo.

— Você está planejando alguma coisa, não está? — ela sugere.

Dou de ombros.

— Talvez. — Fico em silêncio por alguns instantes antes de acrescentar: — Meus pais não querem que eu vá porque a estrada fica perigosa na véspera de Natal, e a Anna está na UTI, então eu nem vou poder segurar ela, e por aí vai… mas acho que consigo entrar lá, ver a Margot e o bebê e ir embora sem que eles descubram.

Olivia arregala os olhos.

— Espera aí — ela diz e desvia o olhar da estrada para mim. — Vamos pensar nisso direito. Eles estão num hospital em Lafayette, certo? Então são três horas pra ir e três pra voltar. E se você ficar lá por, tipo, uma hora, vão ser sete horas de sumiço. Isso se nada der errado! Como é que você vai se esconder da Nonna por tanto tempo? E se quando você chegar lá a sua mãe estiver no quarto com a Margot? Você corre o risco de ir até lá à toa. Ou de arranjar problemas.

Já pensei em cada um desses detalhes. Mas não me dou por vencida.

— Se eu sair às nove, chego lá por volta de meia-noite. Não vou ficar muito tempo. Só o suficiente pra ver as duas. Meus pais não vão estar lá, porque é o Brad que vai passar a noite com a Margot hoje. Aí depois é só voltar. Já vou estar por aqui antes de todo mundo acordar.

Dá para ver que ela vai tentar me convencer a desistir, então acrescento:

— Você pode me dar cobertura. A casa vai estar lotada e você pode desviar a atenção de todo mundo. Ninguém vai notar minha ausência.

Ela solta um suspiro profundo.

— Você não pode ir sozinha. Não é seguro. Você vai passar a noite inteira dirigindo. — Ela pega o telefone e liga para Charlie. A chamada é atendida pelo bluetooth do carro.

— Oi — ele diz.

— Sua prima idiota bolou um plano idiota e precisa da nossa ajuda — Olivia diz. Eu reviro os olhos.

— Não vou fazer nada para as Meninas Malvadas e você sabe disso.

Nós duas rimos.

— Não estou falando delas — Olivia diz. — Espera aí. Vou colocar o Wes na ligação.

Começo a dizer "não", mas antes que a palavra saia, Charlie diz:

— Ele está aqui do meu lado. Vou colocar no viva-voz.

— Então — Olivia continua —, a Soph botou na cabeça que quer sair escondida hoje à noite, dirigir até o hospital pra ver a Margot e a Anna e depois voltar. Fiquem avisados que nós também vamos, pra impedir que ela se mate depois de dormir no volante no meio da noite.

10 dates surpresa   **161**

— Não. Espera, vocês não precisam fazer isso — eu digo, mas Olivia me dispensa com a mão.

— Só se eu puder escolher as músicas — Charlie responde. — E a temperatura do carro. Não quero suar a viagem toda. E você vai ficar me devendo um favor que vou poder cobrar a qualquer momento. Sem questionar.

Olivia e eu trocamos olhares.

— Que horas vamos começar a jornada? — Wes pergunta.

— Por volta das nove. Depois do jantar, assim a Nonna não vai ter motivo pra procurar a gente.

— Vou estar preparado — Wes diz.

— Eu também — Charlie confirma. — Esse é o tipo de plano que a Sophie dos velhos tempos inventaria. Adorei.

Enquanto nossa tradição natalina envolve toda a família sentada à mesa ao meio-dia para uma refeição formal com todos os pratos clássicos que se possa imaginar – peru, molhos, vagem, caçarola de batata doce –, a véspera de Natal é o completo oposto.

Nonna ama celebrar nossas raízes sicilianas, então o bufê que se estende pela bancada da cozinha inclui diferentes tipos de massa, berinjelas, alcachofras recheadas e *panelle*. Há uma variedade de salames e queijos, frutas secas e azeitonas. Temos também biscoitinhos de figo e de amêndoa, além de cannoli. As mesas estão decoradas com toalhas vermelhas e arranjos de pequenas poinsétias brancas no meio. Ao fundo se ouve música natalina, mas todas as canções são italianas e as gravações parecem vir direto dos anos 1950.

Jake e Graham passeiam pela cozinha e param perto de onde Olivia e eu estamos sentadas.

— Ouvi dizer que aquele babaca deu as caras hoje de manhã — Jake diz depois de comer um pedaço de cookie.

A primeira coisa que Wes fez foi contar para Charlie que Griffin passou por aqui. Então Charlie contou para Nonna, e assim começou o telefone sem fio.

— Pois é. Ele queria conversar.

Graham revira os olhos.

— Nunca fui com a cara dele.

— Ah, fala sério — Olivia diz. — Você nem conhecia ele direito.

— Só digo que não demorei pra formar minha opinião — Graham retruca.

— Não deixa ele te fazer sentir culpada até vocês voltarem, se não for isso que você quer — Jake diz com um olhar sério. Depois, os dois seguem na direção da bandeja de cookies.

Vários parentes resolveram me dar conselhos indesejados hoje. Quero esganar Wes por ter aberto a boca sobre a visita de Griffin.

Charlie desliza na cadeira ao lado de Olivia, sentando-se.

— Não dá pra gente ir na minha caminhonete. O tanque está quase vazio.

Eu o silencio e dou uma olhada ao redor, mas todos riem e conversam sem prestar nenhuma atenção em nós.

— A gente vai no meu carro — aviso.

A desculpa que inventamos é que Charlie, Olivia e eu combinamos de fazer uma maratona de filmes natalinos na casa de Wes. Convencemos Sara a distrair qualquer pessoa que pergunte por nós. Não é um plano maravilhoso, mas com a casa lotada do jeito que está – e, assim espero, com todos os adultos de barriga cheia –, é pouco provável que alguém nos

10 dates surpresa **163**

procure. Na verdade, acho que todos vão acabar entrando num coma alimentar em menos de uma hora.

Vinte minutos depois, nós três seguimos para a rua onde meu carro está estacionado. Wes está sentado no capô, esperando por nós.

— Quem vai dirigir? — Charlie pergunta.

— Acho mais seguro se a gente se revezar a cada uma hora e meia — Wes sugere, descendo do carro. — Então, dois dirigem na ida, e os outros dois cuidam da volta.

— Você tinha que ter sido escoteiro — Charlie diz.

— Eu *fui* escoteiro — Wes retruca. — E você também.

Wes e eu tentamos abrir a porta traseira ao mesmo tempo. Sei que nossa intenção é a mesma: deixar nossa vez para o pior turno, aquele que nos trará de volta nas primeiras horas da manhã.

— Você dirige primeiro — digo.

Ele sacode a cabeça e sorri, esticando sua mão para pegar a maçaneta.

— Não. Estou exausto. Preciso muito tirar um cochilo agora, aí o Charlie e eu podemos revezar na volta.

Charlie resmunga.

Tento empurrar a mão dele, mas ele está segurando a maçaneta com força. Estamos próximos – não tão próximos quanto na noite passada, mas mais do que deveríamos.

— Isso não vale. A ideia foi minha. Não tem por que você ficar acordado a noite inteira.

Ele inclina a cabeça, mas não diz nada. Sua mão continua firme no mesmo lugar.

— É… — Charlie murmura do outro lado do carro. — Se vai todo mundo ficar parado aqui a noite toda, eu vou voltar pra comer mais uma fatia de cassata.

— Dirige você primeiro — Wes sussurra.

Dou uma última olhada para a casa dos meus avós, toda acesa, antes de me afastar de Wes e deslizar para o banco do motorista.

— Charlie, você fica atrás — Olivia diz. — A gente vai dirigir primeiro.

— Como é que eu vou controlar o rádio daqui de trás? — ele pergunta enquanto abre a porta traseira. — Não foi essa a viagem que me prometeram.

Wes olha para mim pelo retrovisor quando dou partida no carro.

— A gente vai tirar um cochilo no caminho. E vou deixar o Charlie ouvir o que quiser. Está tudo bem.

Charlie se contorce no pequeno banco traseiro para tentar encontrar uma posição confortável, enquanto Wes se entorta no canto entre o assento e a porta. Toda vez que olho pelo espelho, vejo ele bem ali.

Não me distrai nem um pouco, imagina!

Tiro o carro do meio-fio enquanto Olivia tenta encontrar alguma música que não seja natalina no rádio. Ela não tem muita sorte.

— É só seguir reto pela I-49. Cuidado com a fiscalização quando passar por Alexandria. Vai ser difícil ter que explicar uma multa para o seu pai — Olivia diz.

Faço que sim e tento me concentrar na estrada. Essa vai ser a noite mais longa da minha vida.

Com apenas dez minutos de viagem, Charlie já começa a reclamar.

— Está quente demais aqui atrás, e essa música é uma bosta.

Olivia revira os olhos e estica o cabo USB até o banco traseiro.

10 dates surpresa   **165**

— Pode escolher o que quiser.

Charlie conecta o celular dele e, poucos minutos depois, uma música country velha e fanhosa ecoa pelos alto-falantes. Nós três soltamos um grunhido.

— Que foi? — Charlie pergunta. — Essa música é ótima.

— Não é, não — retruco. — Seu gosto musical é péssimo.

— É verdade — Olivia diz para Charlie. — Você ama essas músicas de novela.

— O quê? Como assim? — Charlie pergunta.

Olivia estende a mão e ele entrega o celular.

— Aquele tipo de música que poderia fazer parte da trilha sonora de qualquer novela. — Ela leva mais ou menos um minuto; de repente, uma melodia familiar se espalha pelo carro. Olivia fala por cima da música: — Essa aqui, por exemplo, conta a clássica história da pessoa que vai do lixo ao luxo, com uma pitada de prostituição. É sobre uma mãe pobre que tem duas filhas. Uma delas é muito novinha e está doente, mas a outra já é grandinha o suficiente e é linda. Então a mãe imagina que a única solução pra tirar a garota da pobreza é fazer ela usar um vestido vermelho e arrumar um *sugar daddy*. Tadinha da Fancy.

Wes e eu damos risada.

Ela passa para a próxima música antes que a anterior termine. Reconheço-a assim que ouço as primeiras palavras.

— Já essa é uma típica história de sobrevivência. Se o mundo acabar, toda a galera da cidade já era, mas se você for um *country boy*, vai sobreviver. E não só vai ser capaz de pôr comida na mesa, mas vai também esbanjar boas maneiras o tempo inteiro.

Ela troca de música mais uma vez.

— E essa aqui é o clássico "aprenda com os mais velhos". Tipo, a música é literalmente sobre um jogador de cassino mais velho ensinando um jogador mais novo a jogar melhor. Tem cigarros. E bebidas. E eles estão num trem.

Agora até Charlie começou a rir.

— Tá bom, tá bom — ele diz. — Mas são ótimas músicas mesmo assim.

Passamos os próximos cinquenta quilômetros vasculhando a playlist de Charlie para tentar pensar em temáticas clichês que combinem com cada música.

Por fim, Charlie tira o celular do cabo.

— Vocês podem até pensar que estragaram as músicas pra mim, mas não conseguiram.

Olivia liga o rádio e voltamos à trilha sonora natalina.

— O que houve com o tio Ronnie? — pergunto. — Ele praticamente fugiu da cozinha quando a Nonna chegou com os cannoli.

Olivia deixa escapar uma risadinha.

— Ele se recusa a comer cannoli.

— Mas por quê? — pergunto. — É a melhor comida que ela faz.

— Por causa da gente — Wes responde. Dou uma rápida olhada para ele pelo espelho, e está me encarando de volta.

— Da gente? O que foi que a gente fez? — pergunto.

Charlie se inclina para a frente e responde:

— Lembra quando a gente achou aquele pozinho que faz a pessoa querer ir ao banheiro no meio dos remédios do Papa?

— Meu Deus do céu! — eu grito.

— Pois é — Wes diz.

No primeiro ano do Ensino Médio, nós queríamos nos vingar das Meninas Malvadas por algum motivo – não faço ideia de qual seja agora –, então pensamos que seria hilário colocar um pouco desse pozinho na bebida delas. Só que acabamos errando de copo e o alvo foi tio Ronnie. E, como não temos o mínimo de comunicação interna, todos nós despejamos um pouquinho do pó no copo dele, sem perceber que os outros três já haviam feito a mesma coisa.

Não preciso nem dizer que tio Ronnie passou um bom tempo no banheiro.

— Mas isso aconteceu uma vez! Três anos atrás! E os cannoli não têm nada a ver com isso.

— Mas ela fez cannoli pra caramba aquela noite, lembra? E ele se entupiu de cannoli, então acha que o motivo foi esse — Olivia explica.

— Nossa, que horror. — Mas não consigo segurar o riso. Charlie dá de ombros.

— Bom que sobra mais pra gente.

Wes se inclina para a frente.

— O Charlie e eu estamos tentando fazer com que ele coma só um desde o ano passado, mas toda vez que a gente toca no assunto, ele fica verde. — Wes se vira para Charlie e diz: — Lembra da aposta que a gente fez com ele, de que os Saints ganhariam dos Cowboys? A gente ganhou e disse que ele ia ter que comer cannoli.

— Isso, e aí ele fez a tia Patrice comer no lugar dele.

Os olhos de Wes encontram os meus no espelho.

— A gente tenta fazer ele superar, mas o cara não desiste.

— Ele ficou muito tempo *mesmo* no banheiro — Olivia acrescenta.

— Por falar em pegadinha — digo —, alguém aí está a fim de confessar quem fez aquela cartinha de amor falsa pra mim fingindo ser o Ben lá do fim da rua?

— Foi a Olivia! — Charlie grita.

— Foi o Charlie! — Wes grita.

— Foi o Wes! — Olivia grita.

— Um dia eu ainda vou descobrir quem foi! — respondo com um sorriso. — Vocês sabiam que eu tinha uma quedinha por ele. E fiz o maior papel de trouxa chegando na casa dele de bicicleta com uma bandeja cheia de cookie de limão pra dizer que tinha amado a carta. — Eu tinha ajudado Nonna a preparar os cookies para o clube do livro da mãe de Ben uma semana antes, então quando li a carta dele dizendo como amava aqueles cookies, fiz o dobro da porção e fui correndo até a casa dele. — Ele ficou petrificado!

Os três caem na gargalhada.

— Não tem problema. Eu vou descobrir quem foi e vai ter volta.

— Como você vai ter que continuar saindo com a gente se quiser dar o troco, eu saúdo a sua vingança — Charlie diz e dá o play em mais uma música.

SEXTA-FEIRA, 25 DE DEZEMBRO

Dia livre

— Olivia, chegamos.

Eu a cutuco para acordá-la e ela não para de afastar minha mão. Olivia pegou no sono há mais ou menos uma hora e meia, uns trinta minutos depois de Charlie e trinta minutos antes de Wes. Ela se esforça para abrir os olhos e tenta entender onde estamos.

— Sophie, por que você não me acordou? — ela pergunta com voz grogue.

Estaciono perto da entrada da emergência.

— Você não apagou por tanto tempo assim — respondo.

Charlie se espreguiça no banco traseiro e dá um bocejo tão alto que acorda Wes. Ainda está escuro lá fora, mas o brilho do painel ilumina o interior do carro.

— Foi mal — Olivia murmura. — Você ficou acordada sozinha, que droga.

Balanço a cabeça.

— Não tem problema. Que bom que todo mundo conseguiu dormir um pouco.

Olivia gira no banco da frente. Ela aponta para o lado de fora e diz:

— Gente, acho que tem uma Waffle House aqui na rua. Querem comer alguma coisa enquanto a gente espera a Sophie?

Eles fazem que sim, ainda desorientados. Eu desço do carro e Olivia pula para o banco do motorista.

— Volto daqui a uma hora — digo através da porta aberta.

Olivia ainda reajusta o banco.

— Se precisar que a gente te busque mais cedo, é só ligar — ela responde.

Wes abre a janela do seu lado do carro.

— Você fica de boa de entrar sozinha?

— Aham. Vocês podem comprar comida pra mim, por favor?

— Claro. O que você quer?

— Qualquer coisa, tanto faz. E café.

Olivia me entrega a sacola com os presentes que compramos mais cedo.

— Não esquece isso aqui.

— Obrigada — respondo e sigo na direção da entrada. Eu paro quando me lembro de pedir a Wes para colocar um pouco de creme no meu café, então pego o celular. Eles já estão de saída quando aperto no nome dele.

Dá para ouvir a buzina a gás daqui, mesmo com as janelas fechadas. Olivia pisa no freio com tanta força que o pneu chega a cantar.

Ai, meu Deus. Acho que ele esqueceu de trocar meu toque.

10 dates surpresa   **171**

— Esqueci de trocar seu toque — ele diz assim que atende.

Não consigo parar de rir.

— Creme… também… por favor — consigo pronunciar.

— Sem problemas. Mais alguma coisa?

— Só isso mesmo. — Encerro a ligação.

Charlie abre a janela e põe a cabeça para fora.

— Agora acordamos mesmo! Valeu!

— Foi mal! — grito do outro lado do estacionamento enquanto eles se afastam.

É pouco mais de meia-noite e vejo algumas pessoas na recepção. A ideia de passar o Natal no hospital é bem deprimente. A mulher sentada atrás do balcão tem cara de quem gostaria de estar em qualquer lugar do planeta, menos aqui.

— Qual é sua emergência? — ela me pergunta com voz de tédio.

— Só quero ver a minha irmã. Ela teve uma filha hoje. Como faço pra chegar no quarto andar?

Ela aponta para o elevador e me passa uma sequência complicada de viradas para lá e para cá. Quando chego no andar correto, encontro duas setas. Uma aponta na direção do quarto de Margot, a outra indica onde fica a UTI neonatal. Eu não hesito.

Depois de virar em dois corredores, estou diante de uma janela de vidro enorme, olhando para uma série de incubadoras iguais àquela que vi na foto de Anna.

Uma enfermeira nota minha presença. Ela caminha até a janela e diz:

— Veio ver quem? — A voz sai abafada do outro lado do vidro.

— Anna Sophia Graff!

Ela assente e aproxima uma das incubadoras da janela, então a vejo pela primeira vez. Os tubos e fios ainda estão ali, mas eles desaparecem enquanto admiro aquele rostinho lindo. Ela é bem pequena, menor do que eu imaginava.

— Ela está bem? — pergunto em voz alta.

A enfermeira assente com um leve movimento de cabeça antes de se afastar para cuidar de outro bebê.

O único movimento que Anna faz é o subir e descer de sua respiração. Não sei por quanto tempo encosto a cabeça no vidro para observá-la. Depois de alguns instantes, percebo que minha testa ficou dormente.

— Tchau, lindinha. Eu volto pra ver você logo, logo — sussurro e sopro um beijo na direção dela.

Refaço o caminho da ida e viro à esquerda em direção ao outro corredor.

A porta está fechada, e eu hesito antes de abri-la. É a hora da verdade. Com sorte, meus pais seguiram o combinado e foram para a casa de Margot.

Entro de fininho no quarto escuro. Brad está sentado numa poltrona com uma manta por cima do corpo, dormindo e roncando bem alto. Margot está na cama, soterrada por uma montanha de cobertores. Tem vários aparelhos ao redor dela e números que iluminam a área.

Ando na ponta dos pés até a cama e sussurro:

— Margot?

Ela vira a cabeça ao ouvir minha voz, mas seus olhos continuam fechados. Parece bastante abatida, e vejo sombras escuras abaixo dos olhos. Decido que não vale a pena acordá-la. Vim até aqui para ver Anna e cumpri minha missão.

Eu me viro e caminho em direção à porta, mas a voz dela me impede.

— Sophie? É você?

Giro depressa e, em questão de segundos, já estou ao lado dela na cama.

— Sim. Estou aqui — sussurro, depois olho para Brad. Ele não se mexeu nem um milímetro.

— O que você está fazendo aqui? — Sua voz está bem grogue, e ela parece fazer um esforço enorme para abrir os olhos.

— Eu prometi que viria conhecer o bebê quando ele nascesse.

Ela me observa por um instante, depois chega lentamente para o lado e dá um tapinha no espaço vazio do colchão. Com cuidado, eu subo na cama e entrelaçamos nossos dedos.

Ela aperta minha mão.

— O papai vai te matar se descobrir.

— E é por isso que a gente não vai contar a ele que eu estive aqui.

Ficamos deitadas em silêncio e, quando penso que Margot pegou no sono, ouço a pergunta:

— Você já foi lá ver?

— Ela é perfeita — respondo. — Os dedos de linguiça valeram a pena, com certeza.

Margot ri, depois dá um gemido de dor.

— Você está bem? — pergunto.

Ela faz que sim.

— Aham. Só está tudo dolorido, principalmente no corte da cesárea.

— Obrigada por ter dado meu nome a ela. Vou ser a melhor tia do mundo.

Margot inclina a cabeça até encostar a testa na minha.

— Eu sei que vai.

Tenho várias coisas para contar e perguntar, mas ela parece exausta.

— Queria tanto ter te visto vestida de Maria — ela diz, sua voz sonolenta e seus olhos fechados.

— Margot, aquele foi o pior date de todos.

— E qual foi o melhor?

É claro que logo me lembro de Wes, de quando ele me fez a mesma pergunta.

— O da Olivia foi legal. O da Sara também.

— Ah, é, o Natal Underground. Preciso ver as fotos.

— É só olhar o meu feed. Está cheio de fotos de lá.

Ela sorri, seus olhos ainda fechados.

— Estou morrendo de vontade de te contar uma coisa, mas você precisa prometer que vai ficar entre a gente. Tipo, promessa séria — cochicho.

Ela abre os olhos.

— Manda.

— Promete que vai ficar entre a gente.

— Prometo. Você sabe que pode me contar qualquer coisa.

Respiro fundo e digo:

— Tá. Eu acho que o Wes quase me beijou outro dia e estou chateada de não ter rolado. — E então escondo o rosto no ombro dela.

Tudo que ouço por alguns instantes é a respiração de Margot. Levanto a cabeça para olhar para ela.

— E aí? O que você acha?

Ela suspira e encosta a bochecha na minha testa.

— Eu amo a ideia, mas fico preocupada com você. Ele é um dos seus amigos mais antigos. E é superdifícil voltar à amizade de antes se as coisas não derem certo. Só pensa direitinho nisso, tá?

10 dates surpresa **175**

Eu me afasto e olho para ela. Deveria saber que a resposta seria essa. No último ano do Ensino Médio, Margot e um de seus melhores amigos começaram a namorar. Acabou durando apenas algumas semanas, e eles nunca mais voltaram ao normal depois do término.

— Não tem nada a ver com você e o Ryan — comento.

Ela sacode a cabeça.

— Eu não disse isso. E é melhor você nem me dar ouvidos. Meus hormônios estão uma loucura. Eu chorei quando o tio Sal me mandou uma mensagem escrito "boa sorte" e um emoji de joinha. Se você gosta do Wes e ele gosta de você, vai fundo!

Mas é aí que está o problema. Eu não sei o que sinto por Wes, e com certeza não faço ideia do que Wes sente por mim. Estou me preocupando com algo que acho que quase aconteceu. Essa confusão toda é culpa da Nonna. Talvez tivesse sido melhor passar a semana aos prantos do que me envolvendo com vários caras.

Voltamos a ficar em silêncio, e estou certa de que Margot caiu no sono. Por fim, dou um beijo na testa dela e desço da cama devagar.

— Aonde você vai? — ela murmura.

— Eu tenho que voltar.

— Você não vai pegar a estrada a essa hora, né? — Ela se esforça para abrir os olhos.

— A Olivia, o Charlie e o Wes estão no carro. A gente está se revezando pra poder cochilar.

— Me manda mensagem quando chegar.

Faço que sim e aponto para o chão.

— Deixei uma sacola aqui com alguns presentinhos meus e da Olivia. Não conta pra mamãe de onde eles vieram.

— Vou me fazer de desentendida. Boa viagem. Amo você.

— Também amo você.

Sinto vontade de dar mais uma olhadinha em Anna antes de sair, mas o relógio na parede me mostra que já estou um pouco atrasada.

Meu carro está parado no mesmo lugar de antes, e Wes vai ser o motorista. Eu me sento no banco traseiro e olho para o retrovisor.

— A visita foi boa? — ele pergunta.

— Foi perfeita — respondo.

Charlie me entrega uma sacola branca.

— Comida — ele avisa. Ele ainda parece bastante sonolento, e Olivia já desmaiou no banco ao meu lado.

Olho para Charlie.

— Se você quiser, posso ficar acordada e fazer companhia para o Wes.

— Não precisa, estou tranquilo. Come aí e depois descansa.

Abro a sacola e encontro um isopor cheio de panquecas.

— Obrigada. Estou morrendo de fome.

Charlie assente e abaixa o volume do rádio.

— Como está a Margot? E o bebê? — ele pergunta.

Entre uma mordida e outra, faço um resumo da visita enquanto Wes nos leva de volta à estrada.

— Que bom que a gente veio — Wes diz, olhando para mim.

Sorrio para ele.

— Que bom mesmo.

Estou me mexendo no banco para ficar em uma posição confortável quando ouço o nome de Griffin.

— Você acha que eles vão voltar? — Wes pergunta.

10 dates surpresa **177**

Meus olhos correm pelo carro, mas só consigo enxergar o forro do teto. De alguma maneira, Olivia e eu acabamos deitadas uma do lado da outra: ela equilibrada na beirada do banco e eu presa entre ela e o encosto.

— Quê? — Charlie murmura.

Wes repete a pergunta.

— Você acha que eles vão voltar?

Será que ele está perguntando porque quase nos beijamos naquela noite? Será que está arrependido, mesmo que não tenha acontecido nada?

Charlie deve estar distraído com as estações de rádio; ouço trechinhos de várias músicas diferentes ecoando pelo alto-falante.

— Quem sabe? Espero que não — ele responde.

Por fim, Charlie se decide por uma versão moderna de "Little Drummer Boy".

— Ouvi os dois conversando hoje de manhã. Pareceu que ele queria voltar com ela — Wes comenta.

— Claro que ele quer. A Soph é uma garota maneira e ele é um bosta. E ele tem visto todas aquelas fotos dela se divertindo sozinha.

Não consigo conter o sorriso que se abre no meu rosto. Não importa quanto tempo se passe, Charlie e Olivia vão sempre me apoiar.

— Ela estava incrível naquele vestido mesmo — Wes comenta.

Reúno todas as minhas forças para não soltar um gritinho.

— E ele teve a cara de pau de dizer que talvez os dois tenham caído na rotina — Wes continua. — Que se eles se esforçassem, poderiam voltar à fase divertida. Tipo, é claro que as pessoas caem na rotina quando estão juntas há muito tempo, mas não significa que não estejam felizes. Ou que não estejam se divertindo. Se isso é o suficiente pra destruir um relacionamento, deve ter muito mais coisa errada aí do que só a rotina.

Eles ficam em silêncio por alguns minutos. Então, Charlie pergunta:

— Isso tudo é por causa da Laurel?

Wes suspira.

— Acho que a gente se esforçou pra fazer o namoro à distância funcionar, mas não está funcionando. Nós dois estamos em momentos totalmente diferentes agora.

— Eu te avisei que era uma péssima ideia — Charlie diz.

Wes ri baixinho.

— É, avisou mesmo. Mais de uma vez. Pensei que as coisas fossem ficar mais fáceis quando ela voltasse pra casa durante as férias, mas acho que nenhum dos dois está mais a fim. A Laurel só quer sair com o pessoal da faculdade, e eu prefiro ficar com vocês três. Essa semana tem sido boa. Muito boa.

— Essas reflexões todas aí são por causa da Sophie? Porque eu, você e a Olivia estamos juntos o tempo todo. Ela é a única novidade da semana.

Não achei que Wes fosse responder, mas então ele diz:

— É, estou feliz por ela estar aqui.

Charlie respira fundo.

— Olha, eu sei que falei pra caramba sobre você namorar uma das duas porque poderia acabar com o grupo, mas aí a gente acabou perdendo a Sophie mesmo assim. O que me preocupa *mesmo* é que justo agora parece que a gente está conseguindo trazer ela de volta. Não quero que aconteça alguma coisa pra ela se afastar de novo, sabe?

10 dates surpresa **179**

As palavras de Charlie me atingem feito um soco no estômago. *Eles sentem que me perderam.*

— Eu sei. Só estou dizendo que prefiro fazer nada com vocês do que fazer qualquer coisa com a Laurel.

Eles não dizem mais nada e, por mais que eu duvidasse que fosse possível, logo caio no sono outra vez.

Charlie, Olivia e eu nos despedimos de Wes no jardim da casa da Nonna cerca de uma hora antes do amanhecer. Senti vontade de abraçá-lo e agradecê-lo por nos trazer de volta, mas depois do papo que ouvi sem querer no carro, não confiei em mim mesma para me aproximar dele. Optei por um tchauzinho de longe.

Nós três entramos de fininho pela porta dos fundos e congelamos ao darmos de cara com Nonna na bancada da cozinha.

— Como elas estão? — ela pergunta.

Começamos a falar um por cima do outro, cada um com uma desculpa diferente, mas Nonna só balança a cabeça.

Olho para ela tentando passar segurança.

— A Anna é tão pequenininha... E muito, muito bonita. Mas aqueles tubos e fios são piores ao vivo. A Margot parece bem, mas está muito cansada e dolorida.

Nonna começa a quebrar alguns ovos em uma tigela.

— Estou no clima natalino, então vou só ficar feliz de vocês terem chegado vivos e mandar vocês pra cama. Podem pegar os colchões infláveis na sala de jogos. Mas quero vocês três aqui, novinhos em folha, na hora da gente se reunir.

— Sim, senhora — murmuramos e nos arrastamos para o salão de jogos, que fica no sótão. Há vários beliches ao redor do enorme cômodo, mas todos já estão ocupados. A véspera de Natal é o momento em que toda a minha família tenta dormir debaixo do mesmo teto para estarmos juntos na hora de abrir os presentes. Mas, quanto mais ela cresce, mais difícil fica.

Nós tiramos os colchões de uma pilha que Nonna organizou numa prateleira no cantinho da sala. Enquanto Charlie pega a bomba elétrica para enchê-los, Olivia e eu procuramos travesseiros e cobertores. Eu apago assim que me deito.

Duas horas depois, quando meus priminhos entram estridentes pela sala para nos acordar, sinto como se tivesse dormido por apenas cinco minutos. O dia vai ser bem longo.

Vejo rolinhos de canela, muffins de mirtilo e bolo espalhados por toda a bancada quando Olivia e eu nos espremexemos em um espacinho vazio, enfiando café goela abaixo para despertar. O clima é de caos. As crianças estão correndo por todos os lados, encostando os dedinhos grudentos em tudo e todos, enquanto meus tios e tias perambulam pela cozinha. Nós estamos ridículos em nossos pijamas natalinos. Nonna escolhe um modelo mais ou menos em agosto, e cada núcleo familiar é responsável por seus próprios membros. Olivia e eu só nos lembramos de trocar de roupa quando já estávamos prestes a descer.

A estampa deste ano é um Papai Noel de esqui em um fundo azul-claro. A maioria das minhas tias está usando a versão camisola da estampa, e meus tios vestem pijamas com calça e camisa. Olivia e eu escolhemos short e camiseta. O pior ano de todos foi quando Nonna escolheu um macacão que fez com que todos nós parecêssemos renas, incluindo um gorrinho com chifres. Um bom número de membros da família *jamais* deveria usar macacões.

Quando o café da manhã termina, chega a hora da próxima tradição da manhã de Natal.

Noite passada, assim como em todas as vésperas de Natal, cada núcleo familiar escolheu um canto na sala de estar e arrumou seus presentes em pequenas pilhas. Quando todos os embrulhos estavam organizados e os bilhetes, copos de leite e cookies para o Papai Noel ficaram prontos, a porta da sala foi fechada até de manhã.

A parte cruel disso tudo é: ninguém pode entrar na sala na manhã de Natal até Nonna ter bebido duas xícaras de café. E ela bebe bem devagar. Então, neste exato momento, as crianças com menos de dez anos se organizam em uma fila que vai da mais nova até a mais velha, todas prestes a surtar no corredor.

Olivia e eu passamos para a mesa ao lado da Nonna, onde ela beberica o café. Charlie ainda não acordou, apesar de tio Charles gritar o nome dele do fim da escada sem parar.

— É descafeinado? — tia Patrice pergunta. Ela escolheu um tipo de pijama que se parece com aquelas roupas térmicas bem justas, então tudo fica exposto. Não foi uma boa escolha.

— Pelo amor de Jesus Cristinho, por que a gente faria café descafeinado? — tia Maggie Mae responde. Ela está de suéter verde e calça preta — ela até usa os pijamas para dormir, mas se recusa a vesti-los depois —, seu cabelo e maquiagem impecáveis. Ela leva duas xícaras para as Meninas Malvadas, que estão sentadas do outro lado da mesa e não tiram os olhos do celular.

— A gente vai ter que começar a alugar um salão no hotel Hilton, Nonna — Olivia comenta. Não tem um centímetro de espaço vazio na cozinha.

— Ah, tem espaço à beça — Nonna retruca. Ela ama cada minuto deste dia.

Tio Michael, que acabou de descer as escadas, faz toda uma cena ao abrir a porta bem devagarzinho e espremer a cabeça para dentro do espaço minúsculo. Ele fica assim por alguns segundos, depois tira a cabeça da porta e a fecha. Seus olhos se arregalam e as crianças o encaram, petrificadas.

E lá vamos nós. A tortura.

— Alguém ganhou uma bicicleta! — ele grita e as crianças vão à loucura.

Nonna revira os olhos e toma outro golinho de café, mas ela também ama esta parte. Lembro bem quando Charlie, Olivia e eu — junto com as Meninas Malvadas — definhávamos naquela parede, do mesmo jeito que as crianças estão agora.

Para não ficar de fora, Jake diz:

— Acho que também vi uma casa de boneca ali dentro. Cor-de-rosa.

As meninas gritam. Alto.

Meu celular vibra em cima da mesa e, ao virá-lo, vejo uma mensagem de Margot.

> **MARGOT:** Ela está em qual xícara?

Não consigo segurar o riso.

> **EU:** Na metade da segunda. As crianças estão doidas

> **MARGOT:** Que nem você ficava

> **EU:** E como está minha sobrinha hoje?

> **MARGOT:** Acabei de vê-la. Ela é linda e eu fiquei arrasada por não poder pegar no colo ainda. Chorei feio. Agora meus peitos estão sendo sugados por aquelas bombinhas e, assim como todas as outras partes do meu corpo, eles nunca mais serão os mesmos

> **EU:** Nossa, Margot, essa não é a imagem mental que eu gostaria de ter a essa hora da manhã

> **MARGOT:** As roupinhas são muito fofas. E é claro que a mamãe me encheu de perguntas sobre a procedência delas

> **EU:** Desculpa por te fazer mentir pra ela

> **MARGOT:** Um pequeno preço a se pagar pela visita. Obrigada por ter vindo visitar a gente. Foi o presente perfeito

Esfrego a mão no rosto para secar as lágrimas que começam a surgir. Nonna me observa, depois põe a xícara na mesa.

— Acho que já estou pronta pra entrar — ela anuncia.

Em questão de minutos, papéis, fitas e laços começam a voar pela sala como um furacão. É caótico, mas da melhor maneira possível, com certeza. Nonna circula pelo cômodo, fazendo comentários sobre cada presente que vê e se deliciando com o pandemônio. Ela para do meu lado e sussurra:

— Sua mãe mandou alguns presentes. Ela não queria te deixar de mãos abanando hoje. — Nonna aponta para uma pequena pilha do lado de Olivia.

Observo os pacotes com meu nome durante vários minutos antes de começar a abri-los, e tento não ficar emocionada demais. Ela me deu a capinha de celular que eu queria, junto com um novo par de botas e uma seleção dos meus produtos favoritos da Sephora. Eu tiro a capinha velha e já coloco a nova.

As quatro filhas de tia Kelsey desfilam pela sala em seus novos vestidos de princesa, enquanto Denver e Dallas lutam contra Mary e Frannie com sabres de luz novinhos. O filho de tio Sal, Banks, testa seu novo violão enquanto Webb, que ainda insiste em não usar calça, atropela tudo e todos com seu novo skate elétrico.

Olivia faz força para abrir um pote gigante de picles caseiros fatiados. Ela ganha um desses todo ano, e todo ano é o primeiro presente que ela abre. Quando Olivia tinha cinco anos, comeu uma vasilha inteira desse picles na casa da tia Kelsey, então, no Natal daquele ano, ela lhe deu um potão de presente. É incrível como um pote ridiculamente grande consegue deixá-la tão feliz todos os anos.

Ela começa a comer e diz:

— Vou definitivamente precisar de um cochilo mais tarde.

— É, talvez a gente consiga sair de fininho antes do almoço.

Olivia observa a bagunça ao meu redor e empurra uma caixinha para mim com o pé.

— Você se esqueceu de um — ela diz.

De fato, restou um pacotinho embrulhado em papel marrom com meu nome escrito em cima. Rasgo o embrulho e abro a caixa branca.

Dentro dela, encontro uma pulseira prateada com algo pendurado. Olho mais de perto para entender o que é.

— Aaah! É uma pulseira de pingentes? — Olivia pergunta.

— Acho que sim. — E então, tudo faz sentido. Tem duas letras penduradas na pulseira: um S e um G. Com certeza não é um presente da minha mãe.

10 dates surpresa   **185**

— Tem um cartão no fundo da caixa. — Olivia me entrega um quadradinho de papel.

Sophie,
Vi essa pulseira ontem enquanto fazia compras com a minha mãe e lembrei de você.
Essas letras ficam ótimas juntas, não acha?
Feliz Natal
Griffin

Mostro o cartão para Olivia e ela faz uma careta enquanto lê.

— Não sei o que pensar sobre isso.

Enfio o cartão e a pulseira de volta na caixa porque, pois é, eu também não sei o que pensar.

Aff.

Charlie se aproxima de nós usando um casaco de moletom da Universidade do Arkansas que deve ter ganhado de presente hoje. Olivia estica o braço.

— Você está expulso do nosso clube.

— Eu sou o presidente do clube, então isso é impossível — ele responde, depois abaixa a mão dela e se senta entre nós duas. — O tio Ronnie me deu esse casaco e eu vou usar até o tio Sal reparar. Mas não é comigo que você tem que se preocupar. Pede pra Sophie te dizer algumas das faculdades que ela está de olho.

Olivia se inclina para olhar para mim. Sei que ela está pensando no nosso velho pacto de ir para a LSU, aquele que nem pensei que ainda fosse relevante.

— Quais faculdades você está de olho?

— Estou tentando vários lugares diferentes.

— Tipo Massachusetts — Charlie acrescenta.

— Mas você odeia quando esfria demais — ela diz.

Charlie levanta as mãos e assente, como se estivesse agradecendo por ela confirmar seu argumento.

— Eu ainda não tenho certeza — rebato.

Olivia franze o cenho de leve, depois fica de pé.

— Hoje é Natal e ainda tem rolinho de canela na cozinha. Vamos comer.

Chegamos ao momento do dia em que entramos em coma alimentar. Papa e meus tios estão apagados nas poltronas enquanto o jogo é transmitido na TV diante deles. Nonna e minhas tias ainda estão reunidas na mesa de jantar, jogando conversa fora e se enchendo de café para não caírem no sono. Os primos ocuparam a sala de estar, já que as crianças não querem ficar longe dos presentes.

— Acho que é a primeira vez que eu vejo as Meninas Malvadas felizes — digo para Olivia e Charlie. Nós três estamos espremidos em uma das poltronas maiores. Elas estão sentadas no sofá à nossa frente, do lado de seus namorados, Aiden e Brent.

— Tem que ter alguma coisa errada com esses caras — Olivia especula.

Os dois são exatamente o tipo que imaginei que tia Maggie Mae ia gostar que as filhas namorassem. Altos, arrumadinhos, bonitos. Mas eles também parecem ser normais, e é por isso que estamos confusos.

Charlie chega mais perto.

— Talvez eles não sejam humanos. Podem parecer normais por fora, mas na verdade são alienígenas por dentro.

10 dates surpresa   **187**

— Ou talvez as Meninas Malvadas só sejam malvadas com a gente. Ou talvez a gente é que seja malvado por não conseguir enxergar as duas do jeito que os namorados enxergam.

Olivia e Charlie me encaram como se tivesse brotado uma segunda cabeça em mim.

— Será que eu vou ter que te lembrar do que aconteceu na praia? — Charlie pergunta.

A gente precisa tatuar a frase *Eu nunca vou superar* na testa dele.

— Todo mundo se lembra do que aconteceu na praia — Olivia responde.

Charlie revira os olhos.

— Não é só isso. Tem vários momentos desse tipo. Vocês se lembram do parque aquático em Dallas? Daquela excursão na sexta série? Da caça aos ovos de Páscoa na igreja quando a gente tinha sete anos? — Ele eleva o tom de voz a cada incidente relembrado. Olivia e eu o silenciamos.

— As Meninas Malvadas são do mal — ele sussurra.

Eu me levanto da poltrona, deixando os dois especularem sobre Aiden e Brent, e sigo em direção à cozinha. O almoço acabou e toda a comida, exceto as sobremesas, já foi retirada. Caminho até a janela e dou uma olhada na casa de Wes. Ele nos disse ontem que passaria a maior parte do dia na casa da avó, mas isso não me impede de conferir.

Ouço uma movimentação atrás de mim e me viro depressa, mas é apenas Aiden, namorado de Mary Jo. Ele está segurando dois copos vazios e um prato.

— Oi — ele diz, depois anda até a pia para deixar a louça suja.

— Oi — respondo. Pego um cookie de uma bandeja na bancada e me sento à mesa.

Ele começa a se afastar, mas de repente olha para mim.

— A MJ me disse que sua irmã teve uma filha prematura. Aconteceu a mesma coisa com a minha irmã uns meses atrás.

Eu fico atenta.

— Mas está tudo bem agora? — pergunto.

Ele se aproxima da mesa.

— Sim, os dois estão bem. Deixa eu te mostrar uma foto do meu sobrinho. Ele era minúsculo quando nasceu, mas em poucos meses ganhou muito peso.

Aiden vasculha o álbum de fotos no celular com uma das mãos e puxa uma cadeira com a outra. Sentado do meu lado, ele me mostra a tela e, como eu já imaginava, vejo um bebezinho fofíssimo com queixo duplo e braços gordinhos.

— Aimeudeus, que gracinha! — eu guincho.

Aiden se inclina para me mostrar uma série de fotos dele.

— Como ele se chama? — pergunto.

— John — ele responde. — Que nem meu pai.

— E quanto tempo antes ele nasceu?

Aiden olha para cima.

— Hmm, acho que umas quatro ou cinco semanas? Ele ficou sete dias na UTI, mas depois disso já estava pronto pra ir pra casa.

É ótimo ouvir isso. E é bom saber que esse bebezinho rechonchudo começou a vida do mesmo jeito que Anna.

Nós dois estamos babando pelas fotos, então nem eu nem ele ouvimos Mary Jo chegar até que ela fique bem do nosso lado.

— Já está pronto? — ela diz, curta e grossa. A julgar pela expressão de Aiden, imagino que já esteja acostumado.

— Claro, quando quiser. — Ele se levanta e acena para mim. — Até mais.

Aceno de volta, depois olho para Mary Jo. É, ela não está nem um pouco feliz.

Aiden se afasta, mas Mary Jo não sai do lugar.

— E eu que pensei que você estaria ocupada demais com todos os dates pra ficar de flertezinho com meu namorado.

— Sério, Mary Jo, a gente só estava conversando. Ele me mostrou as fotos do sobrinho. Não exagera.

Ela revira os olhos.

— É, acho que é só isso que as Meninas Malvadas sabem fazer.

Droga. Eu não fazia ideia de que elas sabiam do apelido.

Antes que eu consiga pensar numa resposta, ela anda até o quadro e pega uma canetinha.

— Não vou poder passar aqui amanhã de manhã pra preencher as informações do seu date, então vou fazer isso agora.

Ah, não.

Isso não vai ser nada bom.

Mary Jo escreve:

18h
Jantar e um filme

Ah. Não *parece* ruim. Mas então ela se vira e me lança um sorriso assustador. O mesmo sorriso da vez em que trancou a porta do apartamento e deixou Charlie do lado de fora só de cueca.

Ela se afasta e me deixa encarando as palavras escritas como se houvesse uma mensagem subliminar para descobrir. Não é possível que seja só um jantarzinho e um filme.

Sem chance.

Não sei por quanto tempo fico parada no mesmo lugar, mas em algum momento Charlie e Olivia surgem do meu lado.

— Não pode ser tão simples — Olivia comenta.

— Usa o passe livre. Usa agora — Charlie avisa.

— Mas ainda tem o date da tia Maggie Mae — Olivia argumenta.

E então ficamos em silêncio, ainda tentando desvendar o plano das Meninas Malvadas.

SÁBADO, 26 DE DEZEMBRO

Date surpresa n° 5: o escolhido das Meninas Malvadas

Olivia e eu voltamos para a casa da Nonna após o dia de trabalho mais parado de todos os tempos e damos de cara com uma multidão. Eu achei que dois dias sem date nenhum fossem acalmar um pouco os ânimos, mas parece que aconteceu o contrário.

Como Charlie, Wes e Olivia estudam na mesma escola das Meninas Malvadas, eles tiveram a ideia de me dar um alerta, caso achem que eu deva usar o passe livre, com um gesto: passar o dedo pelo pescoço.

Foi Charlie quem escolheu o sinal, obviamente.

Tia Maggie Mae está debruçada na planilha de apostas em cima da mesa.

— Camille, por que você escolheu esse horário? A Sophie não vai voltar tão cedo! — Tia Maggie Mae tem enchido o saco de todo mundo falando sobre como o garoto é maravilhoso e como o encontro vai ser fantástico.

— É um jantar e um filme — tio Sal diz. — Eu diria que é bem fácil descobrir em quanto tempo vai acabar.

— Eu ainda estou ganhando o Melhor Date — Sara lembra a todos.

As Meninas Malvadas já chegaram, sem namorados desta vez, então chuto que não teremos um date triplo ou algo parecido. Mas, ainda assim, estou um pouco nervosa com a ideia de sair com um cara que elas escolheram.

Decido ignorá-las e ver se está tudo bem com Margot enquanto espero.

> **EU:** Como a Anna está hoje?

> **MARGOT:** Na mesma. Ainda na incubadora. E todo mundo quer entrar no horário de visita, mas como são muitas pessoas, a gente tem que escolher e, é claro, todo mundo que eu não escolho fica chateado, e aí a gente passa o dia inteiro sentado esperando o próximo horário de visita.

Meu Deus. Que sofrimento. Por mais que eu quisesse estar lá com ela, fico feliz de não estar.

> **EU:** Quer que eu invente uma doença pra fazer a mamãe e o papai virem até aqui? Poderia até me salvar do date de hoje.

> **MARGOT:** Se eu fosse você, teria medo desse date. Parece fácil demais. Você já viu quais filmes estão passando?

> **EU:** Já. Tem alguns filmes bons, então talvez eu esteja exagerando.

10 dates surpresa　**193**

MARGOT: Acho que não

EU: Ah, aliás, o Griffin passou aqui na véspera do Natal e deixou um presente pra mim

MARGOT: Hmmm... E como você se sentiu vendo ele?

EU: Foi estranho. Tipo, ele é tão familiar... mas ao mesmo tempo parece que não nos conhecemos mais

MARGOT: O presente foi bom, pelo menos?

EU: Só se uma pulseira de pingentes com nossas iniciais for algo bom. Ah, e ele comprou depois da gente ter terminado

MARGOT: Eca. Não é bom

— Sophie, você precisa se arrumar. Ele vai chegar a qualquer momento — tia Maggie Mae avisa.

Abaixo a cabeça para olhar minha roupa. Vesti minha calça jeans mais confortável, que era de Jake no Ensino Fundamental e tem alguns rasgos nos locais certos, e uma camiseta que roubei de Olivia dois anos atrás. É seguro afirmar que não estou vestida para causar.

— Eu *já* estou arrumada — respondo.

Ela franze a testa e eu sei que está morta de vontade de falar alguma coisa. Por sorte, ela se segura.

Um grito estridente vindo do segundo andar chama a atenção de todos. Olhamos para cima e vemos Mary, uma das filhas de tia Kelsey, parada no meio do corredor com lágrimas escorrendo pelas bochechas.

— Não estou achando a Hannah Cabeçuda! — ela guincha.

Essas seis palavras fazem todo mundo se mexer. Hannah Cabeçuda é o que restou de uma boneca que Hannah, nossa prima mais velha, deu de presente de aniversário para Mary alguns anos atrás. Mary deu a ela o nome de Hannah, mas, conforme ela foi perdendo membro após membro até finalmente perder o tronco, a boneca se tornou Hannah Cabeçuda. Essa mesma cabeça agora acompanha Mary em todos os lugares, e ela gosta de enrolar o cabelo da boneca no dedo indicador para cheirá-lo enquanto chupa o polegar. Hannah Cabeçuda tem um monte de meleca seca no cabelo e um dos seus olhos sumiu, mas é o bem mais precioso de Mary, e todos nós sabemos que ninguém vai ter paz até que seja encontrada.

Minha família se divide, cada um responsável por um canto diferente da casa. Eu sigo direto para a sala de estar, onde ela assistiu a um filme mais cedo, e me agacho para procurar debaixo do sofá. Localizo a cabeça jogada bem no meio, e tenho que me deitar no chão e esticar o braço para conseguir alcançá-la.

Assim que tenho Hannah Cabeçuda em mãos, corro na direção da escada.

Mas, em vez de encontrar Mary e minha família, dou de cara com um garoto que parece um pouco perdido. Depois de ter conhecido Aiden e Brent, ele é exatamente como eu imaginava que um dos amigos delas seria. Bem padrãozinho – com cabelo castanho e curto, tipo atlético, doces olhos castanhos –, de calça cáqui e camisa de botão.

— Oi! Eu sou a Sophie — digo.

Ele olha da cabeça de boneca para mim, e o nojo que sente é visível.

10 dates surpresa   **195**

— Ah! Isso aqui é da minha priminha. Só um minuto. — Ando até os degraus e grito o nome de Mary. Ela corre escada abaixo e se atira em mim quando vê o que estou segurando. Em questão de segundos, aquele cabelo castanho e encrostado já está todo enrolado em seu dedo, e o polegar vai direto para a boca. Ela inspira profundamente enquanto se afasta.

— Aquele negócio parecia bem nojento — o garoto comenta.

É verdade, mas odeio ouvi-lo dizer isso.

— Ela ama aquela boneca — respondo.

O restante da família se reúne e as Meninas Malvadas caminham na nossa direção.

— Ah, Nathan! Você chegou — Mary Jo diz. Ela puxa o braço dele, aproximando-o de mim.

— Nathan Henderson, essa é minha prima, Sophie Patrick.

Ele me cumprimenta com um aceno de cabeça.

— Prazer.

Eu aceno de volta, mas não digo nada.

Charlie e Wes surgem atrás de mim e eu me viro para avaliar a reação deles.

Charlie olha para Nathan e dá de ombros. Wes se inclina para perto de mim e cochicha:

— Ele é novo na área. Mudou pra cá faz poucos meses, então a gente não conhece ele muito bem.

Olivia entra na minha frente.

— Oi, Nathan. Eu sou a Olivia, prima da Sophie. Aonde vocês vão hoje à noite?

Ele dá de ombros.

— Pensei em sair pra comer alguma coisa e depois ver um filme.

— Parece bom — eu digo, depois faço um gesto para que Nathan siga para a porta da frente. Quanto mais cedo começarmos esse date, mais cedo vai acabar.

Quando estou prestes a sair, Olivia sussurra:

— A gente se vê no cinema. — Charlie e Olivia vão assistir a algum filme também, só por segurança. Não sei se eles convidaram Wes ou não.

Não olho para trás, mas assinto e sigo Nathan até a caminhonete dele, cuja suspensão é ridiculamente elevada. Ele abre a porta para mim e me ajuda a subir.

— Está pronta? — Nathan pergunta ao entrar.

Faço que sim e me dou conta de que, caso eu não diga alguma coisa logo, ele vai pensar que sou incapaz de conversar.

— Então… — começo. — Soube que você é novo por aqui. Veio de onde?

— De Dallas — ele responde. — Meu pai foi realocado no trabalho.

Ficamos em silêncio por mais alguns minutos. Dou uma olhada ao redor da caminhonete para ver se consigo ter uma ideia de como ele é, então noto um aromatizante com o logo do restaurante Hooters pendurado no retrovisor.

Hum, o.k.

Nathan para no drive-thru de um fast-food de hambúrguer.

— Pode ser aqui? — ele pergunta.

Faço que sim outra vez, tentando disfarçar a incredulidade. Não estou supondo que ele deveria me levar para um restaurante cinco estrelas, mas eu esperava pelo menos não ter que comer direto do colo.

Andamos até o interfone e uma voz surge.

— Qual vai ser o seu pedido?

Nathan se inclina para fora da janela e diz:

10 dates surpresa **197**

— Vou querer um cheeseburguer duplo de bacon completo, com batata grande e Coca grande.

— Algo mais?

Ele se vira para mim.

— O que você vai querer?

— Hm... acho que nuggets.

— Vai querer o combo? — ele pergunta.

Dou de ombros.

— Pode ser.

Ele repassa meu pedido e dirige até a janela. Assim que recebemos nosso lanche, ele abre o próprio hambúrguer e começa a comer antes mesmo de sairmos do estacionamento.

— Aqui o seu — ele diz, me entregando um saco.

Então é isso, não vamos nem parar em algum lugar para comer.

Nathan tenta dirigir enquanto devora seu hambúrguer imenso, e vejo maionese, mostarda e pedaços de tomate voando pelo ar a cada mordida. Também reparei na quantidade de cebolas, então eu acho que não vai ser hoje que vou sair da seca de beijos de despedida.

Mantenho a mão perto do console central do carro para o caso de eu ter que controlar o volante.

Conversamos um pouco, mas é o papo de elevador mais básico possível, e de repente passo a odiar a ideia de o cinema ser do outro lado da cidade.

Meu celular apita e dou uma espiadinha enquanto Nathan termina de sugar a última gota de Coca do copo.

> **MARGOT:** Você não me mandou foto do date de hoje. É bonitinho?

> **EU:** Hmmm, meio que é? Mas não está rolando química nenhuma. A noite vai ser longa

> **MARGOT:** Ai, que saco. Mas sempre dá pra inventar uma dor de cabeça e voltar pra casa mais cedo

> **EU:** É, já estou sentindo ela chegar

— Com quem você está falando? — Nathan pergunta. — Com seu ex? A MJ me contou sobre ele.

— Não — respondo enfaticamente. — Minha irmã. Ela teve uma filha há poucos dias e elas ainda estão no hospital.

Espero Nathan me perguntar se elas estão bem, mas... nada. É, sinto mesmo aquela dorzinha de cabeça se aproximar.

Olho para o lado de fora pela primeira vez e me dou conta de que estamos em uma estrada aleatória no meio do nada. Meu Deus do céu. Ele é um serial killer e está me levando para o meio do mato para me matar.

— A gente não ia para o cinema? — pergunto.

— Tem um cinema drive-in bem legal ali na saída da cidade. Acho que você vai adorar.

Eu nunca fui a um cinema drive-in. A ideia parece mesmo bem legal – se eu estivesse com qualquer pessoa, menos Nathan –, mas preciso avisar a Olivia e Charlie que não vamos para o cinema da cidade. E dar a eles as coordenadas, caso ele resolva desovar meu corpo no meio do nada.

Assim que mando a mensagem, desviamos da estrada principal e entramos numa estradinha de pedra, abaixo de uma placa antiga que parece nunca ter sido restaurada. Na verdade, quase todas as luzes estão queimadas.

10 dates surpresa **199**

Bom, agora eu tenho certeza de que vou morrer.

Eu me viro no banco, tentando me orientar, quando paramos numa pequena cabine. Dentro dela tem um homem de meia-idade que nos vende os ingressos.

— É só ligar na 94.3 FM pra ouvir o áudio — ele informa pouco antes de nos afastarmos. Vejo alguns carros espalhados pela área. Respiro fundo. Com certeza só estou sendo paranoica. Né?

Assim que paramos na nossa vaga, Nathan liga o rádio. Uma daquelas músicas cafonas de elevador ecoa pelos alto-falantes. A tela gigantesca à nossa frente ainda está vazia. Estamos estacionados em um terreno de cascalho, mas o espaço à nossa volta é tomado de ervas daninhas e arbustos enormes. Lá fora está escuro e um pouquinho assustador.

— Qual filme vai passar?

Nathan olha ao redor de forma dramática.

— Não tenho certeza. Mas acho que é um filme de Natal.

— Você já veio aqui? — pergunto.

Ele balança a cabeça.

— Não. Foi a MJ que me falou desse lugar. Pareceu legal.

Examino a área e vejo uma loja de presentes lá do outro lado. Que bizarro. Confiro o celular discretamente, mas nem Olivia nem Charlie me responderam ainda.

Observo os outros carros.

— Você reparou que todos os outros carros só têm uma pessoa dentro?

Ele se vira e olha para cada veículo.

— Ah, talvez os dates estejam na loja de presentes? Ou no banheiro, quem sabe?

Eu me viro na direção da loja. O lugar não é muito maior do que a cozinha da Nonna.

— Deve estar lotado lá dentro.

A música começa a tocar e vejo luzes brilharem na tela. Lá vamos nós.

Na primeira cena, duas garotas com chapéus de elfo e fantasias minúsculas estão em uma oficina cheia de brinquedos antigos.

— Que elfas lindas — Nathan diz, seus olhos grudados na tela.

Meu lábio superior se curva.

—Aquela ali da esquerda, então… — ele acrescenta.

O.k., ele é o pior date de todos. Olho o celular outra vez, na esperança de que Olivia ou Charlie tenham me respondido. Talvez eu nem precise mentir sobre a dor de cabeça.

Então um Papai Noel bastante musculoso entra em cena, só de calça e chapéu. O peito dele parece estar besuntado de óleo.

O que está acontecendo?

Levamos apenas mais vinte segundos para confirmar o tipo de filme que viemos ver. As duas elfas começam a falar sobre como foram meninas más e, dois segundos depois, ficam só de chapéu e MAIS NADA.

Repito: MAIS NADA.

E não vou nem mencionar os sons que saem pelos alto-falantes.

Eu me viro depressa para Nathan, que ainda não tirou os olhos do telão à nossa frente. Pelo menos ele parece surpreso.

— Como é que eu nunca tinha ouvido falar desse cinema antes? — ele pergunta.

E é então que chego ao meu limite. Pulo para fora do carro e corro até a loja de presentes, tropeçando em quase todos os galhos e pedras pelo caminho enquanto abro meus contatos no celular.

10 dates surpresa   **201**

Wes atende no segundo toque.

— O que houve? — ele pergunta.

— Hm, você pode vir me buscar? Por favor. Por favorzinho. Tipo agora. — Minha voz está duas oitavas mais aguda que o normal.

— Onde você está?

— Vou compartilhar minha localização. Eu estou bem, só não quero continuar aqui e não quero voltar com ele. Vou te esperar na loja de presentes. Ah, e as Meninas Malvadas são do mal mesmo.

Encerro a chamada e compartilho a localização com ele assim que entro na loja. Meus olhos são atacados por pôsteres, livros, brinquedos e *meu Deus do céu*, coisas que eu não gostaria de saber que existem.

Atrás do balcão tem uma mulher que parece surpresa em me ver. Ela deve ter a idade da Nonna, mas seu cabelo é loiro-alaranjado e todo espetado para cima. No crachá, leio o nome "Alma". Ela segura um cigarro na mão e a fumaça a envolve como uma auréola.

— Oi, querida. Quer uma ajuda?

— Aqui tem banheiro?

Ela faz que sim e indica uma porta à esquerda. Olho pela vitrine e vejo Nathan correndo na direção da loja.

Aponto para ele e digo:

— Diz para aquele cara que nosso date acabou. Tem uma pessoa vindo me buscar. — E então corro até o banheiro.

Ouço Alma transmitir minha mensagem, mas isso não impede Nathan de bater na porta.

— Fala sério, Sophie. Eu não sabia. Juro. Eu levo você pra casa.

O banheiro é pequeno e muito fedorento. Fico parada bem no meio dele, com as mãos grudadas no corpo para não tocar em nada.

— Vai embora. Um amigo já vem me buscar.

Ele tenta argumentar sem muito entusiasmo enquanto eu o ignoro. Fico aliviada por ele não resolver testar a frágil fechadura. Por fim, eu o ouço dizer:

— Que seja. — E tudo fica em silêncio.

Alguns minutos depois, ouço outra batida na porta.

— Querida? Ele já foi embora, pode sair se quiser.

Eu hesito, depois abro a porta devagar. A mulher puxa um banquinho e o coloca do lado do balcão.

— Pode sentar aqui enquanto espera sua carona.

Agradeço e mantenho os olhos fixos no chão enquanto ando até o balcão. Confiro o celular e vejo que Wes me enviou uma mensagem para avisar que está a caminho. Uma onda de alívio toma conta de mim.

— Quer conversar sobre isso, meu bem? — a mulher pergunta.

Estou prestes a dizer não, mas por algum motivo começo a falar sem parar. Conto a ela sobre Griffin e os dates e Nonna e Harold Safadão e Wes e Margot e o bebê. Ela não parece chocada com todo o desabafo, só faz que sim e acende outro cigarro.

— Então esse garoto que trouxe você aqui…

— Nathan — digo.

— Isso, Nathan. Você acha que ele fez isso porque alguma pessoa malvada mandou?

Solto uma risadinha aguda.

— As Meninas Malvadas. Minhas primas gêmeas, Jo Lynn e Mary Jo. As Meninas Malvadas são do mal — respondo como se fosse Charlie. Nunca mais vou duvidar dele.

10 dates surpresa   **203**

A mulher assente.

— Mas o garoto que vem buscar você…

— Wes.

— Ele é só seu amigo?

Mordo o lábio inferior.

— Isso. Talvez mais do que isso. Talvez não. Não tenho muita certeza. Estou confusa demais.

Ela dá uma longa tragada e vejo o fogo consumir metade do cigarro.

— É muito gentil da parte dele vir até aqui só pra buscar você. Algum desses encontros vai ser com ele?

— Não sou eu que decido — explico. — Alguém tem que escolher ele.

Ela franze o cenho.

— Bom, isso não parece justo.

Luzes atravessam a vitrine da lojinha, e vejo a caminhonete de Wes. Mas, antes que eu consiga me levantar do banco, ele já está entrando pela porta da frente.

Dá para notar o momento em que ele assimila o conteúdo da loja de presentes, porque suas bochechas ficam levemente coradas.

— Foi ele que escolheu o lugar? Ou foram as Meninas Malvadas? — Wes pergunta. — E cadê o cara?

— Foram as Meninas Malvadas, meu bem — Alma responde no meu lugar. — E o garoto foi embora pouco depois da sua amiga aqui se trancar no banheiro.

Ele se aproxima de mim.

— Você está bem?

— Estou! — Salto do banquinho o mais depressa possível. — Mas foi tão constrangedor. — Ao nos virarmos para sair, eu paro e dou um abraço em Alma. — Obrigada — digo.

Ela me abraça de volta e cochicha:

— Acho que é você que deveria escolher seus encontros.

Assim que saímos da loja, enfio as mãos nos bolsos.

— Nem sei o que dizer — falo baixinho.

— Eu nem sabia que existia alguma coisa desse tipo — ele responde, encarando a tela ridiculamente gigante.

Dou um soquinho em seu braço e ele me olha com as bochechas vermelhas. Então começo a rir. Wes retribui o riso e logo estamos gargalhando juntos.

Por fim, deixamos o drive-in e pegamos a estrada de volta para casa.

— Tá, agora me conta — ele diz.

Faço um resumo dos acontecimentos.

— O mais engraçado é que acho de verdade que ele ficou tão chocado quanto eu. Mas, mesmo assim, não dava pra gente voltar junto. Eu nunca me senti tão desconfortável na vida!

Wes sacode a cabeça.

— Que bom que você me ligou. O que você acha que sua avó vai falar?

Eu pensei nisso basicamente o tempo todo enquanto esperava Wes chegar.

— Você sabe que elas vão se fazer de desentendidas e dizer que foi o Nathan que escolheu o filme. "Ai, Nonna! A gente não fazia ideia!"

— E aí a Maggie Mae vai ficar tipo "Esse rapaz é um tremendo de um miolo mole!". — A imitação que Wes faz do sotaque da minha tia é perfeita, e eu morro de rir de novo. Ele me entrega o celular. — Abre o grupo da família e avisa que o date já acabou. Todo mundo vai ficar doido.

Abro a conversa do grupo e vou rolando as mensagens em que todos confirmam as apostas que fizeram para o date de

10 dates surpresa **205**

hoje. A maior parte da família acha que o programa vai durar até pelo menos oito e meia da noite.

— Sério? — pergunto para Wes, que sorri e dá de ombros. Volto a olhar para o celular dele e digito:

> **EU:** Aqui é a Sophie. O date acabou há aproximadamente vinte minutos.

O celular de Wes começa a apitar no mesmo instante, mas eu o largo no banco.

Alguns quilômetros depois, ele comenta:

— Pensei que eu fosse surtar no caminho até aqui. Você me matou de susto.

— Desculpa — respondo. — Eu devia ter explicado o que estava acontecendo, mas fiquei desesperada. Já bagunçei sua noite duas vezes.

— Não tem problema. Fico feliz por você ter me ligado. — Ele fica quieto por alguns instantes, depois acrescenta: — Você não bagunçou nada.

Eu me viro para a janela e observo a escuridão da noite lá fora passando por nós. Se eu não tomar cuidado, é Wes quem vai acabar me bagunçando.

— Elas estão aí — Wes comenta quando estacionamos atrás do carro de uma das Meninas Malvadas.

Entro pela porta principal e Wes vem logo atrás. Mary Jo e Jo Lynn estão na bancada com Nonna. Cada uma delas tem uma fatia de torta de maçã e uma bola de sorvete na frente.

Sei bem que elas só estão aqui para evitar que se ferrem. Mas não vou deixá-las vencer assim tão fácil.

— Hmmm, isso está com uma cara ótima! Posso pegar um pedacinho? — Eu me viro para Wes. — Quer também?

— Mas é claro! — ele diz em voz alta e pisca para mim. — Eu é que não vou recusar a comida da Nonna!

Tá bem, nós não somos os melhores atores do mundo.

Nonna salta da banqueta e começa a servir um prato para nós.

— Como foi o encontro? Você voltou antes do que eu esperava. O filme foi bom?

As Meninas Malvadas ficam a postos. Eu abro um sorriso.

— Até que eu curti, mas não sei se o Nathan gostou. Ele passou um pouco mal e teve que ir embora, então pedi para o Wes me buscar.

Jo Lynn ameaça dizer algo, mas Mary Jo lhe dá uma cotovelada nas costelas.

— Ah, que chato — Nonna responde e olha para as Meninas Malvadas com pesar.

— Então você gostou mesmo? — Jo Lynn pergunta. — A gente achou que você ia gostar. Imaginamos que seria bem o seu tipo de filme.

Ah, então elas querem bancar as espertas.

Inclino a cabeça para o lado.

— Inclusive, as garotas do filme me lembraram demais vocês duas. Elas eram bem próximas, se vestiam iguais e gostavam das mesmas coisas. Vocês tinham que ver.

Wes deixa escapar uma risadinha, mas se controla depressa.

Com olhares fulminantes idênticos e apontados para mim, as Meninas Malvadas se afastam da bancada com movimentos sincronizados e vão abraçar Nonna.

— A gente tem que ir, Nonna. Obrigada pela torta — Mary Jo diz.

10 dates surpresa **207**

— E pelo sorvete — Jo Lynn acrescenta.

E então elas vão embora.

Wes e eu ocupamos o lugar das irmãs na bancada e Nonna nos oferece dois pratos.

— Agora me fala a verdade, como foi? — Nonna pergunta assim que ouvimos a porta da frente se fechar. — Eu amo aquelas meninas, mas elas nunca vêm aqui sem os pais. Senti que o circo ia pegar fogo a qualquer momento.

— Nonna, foi tranquilo. Sério.

Ela passa por Wes e lhe dá um tapinha no ombro.

— Que bom que ela pôde contar com você. Obrigada por ter ido buscar a Sophie. — Antes de sair da cozinha, ela avisa: — A Camille passou por aqui mais cedo, caso esteja curiosa para saber como vai ser amanhã à noite.

Wes e eu nos viramos para o quadro ao mesmo tempo.

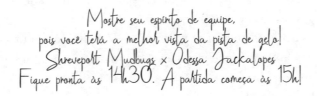

Mostre seu espírito de equipe, pois você terá a melhor vista da pista de gelo! Shreveport Mudbugs x Odessa Jackalopes Fique pronta às 14h30. A partida começa às 15h!

— Uau! — digo. Depois leio outra vez. — É um jogo de hóquei? — Eu não fazia ideia de que existia um time de hóquei em Shreveport.

Wes faz que sim.

— Esses jogos são divertidos.

— Não vou mentir, de todos os programas que imaginei que a tia Camille fosse escolher pra mim, hóquei é a última coisa que eu teria chutado. — Todos sabem sobre o amor profundo e incondicional de tia Camille pelos animais, então eu apostaria que o date fosse acontecer em algum abrigo.

— Então você costuma ir nos jogos deles? — Sinto vontade de me dar um tapa quando ouço a forma ofegante com que lhe fiz a pergunta. Preciso ter uma conversa séria comigo mesma.

—Às vezes. A empresa do meu pai é uma das patrocinadoras. — Ele olha para mim por um segundo, depois acrescenta: — De repente eu posso ver se a Olivia e o Charlie querem ir.

Antes que eu consiga pensar em como isso seria uma distração, Charlie e Olivia entram saltitantes pela porta dos fundos da cozinha. Falando no diabo (ou diabos)…

— Você manda uma mensagem dizendo que talvez seu date te mate, e aí a gente não tem *nenhuma* notícia de você até recebermos uma mensagem sua do celular do Wes — Olivia diz. — Eu definitivamente vou precisar de mais detalhes.

Eu levanto a mão e a silencio.

—A noite de hoje foi… interessante.

— E aí, o que aconteceu? — Charlie pergunta enquanto rouba meu prato e come o último pedaço da minha torta.

Wes conta tudo antes de mim. Charlie assente com um ar de quem já sabia.

— Eu avisei. Do mal.

— Sim, Charlie. Eu nunca mais vou duvidar de você.

— De todas as formas que "um jantar e um filme" poderiam dar errado, essa nem passou pela minha cabeça. — Olivia chega mais perto do quadro, depois se vira depressa, com os olhos arregalados. — Eba! Gente, vamos também! Wes, arruma uns ingressos com seu pai — ela diz. — Talvez a gente consiga sentar junto!

É. Isso vai ser uma distração e tanto.

DOMINGO, 27 DE DEZEMBRO

Date surpresa n° 6: o escolhido de tia Camille

A multidão do café da manhã já se dispersou, Nonna está no andar de cima se arrumando para ir à igreja e Papa está cochilando em sua poltrona na sala de estar, então senti que este seria o momento perfeito para ligar para Addie e colocar a conversa em dia.

— Então, o Griffin deixou um presente aqui pra mim — conto.

— Que presente?

— Só um minuto, vou mandar uma foto. — Tiro a pulseira da caixa e a coloco no pulso, deixando as letras viradas para cima. Bato uma foto e envio para Addie.

— Recebeu?

Ela fica em silêncio por um segundo, depois pergunta:

— São as iniciais de vocês?

— Aham. — Leio para ela o cartão que veio junto.

— Hum — ela diz.

— Achou estranho?

— Bom, é estranho porque parece que ele comprou depois de vocês terminarem. E também é meio *argh* ele ter esperado até a véspera de Natal pra comprar seu presente.

Penso no presente embrulhado debaixo da árvore lá em casa, com o nome dele escrito, que já comprei faz três semanas.

A porta da cozinha se abre e depois fecha, mas não me levanto. Tomo um susto quando vejo Wes parado na porta da sala.

— Ligo pra você daqui a pouco — aviso a Addie, e encerro a chamada antes que ela pergunte por quê.

— Oi — digo. — Tudo bem? — Será que estou falando muito alto? Acho que estou falando muito alto. Entre ter ouvido sem querer aquela conversa no carro e o resgate da noite passada, eu oficialmente me sinto esquisita perto dele.

Ele se senta do meu lado no sofá e me entrega um tubinho de gloss.

— Acho que caiu da sua bolsa. Encontrei no meu carro hoje de manhã.

—Ah! É meu mesmo! — Sim. Escandalosa demais.

Quando estico o braço para pegar o batom, Wes olha para meu pulso. Antes que eu possa impedi-lo, ele levanta minha mão para examiná-la.

— Isso aqui é novo?

E vejo o exato momento em que ele percebe o que tem nos pingentes.

— É — respondo.

Wes solta minha mão.

— Bom, enfim. Eu só queria devolver o batom. E saber como a Margot e a Anna estão.

Ele está mais sério agora. Sinto vontade de jogar a pulseira para o outro lado da sala. É como se Griffin tivesse me marcado com essa coisa.

— Elas estão mais ou menos na mesma. Falei com a Margot hoje cedo e ela me mandou mais fotos — respondo.

— Minha mãe disse que elas vão ficar no hospital por mais um tempinho, mas é normal, já que a Anna é prematura.

Wes assente e olha para o nada.

— Você conseguiu os ingressos para o jogo? — pergunto.

Ele faz que sim, ainda sem olhar para mim.

— Consegui, meu pai tinha alguns sobrando. — Ele se levanta do sofá e caminha na direção da porta. — Bom, a gente se vê por lá.

Sinto vontade de dizer "Por favor, volta aqui" ou "Eu acho essa pulseira esquisita" ou uma variedade de coisas, mas tudo que sai é um "O.k.".

Fico encarando a porta e, em algum momento, Nonna surge na sala, toda arrumada para a igreja.

— Bom, estou indo. Volto já, já.

Pulo do sofá. Preciso me distrair.

— Espera! — exclamo, e Nonna para na porta dos fundos. — Só me dá uns minutinhos pra trocar de roupa. Eu vou com você.

A igreja é antiga, imensa e muito bonita. Nós nos esprememos em um lugar vazio a três fileiras do altar. Olho para a frente enquanto espero a cerimônia começar, mas Nonna se contorce no banco para ver quem está presente, como se estivesse fazendo a chamada.

Eu chego mais perto e cochicho:

— Quem você está procurando?

Seus cabelos grisalhos fazem cócegas na minha bochecha.

— Aqui é o lugar perfeito pra procurar garotos. É disso que você precisa, um bom menino que frequenta a igreja aos domingos.

E agora eu só quero correr pela minha vida. Ela está tentando me arrumar um date *na igreja*?

— Ah, olha ali — Nonna diz tão alto que atrai a atenção de todo mundo nas fileiras à nossa volta. Todos se viram nos bancos para ver o que ela está apontando. — O neto da Shirley também veio, e ele virou um rapazinho bem apessoado. — Ela me cutuca. —Sophie, o que você acha dele?

E agora todos querem dar uma olhada no neto da Shirley. Escondo o rosto com as mãos para ninguém ver que estou ficando vermelha.

A mulher sentada à nossa frente se debruça sobre o banco.

— Ele está passando um tempo com ela porque foi expulso da escola por causa de drogas — a mulher informa. Ela cochicha a palavra "drogas" tão baixinho que mal consigo ouvi-la.

—Ah, que pena, então não serve — Nonna comenta.

Espiando esse desastre entre meus dedos, vejo a mulher se esticar ainda mais. Começo a ficar com medo de ela cair de cara no nosso colo.

— Você já viu meu neto, o Thomas? Ele é um ótimo rapaz! — Ela aponta com a cabeça para o cara ao lado de um jeito nada discreto, e ele parece tão apavorado quanto eu. Lanço a ele meu melhor olhar de quem diz "Sinto muito que nossas avós estejam fazendo a gente passar essa vergonha".

Ele acena com a cabeça e se vira para a frente.

Nonna dá tapinhas no ombro da mulher e comenta:

10 dates surpresa **213**

— Que rapaz bonito!

Por sorte, o som do órgão explode e toma conta do ambiente, e as palavras de Nonna são abafadas pelo coral na galeria acima de nós.

Estou sentada à mesa da cozinha enquanto Nonna prepara uma quantidade enorme de espaguete, e é como se fosse a calmaria antes da tempestade. Ao meio-dia, todos estarão aqui para o almoço de domingo.

— Aqueles dois estão beirando o ridículo — Nonna diz e aponta para o quadro. Tio Sal e tio Michael ainda estão em pé de guerra para ver quem vai ficar com o oitavo date. Vejo vários post-its, um colado em cima do outro, cada um deles querendo ter o próprio nome por cima.

— Você vai ter que estabelecer uma regra sobre isso, porque eu não vou em dois dates no mesmo dia.

Nonna estala a língua.

— Vai dar tudo certo.

Ela volta a cozinhar e eu volto a esperar uma mensagem de Addie.

Ouço um leve "ping" quando o nome de Griffin aparece na tela, e sinto um frio na barriga. Não falo com ele desde a véspera do Natal.

Abro a mensagem.

GRIFFIN: Recebeu o presente que deixei pra você?

Digito uma mensagem de agradecimento umas dez vezes, mas não aperto em enviar. E o motivo principal é que não sei ao certo o que achar do presente.

> **EU:** Recebi. Obrigada. Quando você deixou aqui?

> **GRIFFIN:** Eu voltei aí na ceia de Natal, mas ninguém te achava em lugar nenhum, então deixei o presente com sua avó.

É provável que já tivéssemos saído para ver Margot e Anna. Deve ter sido por isso que Nonna soube da nossa fuga.

> **GRIFFIN:** Só queria dizer de novo que acho tranquilo você tentar entender como está se sentindo, mas também fico feliz de não ter visto mais nenhuma foto sua com outros caras

Não sei o que responder. E então começo a rir quando imagino como seria uma foto do date com Nathan. Talvez uma de nós dentro da caminhonete, com comida espalhada no colo e cenas do filme pornô passando à nossa frente? Ou quem sabe eu devesse ter postado uma foto minha do lado de Alma, com uma variedade de brinquedos adultos ao fundo?

Mas o que me incomoda de verdade na mensagem de Griffin é ele achar *tranquilo* eu ter ido em vários dates. Parte de mim não liga para a opinião dele – isso diz respeito a mim, não a ele. E a outra parte se pergunta: se eu amasse alguém de verdade, será que acharia tranquilo vê-lo em dates com outras pessoas?

Por sorte, Nonna me livra da resposta quando me pede para tirar o pão de alho do forno.

Em questão de minutos, as pessoas começam a entrar aos montes pela porta dos fundos, e o nível de barulho aumenta em mil por cento. Andei pensando um pouco sobre como agiria quando visse as Meninas Malvadas, mas não estava

10 dates surpresa **215**

preparada para ver tia Maggie Mae e tio Marcus chegarem apenas com Jo Lynn. Não paro de olhar para a porta à espera de Mary Jo, mas ela não aparece.

— Tá, tem alguma coisa estranha — Olivia diz atrás de mim. — Elas estão sempre juntas. Tipo, sempre.

— Pois é — respondo.

— E eu até tinha preparado um discurso! Elas iam ouvir horrores pelo que fizeram você passar ontem à noite.

Antes que eu possa dizer a ela para não se preocupar, Charlie entra derrapando pela cozinha e para bem na nossa frente.

— Estão se perguntando por que a Mary Jo não veio? — ele faz suspense.

Olivia lhe dá um soquinho no ombro.

— Claro, fala logo.

Ele chega mais perto.

— O Aiden terminou com ela ontem à noite.

— Por quê? — Olivia pergunta em choque.

— Pelo que eu soube, ela acusou ele de flertar com a Sophie. Brigou com ele. Parece que ela faz isso o tempo todo e ele ficou de saco cheio.

— Ele não estava flertando comigo! — respondo. — Só estava me mostrando umas fotos do sobrinho dele.

Meu Deus. Eu não devia me sentir mal por ela, mas uma pequena parte de mim não consegue evitar. Sei bem como términos são horríveis.

— Pode parar, Soph — Charlie diz. — Conheço bem essa sua cara de pena, mas a gente não vai se compadecer por ela!

Nonna nos enxota quando passa por perto, pedindo para colocarmos a mesa.

— Você acha que a Nonna vai montar um mural de dates pra ela? — Olivia pergunta alguns minutos depois enquanto distribui os pratos. Eu sigo logo atrás dela com os talheres.

— Não faço a menor ideia! — respondo. Vamos para a mesa extra que Nonna arrumou na semana passada, e que Olivia, Charlie, Sara, Graham, Jake e eu tomamos como nossa. Jake a apelidou de M.A.L. (Mesa ao Lado) em comparação com a M.C. (Mesa das Crianças) e a F.C.B. (Fileira das Cadeiras de Bebê).

Por fim, tia Patrice nota a banqueta vazia na bancada da cozinha.

— Cadê a Mary Jo? — ela pergunta.

Todos na M.A.L. param tudo que estão fazendo e levantam a cabeça.

Tia Maggie Mae dá uma voltinha na banqueta.

— A Mary Jo acordou se sentindo mal, então falamos pra ela ficar em casa e descansar. Logo, logo ela está novinha em folha.

— Ela acha mesmo que dá pra esconder algum segredo dessa família? — Sara cochicha.

— Você está subestimando o medo que todo mundo sente da tia Maggie Mae. A gente vai falar do assunto, mas não na frente dela — Jake responde.

Graham concorda.

— Eu aposto que nem a Nonna vai comentar nada.

E agora me sinto pior ainda por Mary Jo. Por mais que eu tivesse odiado ser o centro das atenções quando toda essa história dos dates começou, não posso negar que me senti mais próxima da minha família de um jeito meio estranho. É bem legal ter tanta gente torcendo pela sua felicidade. E talvez Mary Jo perca a chance de ganhar um pouquinho disso.

**

A família, é claro, continua na casa depois do espaguete da Nonna para ver quem vem me buscar para o jogo de hóquei. Bom, todo mundo menos tia Maggie Mae e sua turma.

— Vou ter que trabalhar até tarde amanhã — tio Ronnie comenta. — Alguém precisa me ligar no FaceTime quando o rapaz chegar pra eu não perder.

Charlie está perto da escada, ao lado de Graham. Ele se aproxima e diz:

— Essas partidas de hóquei duram pelo menos duas horas. Se começa às três, o jogo deve acabar por volta das cinco. E do estádio até aqui são uns vinte minutos de carro.

Graham levanta a mão.

— Mas só se ela não cair fora no meio do date, que nem aconteceu na noite passada. Pensei que ela fosse esperar pelo menos o filme acabar antes de se livrar do cara.

Jake venceu a última aposta – porque ouviu *jantar*, mas não *filme* –, e não parou de esfregar a vitória na cara de todo mundo o dia inteiro. Charlie e Graham estão determinados a derrotá-lo hoje à noite.

Eu chego mais perto.

— Querem uma dica? A tia Camille deve ter escolhido um cara minimamente decente, então não me vejo indo embora antes da hora.

Charlie e Graham dão um sorrisinho enquanto marcam seus nomes em 17h25 e 17h30.

— Mas vocês me devem metade se ganharem — aviso antes de me afastar.

— Ei! — tio Ronnie grita do outro lado da casa. — Vocês conseguiram alguma informação privilegiada que a gente não tem?

Charlie balança a cabeça e revira os olhos.

— Fala sério. A Sophie é imprevisível. A gente nunca sabe o que ela vai aprontar nesses dates.

Eu me viro para tio Ronnie e dou de ombros.

— Tem um quê de verdade nisso aí.

Wes aparece pouco antes do horário marcado do meu date.

— Oi — digo quando ele para perto de mim e de Olivia.

— Oi — ele cumprimenta.

Antes que eu possa dizer qualquer coisa, a campainha toca e o silêncio toma conta da casa.

— Isso está começando a ficar ridículo, gente — digo enquanto abro espaço entre as pessoas até chegar na porta. Vários parentes correm para concluir suas apostas.

Abro a porta e fico surpresa ao encontrar um rosto conhecido do outro lado.

— Oi! — digo entusiasmada.

— Oi — Wyatt responde ao atravessar a porta, depois me dá um abraço rápido. Eu o conheci no verão passado, quando tia Camille convenceu todo mundo a ajudá-la em um superevento de adoção de animais. Wyatt e eu demos banho em todos os cachorros antes do evento começar, para aumentar as chances de serem adotados. Ele é um cara bem legal, e temos pelo menos uma coisa em comum – a incapacidade de dizer não para tia Camille –, mas, acima de tudo, estou aliviada de saber que esse date não vai ter muitas surpresas.

— Peraí! Isso não vale! — tio Michael grita. — Eles já se conhecem, então não conta como um encontro às cegas.

Tia Camille corre até a gente.

— Errado. Ela não sabia que ia sair com ele hoje. Essa é a definição exata de um encontro às cegas.

Wyatt e eu apenas encaramos os dois. Eles já perderam a compostura e ainda são duas e meia da tarde.

— A gente só se encontrou uma vez — Wyatt diz. — E a gente nem se conhece direito.

Eu levanto as mãos.

— Se a gente não sair agora, vamos perder o início da partida. E como eu nunca fui num jogo de hóquei na vida, não quero *mesmo* que isso aconteça. A gente se vê mais tarde. — Agarro a mão de Wyatt e o puxo porta afora. — Ah, e não me esperem acordados. A gente deve parar pra tomar um sorvete na volta. — Dou uma piscadinha para Graham e Charlie. Os tios se agrupam e cochicham, preocupados.

Tia Camille acena da varanda e diz:

— Vejo vocês lá!

— Ela vai com a gente? — pergunto para Wyatt a caminho do carro.

Wyatt olha para trás por cima do ombro, e depois para mim. Sua pele é bem pálida, então é difícil disfarçar o vermelhinho que surge em suas bochechas.

— Não faço ideia. Ela me perguntou se eu queria levar você nesse jogo, e eu disse que sim. Aí ela me deu os ingressos. Só sei até aí.

Falamos sobre nossas vidas até chegarmos no estádio. Ele faz Ensino Médio no mesmo lugar que Olivia, Charlie e Wes, mas não os conhece muito bem porque a escola é enorme. Como a minha é minúscula, não consigo nem imaginar algo assim. Conversamos sobre o último ano de escola e as escolhas de faculdade e, quando me dou conta, já chegamos.

Wyatt para o carro no portão indicado para as pessoas com ingressos especiais.

— Sua tia deu um vale-estacionamento pra gente também — ele comenta.

Estou chocada. Eu nem sabia que existia um time de hóquei por aqui, e agora tia Camille é uma grande entusiasta do esporte?

Assim que estacionamos, saio do carro e dou uma olhada ao redor.

— Por que será que tem tanta gente com cachorro aqui?

Wyatt e eu nos viramos para olhar ao redor e, sim, quase todo mundo que entra traz consigo um cachorro na coleira. Cachorros pequenos. Cachorros grandes. De todos os tipos. E, de repente, a escolha de tia Camille passa a fazer mais sentido.

— Não faço ideia — Wyatt responde. Depois, ele para de repente e aponta para uma faixa enorme pendurada na lateral do prédio, que diz:

DIA DE TRAZER SEU DOGUINHO!
TODOS OS CACHORROS SÃO BEM-VINDOS AO JOGO
(DONOS SÃO OPCIONAIS)

— Uau — Wyatt murmura.

Ele entrega nossos ingressos e seguimos para o lado de dentro. O saguão de entrada está cheio de mesinhas das instituições de resgate de animais, serviços de tosa e banho e veterinários. Tem até cachorros para adoção. Se não achasse que minha mãe simplesmente me mataria, eu com certeza sairia daqui com um animalzinho fofo e peludo.

Pouco antes de entrarmos no pequeno túnel que vai para os nossos assentos, vemos tia Camille em uma das mesinhas com o mesmo grupo de resgate de animais que nós ajudamos no verão passado. Paramos e damos um tchauzinho.

— Não é incrível? — ela grita do outro lado do saguão.

— É bem empolgante! — grito de volta, um pouco preocupada com a altura da minha voz. Mas não deveria; é impossível ser ouvido por cima de tantos latidos.

Wyatt analisa os ingressos enquanto caminhamos para o interior do estádio. A música está alta e animada, e o locutor anuncia em voz alta o Desfile dos Cachorrinhos no Gelo que vai acontecer no primeiro intervalo.

— Querem ajuda pra achar seus lugares? — um homem com uma camiseta dos Mudbugs pergunta para Wyatt.

— Por favor — Wyatt responde, depois mostra os ingressos.

— Ah! Vocês estão nos camarotes. — O cara aponta para uma série de cabines coladas no vidro de proteção. Em cada um desses espaços tem um sofá e duas poltronas reclináveis bem grandes, tipo a do meu avô. — O de vocês é aquele ali do meio. Bem no centro da pista.

— O.k., obrigado — Wyatt responde. Olhamos um para o outro com os olhos arregalados, depois eu o sigo até nossos assentos.

Cada camarote é cercado por uma parede baixa que tem mais ou menos a mesma altura do sofá, com apenas uma pequena abertura para entrar. Tem também uma mesinha de centro na frente do sofá, com uma bandeja e duas garrafas d'água em cima.

Wyatt anda até o vidro e diz:

— Nossa, que maneiro. Tipo, a gente está praticamente na pista.

Apoiado nas garrafas, vejo um bilhetinho que diz:

Aproveite o jogo! Com amor, tia Camille

— Acho que, se existe um jeito certo de ver meu primeiro jogo de hóquei, é esse — comento com um sorriso. Está frio aqui dentro, bem mais frio do que eu esperava, e não consigo parar de tremer.

Wyatt tira a jaqueta e a coloca por cima dos meus ombros.

— Não, você vai sentir muito frio sem a jaqueta — digo, tentando devolver a ele. Ele afasta minha mão de leve.

— Estou com uma blusa de manga comprida por baixo do suéter. Está tudo bem.

Eu me aconchego na jaqueta e me sento na ponta do sofá. O camarote é o máximo, mas é um espaço grande demais só para nós dois. Olho na direção do mar de rostos – humanos e caninos – que se elevam atrás de nós nos assentos comuns, e me sinto num aquário.

— Parece que todo mundo vai assistir à gente tanto quanto ao jogo — comento. Wyatt se vira para olhar para as arquibancadas. E é então que tia Camille entra no camarote.

— E aí, o que acharam? — ela pergunta.

Não sei se ela se refere ao nosso espaço ou aos quatro filhotinhos que carrega no colo.

— Ai, meu Deus! Olha que amor! — dou um gritinho. Pego um deles para mim e afundo meu nariz em seu pelo.

Ela entrega os outros três para Wyatt e faz um gesto para outra mulher, que também está com os braços cheios de filhotes.

— Pode trazer aqui, Donna!

Donna dobra a quantidade de cachorros no nosso camarote. Eles rastejam sobre os móveis, derrubando as garrafas d'água e rolando uns por cima dos outros no carpete.

— A Donna e eu vamos passar o jogo recolhendo assinaturas para a reforma do parque dos cachorros, então precisamos de algum lugar pra deixar esses bebezinhos peludos.

10 dates surpresa **223**

— Ah, tudo bem — respondo. Um dos filhotes está mastigando o cadarço de Wyatt enquanto outro se agarra na barra da minha calça.

— É só fechar o portão que eles vão ficar bem — tia Camille diz, depois vai embora com Donna.

— A gente devia ter imaginado uma coisa dessas, né? — Wyatt comenta.

— Com certeza — respondo.

Os filhotinhos exploram a pequena área quadrada, e logo notamos que um deles já fez xixi no carpete.

— Você acha que eles conseguem escapar? — ele pergunta.

Dou de ombros.

— Talvez a gente devesse dar uma ajudinha? — falo parcialmente brincando.

Assim que Wyatt e eu conseguimos liberar um espaço no sofá, ouço Olivia gritar de algum lugar atrás de nós:

— Sooooppphhhieeee!

Viro para trás e procuro por cada fileira até encontrá-la. Eles estão bem lá em cima, basicamente no lugar mais longe de nós possível.

Levanto o braço para acenar para eles, e ela acena de volta. Já esperava encontrar Charlie e Wes – os dois sorriem e me dão um tchauzinho de seus assentos estratosféricos –, mas não imaginava ver Sara, Graham e Jake também.

— É sua família ali em cima? — Wyatt pergunta.

Eu me viro para ele.

— É. E eu não fazia ideia de que todos eles vinham. Esse lance dos dates chegou num nível tão bizarro que a família inteira se sente extremamente envolvida.

Wyatt ri e se senta do meu lado.

— Eu acho legal sua família ser tão grande. A minha não chega nem a ocupar a mesa de jantar da minha mãe inteira.

As luzes se apagam e um holofote brilha no gelo, destacando uma garota de patins, usando um vestido vermelho chique e cantando o hino nacional.

Assim que ela termina de cantar, Olivia diz:

— Oi!

Eu me viro para trás no sofá. Meus parentes estão todos parados na porta do camarote, e parecem tão ansiosos para entrar quanto os filhotes para sair. Wes está parado atrás de todo mundo como se não soubesse ao certo o que está fazendo ali.

Wyatt também deve ter entendido o que a expressão deles quer dizer, porque logo pergunta:

— Vocês querem sentar aqui com a gente?

Dá para ver que ele só ofereceu por educação, mas todos pulam para dentro no mesmo instante.

Charlie se joga numa poltrona com um dos filhotinhos em seu colo.

— Cara, é assim que se assiste a um jogo.

Graham e Jake se debruçam sobre a divisória baixa para poderem conversar com as garotas do camarote ao lado. Sara e Olivia se sentam no chão, por mais duvidoso que o carpete pareça, e ambas são cercadas pelos filhotinhos em questão de segundos.

Eu nunca tinha visto uma partida de hóquei antes, nem mesmo na tv, então passo o primeiro tempo inteiro me dividindo entre ficar de olho na pista e me certificando de que os filhotes não fujam. É difícil não ficar hipnotizada por toda a ação bem na nossa frente... o máximo que é possível ficar enquanto tentamos manter oito filhotinhos na linha.

10 dates surpresa   **225**

O locutor grita "Power play!" e todos vibram.

— O que isso significa? — pergunto em voz alta.

Wyatt abre a boca para responder, mas Jake se joga do meu lado no sofá.

— O camisa vinte e três do outro time está temporariamente fora do jogo por ter cometido uma falta, então isso significa que a gente tem mais jogadores na pista do que eles — ele explica.

Graham se senta no chão à minha frente e coloca três cachorrinhos no colo.

— É o melhor momento pra tentar marcar.

Os jogadores se chocam contra a proteção de acrílico e estamos a poucos centímetros de toda a movimentação. Graças à narração de Jake e Graham, agora tenho uma noção básica do que quer dizer power play, luzes vermelhas e breakaways.

Wyatt se inclina por cima de Jake e diz:

— Vou no banheiro. Querem que eu traga alguma coisa da lanchonete?

— Pipoca! — Jake pede. Eu lhe dou uma cotovelada. — Que foi?

Olho feio para ele.

— Não precisa, Wyatt. Obrigada!

Wyatt assente e sai do camarote. Jake e Graham entram num papo bastante técnico sobre uma falta que os Mudbugs acabaram de fazer, e eu deslizo pelo sofá, me aproximando de Wes. Ele está quase do lado de fora do espaço, sentado no braço do sofá e de olhos vidrados na pista.

— Ei — digo.

Ele me dá uma rápida olhada e responde:

— E aí.

— O jogo está ótimo! — comento, entusiasmada demais.

Ele faz que sim.

— É, eles estão tendo uma boa temporada até agora.

— Bom, oficialmente cheguei na metade dos dates — digo, na falta de um assunto melhor. Não sei o que se passou pela cabeça dele quando viu a pulseira, mas quero que ele saiba que não voltei com Griffin de forma alguma.

Wes olha para mim, mas não consigo interpretar a expressão em seu rosto.

— Sei que você vai gostar quando tudo voltar ao normal.

Dou de ombros.

— Não sei. Não esperava passar as férias desse jeito, mas tenho que admitir que as coisas têm sido muito melhores do que imaginei.

Eu me sinto falando em códigos. Por que não posso ser tão direta quanto ele foi no carro com Charlie? *Eu prefiro fazer nada com vocês três do que fazer qualquer coisa com Griffin.*

— É, tenho certeza de que a essa altura o Griffin já se tocou da burrice que fez.

Antes que eu possa explicar tudo para Wes, os Mudbugs marcam um gol e o estádio inteiro explode de alegria. A torcida quase inteira atira lagostinhas de plástico — o símbolo do time — na pista, e logo depois um grupo de crianças muito fofas de patins recolhem tudo com pás praticamente do tamanho delas.

Wyatt se senta do meu lado.

— Parece que voltei bem na hora — ele comenta e aponta para a pista com a cabeça.

Wes se levanta e vai para perto de Charlie, Jake e Graham.

— Desculpa por essa invasão aqui — digo. E sinto muito de verdade. Não é justo com Wyatt.

Ele dá de ombros.

10 dates surpresa **227**

— Não tem problema. Não é como se não tivesse espaço pra eles aqui.

Tia Camille aparece assim que o primeiro tempo acaba.

— Ah, que ótimo! Isso vai facilitar as coisas — ela diz quando dá de cara com a multidão no camarote.

A essa altura, sempre fico um pouco nervosa quando um parente que arrumou um date para mim diz algo que não entendo.

— Facilitar o quê?

— Cada um fica com um filhote! Vai ser bem mais prático no desfile.

Na pista, os cachorros e seus donos formam uma fila. "Who Let the Dogs Out?" ecoa pelos alto-falantes, e os bichinhos ficam doidos toda vez que a música chega naquela parte dos latidos.

Tia Camille começa a distribuir as coleiras.

— Cada um pega um filhote e vem atrás de mim!

— O que é que está acontecendo? — Olivia pergunta.

Graham arregala os olhos.

— É sério que a gente vai pra pista com os cachorros?

— E se um deles fizer cocô ali fora? — Charlie questiona.

Wes ri.

— Acho que se for o seu, você vai ter que limpar.

Tia Camille nos leva até uma porta lateral próxima do camarote e a mantém aberta enquanto entramos na pista. Nunca andei no gelo antes e mal consigo durar dois passos antes de escorregar. Meus braços se agitam, tentando encontrar qualquer coisa para me apoiar, mas é inútil. Eu vou cair.

Segundos antes de eu passar vergonha, sinto alguém me segurar pelo pulso e me colocar de pé. Imagino que seja Wyatt, mas é Wes.

— Arrasta os pés em vez de tentar andar normal — ele explica, depois me solta. Mas, como ainda não tinha conseguido me equilibrar direito, começo a cair de novo.

Wes me segura firme pelos quadris, como se tentasse me ancorar no gelo.

— Se eu te soltar, você vai cair? — ele pergunta.

Recupero o fôlego.

— Acho que agora eu consigo.

— É só lembrar: arrasta os pés, não anda — ele sussurra e depois se afasta.

Sigo o conselho de Wes e saio me arrastando para o meio da pista, meu coração acelerado. Sara guincha:

— Olha que coisa mais fofa aquele peludinho com fantasia de lagosta!

Olivia vai para o lado dela e as duas suspiram por todos os cachorros enquanto eu rezo para que meus pés não levantem voo outra vez. Meu filhote não parece gostar muito do frio, então não para de tentar sentar em cima deles. Isso não me ajuda em nada.

Wyatt desliza para perto de mim e fica do meu lado enquanto atravessamos a pista.

— Tudo bem aí? — ele pergunta. Faço que sim rapidamente, na esperança de que minhas bochechas não estejam tão vermelhas. Os latidos ecoam pela pista, e passamos por mais de uma poça amarela.

Por fim, terminamos de dar a volta na pista, a máquina reparadora de gelo bem devagar atrás de nós, e voltamos para o camarote no instante em que a partida recomeça. Toda vez que alguém do Mudbug empurra o rosto de um adversário contra a proteção à nossa frente, Graham e Jake batem no vidro de volta. Os pobres jogadores estão apanhando dos dois lados.

10 dates surpresa **229**

Durante o segundo tempo, faço um esforço para me aproximar mais de Wyatt. Tentamos manter uma conversa apesar de tudo que acontece à nossa frente — os cachorros latindo, os torcedores gritando "Seu bosta!" toda vez que o time adversário perde o disco —, mas sinto que estamos num caminho sem volta. Estou mais ligada nos movimentos de Wes do que no que Wyatt me diz bem do meu lado.

Quando chegamos ao segundo intervalo, só quero que o jogo termine logo.

— Como é que eles vão fazer pra superar o desfile dos cachorrinhos agora? — Sara pergunta. Ela está de volta ao chão, cercada de filhotes, e sei que já está pensando num jeito de levar um deles para casa.

Um homem desliza de patins pela pista assim que os jogadores se retiram para o vestiário. Ele veste um smoking e segura um microfone; a voz dele explode pelo estádio.

— Senhoras e senhores — ele anuncia. — Chegou o momento!

A música "Kiss Me" começa a tocar nos alto-falantes e corações vermelhos dançam pelo telão acima da pista. Sinto um embrulho no estômago.

— É hora do beijo! — o locutor grita.

A câmera filma um casal mais velho. Eles sorriem e acenam, depois se aproximam para um selinho. A câmera percorre a multidão de novo, e para em um casal que parece envergonhado. Um esbarra na cabeça do outro e os dois começam a rir.

Vários casais se beijam, e a música chega perto do fim. Mas é então que o locutor diz:

— Hoje temos aqui um casal muito especial! Sophia e Wyatt!

E então, *meu Deus do céu*, lá estamos nós no telão.

— É o primeiro encontro deles! Espero que não esteja cedo demais pra um primeiro beijo!

Eu quero me arrastar até um buraco e morrer. O pessoal das arquibancadas grita para que a gente se beije, e todo mundo no camarote não para de rir e tirar fotos nossas. Bom, todo mundo menos Wes. Só consigo pensar em como eu queria que ele me beijasse naquela noite.

— E aí, o que você acha? — Wyatt pergunta. As bochechas dele estão pegando fogo.

Meus olhos encontram os de Wes por um instante. Depois, ele sai do camarote e vai embora.

Eu me viro para Wyatt e faço que sim, já que não vejo outra saída. Ele se aproxima. Segundos antes dos nossos lábios se encostarem, viro o rosto bem de leve e a boca dele só toca o cantinho da minha. É bem rápido, e provavelmente ninguém além de nós vai saber que não foi um beijo de verdade. A multidão vai à loucura.

Nós nos afastamos e, por sorte, não estamos mais no telão.

— Nossa, que constrangedor — ele cochicha.

Dou uma risada.

— Vou matar a tia Camille — respondo.

Na pista, as crianças tentam acertar o disco no gol para ganhar prêmios. Olho para a arquibancada atrás de nós para saber se Wes voltou para o assento antigo. Preciso saber qual foi a reação dele.

Mas ele foi embora.

Charlie praticamente nos arrasta até o carro assim que o jogo acaba.

— Falta meia hora pra eu ganhar minha aposta — ele grita. — Vamos embora, gente!

— Aonde foi que o Wes se meteu? — Olivia pergunta.

— Ele disse que encontrou uns conhecidos na lanchonete. Acho que vão pra alguma festa — Graham responde.

A decepção me atravessa. Será que foi só isso? Ou foi o beijo que ele acha que aconteceu mas foi de mentira? Balanço a cabeça para afastar o pensamento, e Wyatt e eu nos despedimos dos demais.

Assim que entramos no carro, ele se vira de frente para mim antes de dar partida.

— Esse date foi bizarro, né?

Eu começo a rir, aliviada por ele ter quebrado o gelo.

— Pois é. O jogo foi legal, mas foi muita pressão ficar dentro daquele camarote. E depois minha família caiu de paraquedas. Me desculpa mesmo.

Ele sorri e liga o carro.

— Não tem problema. E não me leva a mal, mas eu sei que você preferia ter tido esse date com o Wes.

Meu queixo despenca.

— O que você... o Wes e eu somos só... amigos.

E eu achando que tinha conseguido ser discreta.

— Deu pra sentir que tem alguma coisa estranha rolando entre vocês dois. Você parecia atenta demais a tudo o que ele fazia, e ele também parecia bem interessado em você.

— Desculpa. Eu deveria ter sido um date melhor.

Ele ri.

— Está tudo bem. Sério. O Jake me explicou o que está acontecendo essa semana. Digamos apenas que estou bem feliz de ter uma família tão pequena.

Levamos um papo leve durante todo o caminho de volta até pararmos na rua da Nonna. Charlie seguiu na nossa cola o trajeto inteiro; dava para ver a caminhonete dele de relance toda vez que fazíamos uma curva, e agora ele gesticula furiosamente na direção da casa. Dou uma olhada no relógio e descubro que tenho quatro minutos para entrar. Caso contrário, ele perde.

Wyatt estaciona em frente à casa da Nonna, mas eu o impeço de desligar o carro. Ele parece surpreso, mas se recompõe depressa.

— O Jake também te falou do bolão? — pergunto.

— Hmm, não, ele não mencionou essa parte.

Faço um rápido resumo. Ele parece não ter palavras para a loucura que acaba de ouvir.

— A gente está dentro do tempo que o Charlie apostou. Quer ver ele quicar de nervoso?

Wyatt ri.

— Com certeza.

Por fim, abrimos as portas e descemos do carro.

Charlie anda de um lado para o outro no jardim.

— O tempo está acabando, Soph — ele cochicha de modo nada discreto.

Wyatt e eu passeamos sem a menor pressa pelo caminho da frente. Antes mesmo de chegarmos na varanda, a porta se abre, e tio Sal e Graham ficam nos encarando sem parar.

— Você tem que estar dentro de casa pra anunciarem o vencedor? — Wyatt cochicha.

Faço que sim.

— Daqui a mais ou menos um minuto meu tio Sal vai ganhar a rodada de hoje.

Wyatt me dá o braço.

10 dates surpresa   **233**

— Parece que o Charlie vai explodir a qualquer momento. Vamos subir os degraus *bem* devagar.

Atravessamos a soleira segundos antes do tempo de Charlie acabar, e ele comemora em voz alta no jardim da frente. Tio Sal joga as mãos para o alto e volta para a cozinha.

Os outros parentes finalmente têm a decência de me deixar sozinha com meu date para nos despedirmos. Cada um vai para um canto diferente da casa, resmungando sobre as apostas.

Wyatt se aproxima e me dá um abraço rápido e amigável.

— Boa sorte com o Wes.

Dou uma risada e digo:

— A gente é só amigo. Sério.

Ele me olha de canto de olho e eu fico vermelha. Depois, com um último tchauzinho, Wyatt vai embora.

Ele mal atravessou a porta quando ouço tio Bruce gritar lá da cozinha:

— Soph, o que você acha de marshmallows?

Caminho na direção dele e vejo um grupo ao redor do quadro. Tia Maggie Mae está preenchendo as informações sobre o date de amanhã; já decidi que as chances de eu usar meu passe livre são altíssimas.

— Por quê? — pergunto. Não dá para ver o que está escrito porque meus tios estão na frente. Mas, por fim, eles se afastam.

Pode até fazer frio lá fora,
mas o fogo vai te aquecer!
16h

E na mesa ao lado do quadro vejo uma cestinha com barras de chocolate, biscoitos e marshmallows bem grandes.

— Isso não me diz muita coisa — comento e olho ao meu redor. Não vejo tia Maggie Mae nem nenhum membro de seu núcleo familiar por aqui.

— É, eu acho melhor você usar o passe livre. Usa agora — Olivia avisa. — E por que seu date começa às quatro? Tem alguma coisa estranha aí.

Nonna já sacode a cabeça.

— Não faz isso, Sophie. Pelo menos vê quem foi que ela escolheu! Qual é a graça de cancelar um dia antes?

Eu me viro de frente para Nonna.

— Porque não existe a menor chance de eu ter vontade de sair com alguém que a tia Maggie Mae arrumou pra mim. — Não chego nem a mencionar que seja lá quem venha aqui me buscar, provavelmente vai ser escolha de uma das Meninas Malvadas, não da minha tia.

— Você pode cancelar amanhã de manhã. Não vai tomar decisão nenhuma hoje à noite — ela diz e corre da cozinha antes que eu consiga dar um jeito de me livrar dessa.

Tio Ronnie surge com uma nova planilha de apostas cheia de quadradinhos vazios. Ele olha para o quadro, depois de volta para a planilha.

— Vou pegar o espaço das quatro às quatro e quinze da tarde. Eu amo uma aposta segura.

Escapo para o andar de cima e ligo para mamãe. Quase não tive notícias dela e de Margot, mas sei que elas andam ocupadas por lá.

Ela atende no segundo toque.

— Oi, mãe. Como a Anna está?

— Mais ou menos na mesma. Eles estão acompanhando os níveis de oxigênio bem de perto. — Ela parece cansada.

— E isso é normal?

10 dates surpresa **235**

— Para um bebê prematuro, é, sim.

— E a Margot?

Ela hesita por um segundo antes de responder:

— Está bem. Ainda bem fraca. Fica tonta quando se agita demais, então estamos tentando fazer ela descansar.

— Isso não parece bom.

— Ela só anda abusando um pouco — mamãe me tranquiliza. — Mas prometeu que vai pegar leve.

Conversamos por mais alguns minutos, até que ela diz:

— Está quase na hora de visitar a Anna. Vou tirar uma foto e mandar pra você.

— Tá bom. Se puder, dá um beijo nela por mim.

— Pode deixar — mamãe responde e encerra a ligação.

Eu hesito por algum tempo antes de voltar para o andar de baixo. Não consigo afastar a sensação de que as coisas não andam tão tranquilas quanto ela fez parecer.

SEGUNDA-FEIRA, 28 DE DEZEMBRO

Date surpresa n° 7: o escolhido de tia Maggie Mae

Se você pensa que uma floricultura ficaria vazia numa segunda-feira logo após o Natal, pensou certo. Por mais que Olivia e eu tenhamos tentado convencer Nonna a não abrir a loja, ela é inflexível com os horários.

Só metade dos funcionários veio hoje e estão todos sentados à toa, esperando ter algo para fazer. Olivia e eu estamos no balcão da frente e rezamos para que algum cliente apareça para nos resgatar do poço de tédio em que caímos.

Nonna entra na área da frente.

— Hoje todas as estátuas de jardim estão com cinquenta por cento de desconto. Vamos ver se assim a gente consegue se livrar desses gnomos horríveis que o avô de vocês comprou com aquele vendedor quando eu estava fora da cidade.

— Aquele treco é horrendo. Acho que a gente não consegue se livrar nem se for de graça — Olivia comenta.

Eu olho para ela.

10 dates surpresa   **237**

— Aposto que consigo vender mais que você.

Olivia ergue a sobrancelha.

— Veremos.

Nonna bate no queixo com o indicador.

— Bom, eu tenho um vale-refeição do Superior Grill sobrando. Que tal vinte e cinco dólares pra quem vender mais gnomos?

Olivia e eu damos um *high-five*. Que comecem os jogos.

Duas horas depois, estou na liderança. Com apenas uma venda.

No momento, Olivia tenta com todas as forças vender uma peça para um senhor que veio comprar fertilizante.

— Sr. Crawford, esse gnomo vai ficar lindo no seu jardim! — ela diz com muito entusiasmo.

O senhor fica paralisado. Não existe a menor possibilidade de ele querer comprar uma coisa horrível dessas, mas ele é gentil demais para dizer não para Olivia. Ainda mais uma Olivia persistente.

Ela acaba vencendo pelo cansaço e faz uma dancinha da vitória assim que o sr. Crawford sai da loja com uma estátua debaixo do braço.

— Empatamos! — ela diz.

— É, mas as chances de ele ter sido nosso último cliente do dia são bem altas.

— Então vamos usar nosso tempo de forma sábia... dando uma boa olhada nos caras que trabalham aqui. É o Papa que vai escolher seu date pra festa da Nonna, e esses garotos são praticamente as únicas pessoas que ele conhece.

Isso faz com que eu me endireite na cadeira. Estou tão preocupada com quem Nonna vai escolher para o réveillon que nem parei para pensar na festa de aniversário. Agora, então, vou avaliar todos os garotos que passarem por nós.

Mas, como hoje estamos com a equipe bem reduzida, não temos muitas opções.

— Randy, Jason, Chase e Scott são os únicos caras que estão aqui hoje, mas dois deles são casados. E tenho quase certeza de que o Chase é procurado pela justiça — comento.

— Você vai ter que falar com o Papa. Ver se ele precisa de ajuda pra escolher alguém.

— Pelo menos a família inteira vai estar na festa da Nonna. Você provavelmente nem vai ter que passar tempo com o cara.

Faço que sim e pego a grade da semana para ver quem mais vem trabalhar. Olivia lê por cima do meu ombro.

— O Wes e o Charlie vêm trabalhar na terça — ela diz.

— Estou vendo — respondo. Será que ela sabe que as coisas entre mim e Wes andam esquisitas?

Ela apoia o queixo no meu ombro.

— O Wes e a família dele foram convidados para a festa, então meio que faz sentido o Papa escolher ele. Mas ele deve saber que vocês são só amigos.

É, ela não faz ideia de como tenho me sentido em relação a Wes. É melhor nem mencionar o quase beijo.

— Você está preocupada com o date de hoje? — ela pergunta.

— Um pouco. É a tia Maggie Mae. Quer dizer, por que o date vai começar às quatro?

Olivia gira sem parar em cima da banqueta, e eu fico tonta só de observá-la. A porta se abre e nós duas olhamos para ela, animadas por termos um cliente. Mas não é um cliente. É o namorado de Olivia, Drew, e Seth veio junto.

— Bem cheio aqui hoje, hein? — Drew comenta, depois ri. — A gente estava aqui perto e pensou em dar um pulinho pra ver vocês.

Seth se debruça no balcão.

— E aí, como é que está sua irmã?

— Está bem — respondo. — Minha sobrinha também.

Ele chega mais perto.

— Que bom. Fiquei preocupado quando você me contou o que estava acontecendo.

— É, eu também.

Um silêncio desconfortável se instala.

— Bom, depois me avisa se você tiver um tempinho livre enquanto ainda estiver por aqui — ele diz.

Fico esperando toda aquela empolgação que deveria transbordar de mim agora — ou pelo menos um vermelhinho na bochecha —, mas não sinto nada.

Acho que ele percebeu que me deixou desconcertada, pois logo acrescenta:

— Mas sei que tem muita coisa acontecendo na sua vida.

Fico aliviada. Seth é um cara muito legal, e seria burrice minha não considerar outro date com ele. Mas, se ele me pressionasse, acho que eu o rejeitaria, e não sei dizer o motivo nem o que isso significa.

— De repente a gente pode sair todo mundo junto quando todo esse lance dos dates acabar — Drew sugere. — A Olivia me disse que não vai deixar você sumir da vida dela de novo, então parece que vamos todos dar um passeio em Minden. O Seth pode ir com a gente.

Esta não é a primeira vez que eles tocam no assunto. De repente, percebo que cheguei ao meu limite.

— Eu não sumi da sua vida.

Olivia me lança um olhar confuso.

— A gente trocava mensagens de vez em quando, mas estava há sei lá quantos meses sem se ver. O Charlie fala a mesma coisa. Você nunca quer vir aqui, e toda vez que a gente mencionava ir pra lá, você vinha com uma desculpinha esfarrapada. Eu não vou deixar você se safar quando voltar pra casa. — Olivia balança o dedo entre ela e Drew. — Você vai ter que aturar a gente. — Depois aponta para Seth. — E talvez tenha que aturar ele também.

Eles riem e Seth diz:

— Valeu por constranger todo mundo.

Mas ainda estou tentando digerir o que ela disse.

Drew e Seth se preparam para sair, e Olivia acompanha Drew até a porta. Puxo Seth para um canto.

— Então, tenho um favor pra te pedir — digo. — Será que existe alguma chance de eu te convencer a comprar um desses gnomos de jardim?

Aponto para as estátuas assustadoras encostadas na parede, e ele parece aterrorizado ao vê-las.

— Elas parecem que estão possuídas.

— Elas são inofensivas. É que a Olivia e eu estamos no meio de uma aposta. Não deixa ela te ver até sair daqui, senão ela vai fazer o Drew comprar mais duas.

Alguns minutos depois, Seth e Drew seguem para o carro enquanto Olivia e eu observamos da varanda.

Seth se senta no banco do carona do carro de Drew. Pouco antes de se afastarem, ele abre a janela e mostra o gnomo.

— O quê? Ah, não vale! — Olivia grita para ele.

— Parece que estou na frente de novo! — Faço a dancinha da vitória.

Voltamos para dentro da loja – eu fico no balcão, Olivia organiza os gnomos que ainda restam – e, segundos depois, meu celular apita.

—Ah, não — digo.

10 dates surpresa   **241**

— Que foi? — Olivia pergunta. — É a Margot?

— Não. Fui marcada num post e estou morta de medo de ver o que é.

Olivia revira os olhos.

— Ah. Fui eu.

Arregalo os olhos.

— Eu estou bem aqui. Você não quis me mostrar primeiro? Ou, sei lá, me perguntar se eu queria que você postasse? — Minha voz está estridente.

— Você não ia deixar — ela diz com um sorrisão no rosto. — E senti que a gente precisava de uma distração.

— O que foi que você fez?

Olivia dá de ombros e depois solta um gritinho.

— Ah! A sra. Townsend está chegando! Ela compra qualquer coisa. — E, com isso, ela se afasta para ir atrás de uma senhorinha que atravessa lentamente o caminho até a loja.

Respiro fundo e destravo a tela do celular para ver qual foi o estrago que ela fez.

E ali está.

É uma foto do telão do jogo de hóquei com a legenda: *O clima esquentou tanto que o gelo até derreteu! Espero que o @mudbugshockey consiga patinar na água!* E depois tem tipo uns dez emojis de foguinho. Wyatt só me beijou no cantinho da boca por dois segundos, mas na foto parece que estávamos numa pegação infinita. Um coração gigante nos emoldura no telão, com vários coraçõezinhos por toda parte. Se Wes não viu acontecer ao vivo, com certeza vai ver agora.

Argh.

E, como em todos os outros posts, Griffin já foi marcado nos comentários mais de uma vez.

— Olivia! — grito para o outro lado da loja. Ela me dá um tchauzinho rápido antes de arrastar a pobre sra. Townsend para a estufa dos fundos.

Fico esperando Griffin mandar alguma mensagem, mas não recebo nada.

No instante em que Olivia e eu saímos da loja, o celular vibra na minha mão. Quase ignoro a ligação, até dar uma olhada no nome da mamãe na tela.

— Mãe?

— Oi, Sophie. — A voz dela parece meio trêmula.

Eu me jogo na escada da frente e Olivia se senta do meu lado.

— O que aconteceu? — ela cochicha. Ponho o telefone entre nós duas para que ela ouça também.

— Foi um dia bem puxado hoje — mamãe diz. — Só queria manter você atualizada sobre o que está acontecendo aqui.

Ainda nem ouvi o que houve e já sinto que vou vomitar a qualquer momento.

— Me conta tudo.

Mamãe respira fundo.

— O nível de saturação de oxigênio da Anna está em mais ou menos oitenta. Isso não é bom.

— Meu Deus! O que eles vão fazer, então?

— Bom, ela vai ser sedada e colocada num ventilador. O corpinho dela precisa descansar e ficar mais forte, e a máquina vai respirar no lugar dela por um tempo.

Deixo escapar um choro abafado. É como se eu tivesse levado um soco no estômago.

— Sophie, parece muito pior do que é, eu juro. Os médicos acham que se derem um tempo a ela, deve ficar tudo

10 dates surpresa   **243**

bem. Com sorte, o ventilador só vai durar um ou dois dias, e depois vão começar a retirar aos poucos.

— *Deve* — me esforço para repetir. — Isso é o melhor que eles têm a dizer? Que tudo *deve* ficar bem?

— Bom, eles não podem garantir nada agora, mas estão bem confiantes.

Engulo em seco.

— E como é que a Margot está?

Mamãe respira fundo outra vez, e já começo a me preparar para o que vou ouvir.

— Noite passada eu disse que ela estava bem fraca e tonta. A Margot perdeu muito sangue no parto e ainda não conseguiu se recuperar. Ela está com seis de hemoglobina, que é um nível bem baixo. Talvez precise de uma transfusão de sangue. Os médicos estão lá no quarto agora, então daqui a pouco a gente já deve saber o que eles vão fazer.

Olivia aperta minha mão. Meu coração está quase saindo pela boca.

— Mamãe, elas vão ficar bem?

— Sei que bombardeei você de informações agora, mas os médicos garantiram que não é nada fora do comum, eu juro. Todo mundo acredita que as duas vão dar a volta por cima e que logo, logo já vão estar em casa. É só uma pedra no meio do caminho.

Está mais para uma montanha.

— Será que é melhor eu ir até aí? — pergunto.

— Não, meu amor — mamãe diz. — Fique por aí que eu vou dando notícias. Assim que elas estiverem em casa, a gente volta pra fazer uma visita. Não dá pra ver a Anna agora, de qualquer maneira, e a Margot precisa de repouso.

— Você vai me ligar e contar tudo o que está acontecendo, né?

— Vou, claro — ela responde. — Ah, e por mais que eu deteste dizer isso, acho que a gente não vai poder ir na festa de aniversário da Nonna. Não tem como sair daqui até ficar tudo bem.

— E o papai, como está? Ele me mandou algumas mensagens, mas a gente não chegou a conversar muito.

Mamãe ri baixinho.

— Ele está pirando. Não suporta a ideia de não poder dar um jeito nisso tudo. — Ela abaixa o tom de voz e sussurra: — O pai do Brad não para de tentar vender seguro pra ele.

Abro um sorriso quando imagino papai enfiado numa daquelas cadeiras desconfortáveis de hospital enquanto o pai de Brad fica falando sem parar.

— Ele está basicamente definhando, então.

— É bem isso. Vou dando notícias sobre a Margot. Não se preocupa, tá?

— Tá.

Assim que desligo, Olivia me dá um abraço e me levanta.

— Vamos lá, a gente tem que ir pra Nonna. Seu date deve chegar logo.

O date de hoje é a última coisa que se passa pela minha cabeça. Não existe a menor possibilidade de eu ir. Vou pegar a estrada para ver Margot e Anna.

Jogo minhas roupas em uma mala no andar de cima. Lá de baixo, dá para ouvir todo mundo rindo e batendo papo, assim como na noite passada. Chego a sentir uma pontada na barriga.

10 dates surpresa **245**

O nome da mamãe surge na tela e eu pego o celular.

— Alô? — atendo.

— Oi, meu amor.

— Como é que elas estão? — pergunto no mesmo segundo.

— Os médicos disseram que algumas unidades de sangue vão ajudar a Margot a se recuperar. Por mais que eu não queira que ela precise de uma transfusão, fico feliz de ter algo que eles possam fazer pra ela melhorar.

— Não estou gostando disso. Parece que tudo está desmoronando.

— É só mais uma pedra no caminho. Vou manter você informada. Por mais assustador que pareça, a transfusão não vai demorar. A Anna parece estar bem. Eles vão conferir os níveis de oxigênio pela manhã. Amanhã vai ser melhor.

Mamãe e eu conversamos por mais alguns minutos, depois ela encerra a chamada.

É, não vou esperar até amanhã.

Estou enfiada debaixo da cama quando ouço aquela batida familiar da bola de basquete. Rastejo até a janela e lá está ele, de pé em frente à garagem. Wes veste jeans e um casaco de moletom, e está lindo. Não está arremessando a bola, só quicando enquanto olha na direção da rua.

O que será que ele está olhando?

Por mais que eu esmague o rosto na janela, não consigo ver mais do que três metros à frente dele. Quando estou prestes a desistir e voltar para minha mala, o carro que chega na garagem me impede.

Wes caminha até a janela do motorista e se inclina. Não dá para ver com quem ele está falando, e isso me mata de ansiedade. Ele permanece ali por alguns minutos, depois se endireita e anda até a porta do carona. Pouco antes de entrar no carro, ele olha para cima, na direção da minha janela. Eu me jogo no chão.

Conto até dez. Bem devagar. Depois me levanto a tempo de dar uma espiadinha. Antes que o carro saia do meu campo de visão, consigo olhar de relance para quem o dirige.

É Laurel.

Deslizo até o chão e me encosto na parede abaixo da janela. Ele foi embora com Laurel.

— Sophie! — Olivia me chama quando surge dentro do quarto. — São dez pras quatro. Você não vai descer?

Faço um esforço absurdo para levantar.

— Pra mim já deu. Vou pegar a estrada e ver como a Margot e a Anna estão.

Olivia olha para a mala.

— Quer que eu vá com você?

— Não. Talvez eu fique lá até o fim das férias. Ainda não decidi. — Tiro as roupas do chão e enfio tudo dentro da mala.

— Tá. Você vai contar pra família? Ou vai simplesmente embora? — Sei bem o que ela quer insinuar. Ela acha que estou sendo grossa ou fria ou sei lá o quê, mas tudo que eu quero agora é ficar com meus pais, com Margot e com Anna.

— Ligo pra Nonna da estrada. Não quero que ela tente me impedir. — Eu paro a caminho da porta. — Você pode me fazer um favor? Põe a mala no meu carro pra ela não me fazer nenhuma pergunta?

Nós nos olhamos por um bom tempo, depois ela finalmente pega minha mala e sai do quarto sem dizer uma palavra.

Eu a sigo até o andar de baixo ainda com os jeans e a camiseta que usei no trabalho. Meu cabelo está preso em um

10 dates surpresa   247

rabo de cavalo bagunçado, e estou de cara lavada. Só preciso me livrar desse date e partir para a estrada.

Tio Charles bate os olhos em mim e se vira para Charlie.

— Vai lá trocar minha aposta. Pega o horário das quatro.

Tio Ronnie dá uma gargalhada do outro lado da sala.

— Tarde demais. Essa já é minha aposta.

Na hora certinha, a campainha toca, e Sara corre até a porta para abri-la. Todos ficam em silêncio absoluto.

— Ah, não — Charlie murmura.

Parado do outro lado da porta, vejo Griffin.

Charlie se põe na minha frente e diz:

— Não, não. Sem chance. Não vai rolar.

Griffin se aproxima.

— Sophie, vamos conversar só um segundo. Se você não quiser sair comigo, vou entender completamente.

— O que é que está acontecendo? — tio Sal cochicha atrás de mim. — Ele parece um cara bacana.

— É o ex-namorado — Banks responde.

— Ah — tio Sal diz, prolongando o som.

Olho para tia Maggie Mae, que sorri.

— Sophie, o Griffin me procurou e praticamente implorou que eu escolhesse ele.

Nonna chega por trás de mim e põe o braço na minha cintura.

— Você não tem que ir, querida.

Griffin implora com os olhos.

— Fala comigo rapidinho antes de decidir. Por favor.

Faço que sim, só porque preciso sair desta sala. Mas, antes disso, eu me viro.

— Vou usar o passe livre — aviso, depois fecho a porta da frente assim que saio.

Caminhamos até a varanda para ficarmos a sós. Assim que ele para, eu me viro para encará-lo, mantendo muitos centímetros de distância entre nós dois.

— Sua tia tem razão — Griffin diz. — Eu liguei para a Mary Jo e perguntei quem ia escolher seus próximos dates, aí ela me passou o telefone da mãe dela.

Ah, mas é óbvio que ela ia passar. De todos os primos que ele poderia ter procurado, foi escolher logo ela?

— Não tenho como ir num date com você hoje — aviso. Eu o vejo abrir a boca, provavelmente para tentar argumentar, mas o corto antes que ele comece. — Não tem nada a ver com você. Na verdade, vou cancelar todos os dates que faltam e ir pro hospital. Minha irmã e minha sobrinha não estão bem, e eu preciso ficar com elas.

— Então eu levo você — Griffin diz.

— Não tem necessidade — respondo enquanto desço a escada e sigo para o carro.

Ele me alcança.

— Você está chateada. Vai ser mais seguro se eu te levar. Depois você pode voltar com seus pais.

Eu paro no meio do caminho e olho para ele.

— Você vai me levar. Simples assim, você vai enfrentar três horas de viagem pra eu poder ver minha irmã? E depois?

Ele inclina a cabeça para o lado.

— Faço o que for preciso. Se eu tiver que esperar lá com você, eu espero. Se você quiser que eu vá embora, eu vou.

Eu o encaro por alguns segundos, depois aponto com a cabeça na direção da caminhonete dele.

— Tá.

Assim que seguimos para a calçada, a porta da frente se abre. Charlie e Olivia saem lá de dentro.

10 dates surpresa   **249**

— Deixa só eu pegar minha mala — aviso a Griffin.

Ando até meu carro, e Charlie e Olivia se aproximam.

— Você vai sair com ele? — Olivia pergunta.

Charlie vira a cabeça de um lado para o outro, de Griffin para mim.

— Não vai ser um date — respondo. — O Griffin vai me levar no hospital.

Olivia se encolhe. Sei bem que tanto ela quanto eu estamos pensando na oferta idêntica que ela me fez há menos de dez minutos.

Tiro a mala do banco de trás.

— Então, eu sei que você se ofereceu pra me levar, mas tenho certeza que você tem outras coi...

— Foi só eu pensar que estava tudo bem entre a gente de novo que você me afasta — ela diz. — Do jeitinho que era antes.

Eu me viro depressa.

— Como é que é? *Eu* afastei *você*? Sério mesmo?

Charlie se põe entre nós duas.

— Calma aí, calma aí — ele diz com as mãos estendidas. — Não vamos dizer nada que faça a gente se arrepender depois.

— Talvez a gente devesse ter falado alguma coisa dois anos atrás, quando ela abandonou a família toda — Olivia diz para Charlie. — Talvez ela não tivesse desaparecido totalmente se a gente tivesse botado tudo pra fora naquela época.

— Meu Deus do céu, você está falando sério? — Sinto vontade de soltar um grito.

Vários parentes saíram para a varanda. Nonna já está na metade da escada.

— Eu nunca abandonei minha família — respondo. — Tudo que eu mais queria era estar com você e com o Charlie.

E o Wes. Mas fica bem difícil com vocês afastados de mim. Vocês não fazem ideia de como eu me sentia todo domingo, quando eu sabia que vocês três ainda iam ter uns aos outros o tempo inteiro. Vocês tinham outros amigos que eu não conhecia. E grupos dos quais eu não fazia parte. E festas para as quais eu não era convidada. E nunca nem tentaram fazer com que eu me sentisse parte de tudo isso. Acham que eu sumi? Foram vocês que me excluíram.

Quando termino de falar, estou à beira das lágrimas. Dá para ver que eles estão chocados.

Griffin se aproxima, hesitante.

— Deixa eu pegar a mala pra você — ele diz, retirando-a do meu lado no chão.

— Olha, não tenho como lidar com isso agora. A gente conversa quando eu voltar — aviso e me afasto deles.

Sigo Griffin até a caminhonete, onde ele para diante da porta aberta do carona. Antes de entrar, vejo o carro de Laurel fazer a curva na casa de Wes, poucos metros à nossa frente.

Posso ver o rosto dele olhando de Griffin para mim, antes que o carro entre na garagem e saia do meu campo de visão.

É, preciso ir embora daqui.

— Vamos logo — digo para Griffin.

Ele dá a volta pela frente e entra na caminhonete. Não olho para trás quando entramos em movimento.

Com apenas dez minutos de viagem, o silêncio já é constrangedor. Então ele finalmente pergunta:

— Quer falar sobre isso?

— Não. Não mesmo.

— Já está pronta pra voltar pra casa? Sei bem como você fica cansada da sua família quando passa muito tempo por lá.

10 dates surpresa **251**

Eu me encolho; a briga com Olivia ainda está fresca demais na minha cabeça.

— Tem sido bom pra mim, na verdade. Eu não tinha percebido o quanto sentia falta deles. — *E de Wes.*

Ele solta um grunhido.

— É, parece ter sido maravilhoso mesmo — ele comenta ironicamente. — Então, quem é aquele cara que mora ali do lado? Você estava com ele numa daquelas fotos. Vocês tiveram um date?

Respiro fundo e solto o ar lentamente. Como pude ter passado um ano ao lado de Griffin sem mencionar um dos meus amigos mais antigos?

— A gente cresceu junto. Ele é meu amigo desde criancinha e melhor amigo do Charlie. E não, a gente não estava num date.

Sinto que deveria saber tudo que é possível saber sobre Griffin, mas não consigo interpretar este lento aceno de cabeça. Eu me reviro no banco, inquieta com a sensação de familiaridade e, ao mesmo tempo, estranheza de estar de novo dentro desta caminhonete.

Por sorte, ele liga o rádio e uma música country alivia o silêncio.

Na verdade, é uma daquelas músicas que Olivia estava zoando na nossa última viagem.

— Essa música é tipo aquelas novelas genéricas — comento na esperança de deixar o clima mais leve.

Ele me olha como se eu tivesse feito o comentário mais idiota do mundo.

— Como assim?

Começo a explicar, mas dá para ver pela expressão em seu rosto que ele não está acompanhando.

— Deixa pra lá.

Quatro músicas depois, passamos a falar sobre a escola, o único assunto que me parece seguro e familiar.

— Recebi uma notícia muito boa na semana passada — ele diz.

Eu me viro de lado para poder olhar para ele com mais facilidade.

—Ah, é?

Ele faz que sim.

— Consegui admissão antecipada na TCU.

Arregalo os olhos.

— Que incrível! Não sabia que você estava considerando essa. — E por que eu não sabia? Nós conversamos sobre faculdades do Texas, mas ele nunca chegou a mencionar a TCU. Ela não está nem na minha lista.

— Ah, é, não quis comentar nada porque não sabia se ia passar.

— Então é pra lá que você quer ir?

— Se eu conseguir a grana, sim. É minha primeira opção.

Passamos os próximos quinze quilômetros em silêncio.

— O que é que você tinha planejado pra hoje? — pergunto.

Ele sorri.

— Marquei cedo porque queria levar você de volta. Tinha pensado da gente passar um tempinho na sua casa, do jeito que você queria antes. Só eu e você. E depois a gente poderia dar um pulo no campo. O Eli e a galera vão acender uma fogueira hoje à noite.

Eu dou um sorriso, mas quanto mais penso sobre isso, mais depressa ele some.

10 dates surpresa   **253**

Ele desvia os olhos da estrada para mim.

— Era o que você queria fazer essa semana, né? Foi o que você disse. Só estou tentando te dar o que você queria.

— Foi o que eu disse. — Mas por que ele não podia me dar isso antes?

Griffin solta um suspiro frustrado. Ele liga a seta e pega o próximo retorno.

— Preciso abastecer.

Paramos no posto e eu ando pela loja atrás de coisas para beliscar. Griffin se junta a mim e cada um compra algo para beber e um pacote de salgadinhos.

Quando volto para a caminhonete, meu celular vibra no bolso. É uma notificação de que Griffin me marcou em um post.

Olho para ele, mas ele não está me vendo. Destravo a tela e dou de cara com uma selfie que Griffin acabou de tirar enquanto esperávamos na fila do caixa. A câmera está bem no alto e ele olha para ela, mas eu saio mexendo no celular. A legenda: "Feliz em poder ajudar minha garota."

Mas que... É sério que ele ficou a poucos centímetros de mim, tirou uma foto e postou sem me avisar?

Espero até voltarmos para a estrada antes de dizer alguma coisa. Levanto o celular e comento:

— Não vou mentir, achei isso aqui meio esquisito.

— Você ficou brava por eu ter postado? — ele pergunta.

— Não entendi nada. A gente estava num posto de gasolina a caminho do hospital pra ver minha irmã e minha sobrinha. E eu não estou nem olhando para a câmera. Por que você postou isso?

Griffin fecha a cara. E agora começo a desconfiar das intenções dele ao me oferecer essa carona.

— É só uma foto — ele responde. — Não precisa fazer um escândalo. Meu Deus, não sei por que as coisas nunca podem ser tranquilas com você.

— "Feliz em poder ajudar minha garota"? Primeiro, eu não sou sua garota. A gente terminou. E segundo, se você estivesse realmente preocupado em me ajudar, não usaria a situação da minha família como pretexto pra uma legenda idiota.

Ele aperta o volante com força.

— Era disso que eu estava falando com o Parker. Você leva tudo a sério demais agora. Você não era assim antes.

Absorvo as palavras dele. Pensei que tivesse perdido minha família e meus melhores amigos, e me esforcei ao máximo para preencher esse vazio com Griffin, o Mural da Inspiração e outras coisas que não eram bem o que eu queria.

— Quer saber? Você está certo. Eu não era assim. A última semana serviu pra me mostrar o quanto eu me perdi.

Ele parece incrédulo.

— Então a culpa de você estar chata agora é minha?

Solto uma risada frustrada.

— Não. Isso é por minha conta.

A caminhonete fica em silêncio, e acho que tanto ele quanto eu sabemos que depois desta viagem, acabou. Apoio a cabeça no encosto, tentando entender quando foi que minha vida virou de pernas para o ar. E penso sobre tudo que Olivia me disse na última semana – sobre ter me perdido, sobre sentir que conseguiram me trazer de volta.

Talvez eu não fosse a única que estivesse magoada.

— Então é isso, né? — Griffin diz por fim.

— É — respondo. — É isso.

10 dates surpresa

Quando ele para no estacionamento do hospital, não chega nem a desligar a caminhonete. Só destrava as portas e diz:

— Espero que elas fiquem bem.

— Obrigada pela carona — respondo e pego minha mala.

Griffin vai embora antes mesmo de eu chegar até a porta do hospital.

Passo pelos mesmos corredores, elevadores e escadas-rolantes do outro dia, mas desta vez sigo direto para o quarto de Margot. Chego a uma sala de espera no meio do caminho e dou de cara com mamãe, papai e os pais de Brad. Meus pais dão um pulo da cadeira.

— Sophie! — mamãe guincha.

— O que você está fazendo aqui? — papai grita.

Mas logo eles me sufocam de tanto abraçar.

— Eu tinha que vir — respondo. — Sem condições da Margot passar por isso tudo sem eu estar por perto.

Os dois me abraçam por um bom tempo até por fim me soltarem. Nós nos sentamos, mamãe e eu de mãos dadas e papai com o braço apoiado nas costas da minha cadeira.

— Me contem as novidades — peço.

Mamãe começa.

— A transfusão está acontecendo agora. O Brad está lá dentro com ela. É um procedimento bem simples, na verdade, e já deve estar quase no fim. Eles precisam injetar todo o sangue de dentro da bolsa num período de quatro horas, senão ele fica ruim ou algo assim.

— Eles disseram que ela vai estar novinha em folha dentro de vinte e quatro horas — papai acrescenta.

— E a Anna?

Mamãe sorri.

— Ela está melhor. Acabaram de fazer um check-up, e tudo parece bem.

— Você veio pra cá sozinha? — papai pergunta.

— O Griffin me trouxe — respondo. Eles erguem as sobrancelhas.

Mamãe olha ao redor.

— Ué, cadê ele?

— Já deve estar voltando pra casa. A gente decidiu no caminho que as coisas entre nós dois acabaram mesmo. — Sinto um alívio inesperado ao dizer isso em voz alta.

Papai me dá tapinhas no ombro.

— E você está tranquila com isso?

Faço que sim.

— Estou.

Mamãe está prestes a me fazer outra pergunta quando ouvimos uma confusão.

— Eu disse pra gente virar à esquerda lá atrás.

— A gente *virou* à esquerda lá atrás.

— Então agora a gente tem que virar à direita!

Em questão de segundos, minha família toma conta da sala de espera. Nonna, minhas tias e meus tios se revezam para abraçar mamãe e papai. Olivia, Charlie, Jake e Graham também vieram.

Olivia quase me derruba quando vem me abraçar. Depois, Charlie abraça nós duas. Ela se afasta um pouco, mas segura firme minhas mãos. Charlie mantém um braço ao redor de cada uma.

— A gente conversou a viagem inteira, e eu nunca tinha parado pra pensar no seu ponto de vista. Não tinha percebido como foi difícil pra você. A gente morria de saudade. Eu devia ter deixado isso claro — ela diz.

10 dates surpresa **257**

— É, não é a mesma coisa sem você — Charlie acrescenta. — E não importa o que aconteça, você não vai estudar em Massachusetts.

— Eu devia ter falado pra vocês que estava me sentindo excluída. Também morri de saudade. — Olho ao redor da sala de espera. — Como foi que isso aconteceu?

— Bom — Charlie diz —, assim que todo mundo soube para onde você estava indo e por quê, a gente começou a se organizar também.

— Nem todo mundo pôde vir. Alguns tiveram que ficar pra cuidar das crianças — Olivia explica.

Papai, que costuma ficar meio assustado quando toda a família se reúne, agora parece aliviado com a possibilidade de alguém querer sentar e conversar sobre seguros com o pai de Brad. Mamãe e tia Lisa estão sentadas de cabeça colada, e parecem colocar a conversa em dia.

Olivia, Charlie e eu andamos até as cadeiras de frente para elas. Tia Lisa se levanta e me dá um abraço.

— Não acredito que vocês todos vieram — digo para ela. Ela me lança um olhar confuso.

— Ué, por quê? Assim como você quer estar aqui com sua irmã, a gente quer estar aqui com a *nossa* irmã. — Ela volta para o lado da mamãe, e as duas ficam de mãos dadas.

Eu nunca tinha pensado dessa maneira.

— Cadê o Griff? — Charlie pergunta.

— Voltando pra casa. — Faço uma careta. — Digamos apenas que essa viagem não foi tão divertida quanto a última.

Charlie reage com seu olhar de choque.

— Quer dizer que o Griff não é tão divertido quanto nós três? Não pode ser!

Eu lhe empurro pelo braço.

— Haha.

Uma mulher de jaleco azul para no meio da sala.

— Caramba — ela diz. — Que família enorme.

Mamãe e papai se levantam, assim como os pais de Brad, e eles conversam com a médica por alguns segundos. Depois, mamãe faz um gesto para que eu os siga até o quarto de Margot.

Não sei como espero encontrá-la quando a porta se abre, mas ela parece... a Margot de sempre.

— Oi! — ela diz quando me vê. Eu corro para a cama. Os pais ficam onde estão para nos dar um pouco de espaço.

— Você me matou de susto — comento. — Está tudo bem? — Não consigo segurar as lágrimas que inundam meus olhos, e tenho que me controlar para não me jogar na cama dela. Mas, seja como for, valeu muito a pena vir até aqui para ver um pouco de cor em suas bochechas e ouvir a força em sua voz.

— Estou bem. Muito melhor agora que tem um pouco mais de sangue circulando em mim. Eles querem que eu pegue leve pelas próximas horas, mas se minha pressão baixar, vou poder levantar e andar um pouquinho.

Ficamos no quarto por mais alguns minutos, depois mamãe começa a fazer revezamentos para que toda a família também possa vê-la. Assim que saio do quarto, chamo Olivia e Charlie e vamos juntos ver Anna por trás da janela de vidro.

— É estranho ver todas essas coisas presas nela — Charlie comenta.

— É, mas ela é linda — Olivia diz com um suspiro.

— Estou apaixonada por ela — digo.

Conforme a família vai saindo do quarto de Margot, todos acabam parando aqui para ver Anna. Aproveito a deixa para sair de fininho e passar mais um pouco de tempo com minha irmã.

10 dates surpresa   **259**

Mamãe é a única pessoa dentro do quarto quando eu entro. Ela diz que vai tomar um café, e então fico sozinha com Margot.

Subo na cama dela, assim como fiz algumas noites atrás.

— Você foi lá ver ela? — Margot pergunta.

— Fui. Ela tem o maior fã-clube de todos. Os outros bebês estão com inveja.

Ela ri.

— Eu não acredito que todos vocês vieram aqui. Isso foi muito, muito fofo.

— Vocês duas são muito amadas.

— E nós amamos vocês. A mamãe me falou sobre o Griffin. Você está bem mesmo?

Faço que sim.

— Estou bem de verdade.

— Isso é bom, já que você ainda tem mais alguns dates pela frente. Conseguiu descobrir quem o Papa vai arrumar pra você no dia da festa?

Olho confusa para ela.

— Eu estou aqui. E não vou voltar até a mamãe e o papai também voltarem.

Ela se afasta um pouco para poder olhar para mim.

— Por mais que eu esteja feliz em te ver, é melhor você não ficar por aqui. Eu estou bem. Até amanhã já vou estar ótima. E os médicos vão começar a retirar os aparelhos da Anna aos poucos.

— Não posso deixar você aqui — eu choramingo. E não posso voltar para ver Wes e Laurel juntos.

— Acho que vou ter alta em poucos dias. Aí você pode voltar e ficar quanto tempo quiser. Você vai odiar ficar no hospital. E eu estou doida pra saber como essa história dos dates vai acabar. Termina eles por mim.

Apoio a bochecha no ombro dela.

— Mas só porque não conseguiria dizer não pra você agora — respondo.

Volto para a sala de espera alguns minutos depois e paro na frente de Nonna.

— A Margot acha que eu deveria voltar pra terminar os dates.

Nonna junta as mãos.

— Ah, mas é claro!

Tio Michael surge com uma folha de papel novinha.

— Alguém aí tem uma caneta? A gente já pode começar as apostas para o meu dia agora mesmo.

Tio Sal se levanta do outro lado da sala.

— Mas amanhã é o meu dia.

— Nonna... — começo.

Ela levanta a mão.

— A gente dá um jeito nisso quando chegar em casa.

Uma hora depois, nos despedimos. Nonna, Olivia, Charlie e eu nos esprememos no carro de tio Michael. Eu me dou conta de que só tenho mais três dates pela frente. Então as férias de fim de ano terão acabado e tudo voltará ao normal.

Do jeito que eu queria quando essa história toda começou.

Então por que estou odiando que acabe?

10 dates surpresa   261

TERÇA-FEIRA, 29 DE DEZEMBRO

Date surpresa nº 8: o escolhido de tio Michael/tio Sal

A primeira coisa que faço assim que abro os olhos é conferir o celular. Dormi com ele na mão para o caso da mamãe ligar com notícias de Margot ou Anna, mas obviamente eu estava em outra dimensão, pois não ouvi a notificação da mensagem que ela me mandou uma hora atrás.

> **MAMÃE:** A Margot está bem melhor hoje de manhã! Ela levantou pra caminhar um pouco. Estou me preparando pra ver a Anna. Ligo mais tarde. Te amo

Eu me afundo de volta na cama e dou um grande suspiro de alívio. Margot está melhor. Agora só precisamos que Anna deixe os aparelhos.

Abro a conversa com Margot e lhe envio uma mensagem.

> **EU:** A mamãe disse que você está melhor!

A resposta é instantânea.

> **MARGOT:** Estou muito melhor! Sinto que poderia correr uma maratona

> **EU:** Você nunca correu nem até a esquina

> **MARGOT:** Tá, exagerei, mas deu pra entender. Estou me sentindo ótima. Agora só preciso que minha bebezinha comece a respirar por conta própria e talvez a gente possa sair logo desse hospital

> **EU:** Vou voltar pra fazer uma visita assim que vocês receberem alta e vou pegar a Anna no colo por umas dez horas seguidas

> **MARGOT:** Haha mal posso esperar.

Algum tempo depois, Olivia entra com tudo no quarto e pula na cama.

— Por que você tem tanta energia de manhã? — pergunto a ela. — A gente chegou em casa faz poucas horas.

Olivia afofa o travesseiro, depois se vira para mim.

— É um dom, na verdade. — Ela me observa por alguns segundos. — Então, o que rolou com o Griffin?

Eu a atualizo sobre o término no meio da estrada. Ela me lança aquele olhar com uma sobrancelha erguida que eu tanto invejo.

— E você está mesmo de boa com isso? Eu sei como você gostava dele.

Respiro fundo.

10 dates surpresa **263**

— Gostava, mas estou bem tranquila da gente não estar mais junto.

Ela assente.

— Bom, hoje é um novo dia, e o tio Sal e o tio Michael já estão lá embaixo.

Esfrego as mãos no rosto.

— Eles vão me fazer escolher, né?

Olivia me puxa até que eu saia da cama.

— Não faço ideia, mas vamos lá ver!

Não são apenas tio Michael e tio Sal que estão aqui, metade da família também veio. Nonna montou um bufê de café da manhã completo na bancada, e não tem mais nenhuma cadeira ou lugar à mesa disponíveis.

Tanto tio Sal quanto tio Michael estão sentados em cadeiras de frente para o mural dos dates enquanto tomam um café.

— Ah! Aí está ela — Nonna diz. — Bom, vamos fazer o seguinte: Sal e Michael vão anotar o encontro que eles planejaram, e aí a gente faz uma votação. O Charlie vai recolher por mensagem os votos de quem não está aqui.

Charlie está na bancada com cara de sono.

— Todo mundo vai votar? — pergunto.

Nonna me olha séria.

— É claro! Todos nós já estamos envolvidos a essa altura, então, nada mais justo. E vale lembrar, você vai fazer isso pela Margot!

— Aham. Eu sabia que você ia dar um jeitinho de usar essa informação contra mim. — Então lhe dou um abraço e digo: — Manda ver. — É inútil resistir.

Olivia e eu nos esprememos entre tia Camille e a mãe de Charlie, tia Ayin.

Tio Sal pula da cadeira e vai até o quadro branco. Há uma linha preta dividindo o quadro ao meio, e ele começa a escrever na parte de cima.

Quando tio Sal se afasta, nós lemos a mensagem.

ESQUENTANDO O CLIMA NA COZINHA!
14H

— Então seria um date gastronômico? — pergunto. Ouço vários cochichos à minha volta.

Tio Sal volta a se sentar, e tio Michael sacode a cabeça.

— "Esquentando o clima na cozinha?" Isso foi o melhor que você conseguiu?

— Bom, vamos ver o seu, então — tio Sal responde.

Tio Michael faz toda uma cena ao pegar um pano e começar a limpar o espaço já limpo abaixo da linha preta. Então ele encara a superfície em branco com o punho apoiado abaixo do queixo, como se estivesse refletindo.

— Anda logo, Michael — Nonna diz da cadeira.

Ele escreve cada letra tão devagar que sinto vontade de soltar um grunhido de impaciência. Por fim, tio Michael se afasta, muito orgulhoso de si mesmo.

Sophia Patrick será membro da Casa Lanni-strike
Não vai sobrar pino sobre pino, já aviso logo!
Por isso, Strike a pose", e fique pronta às seis!
Vamos arrasar na pista!

— Já sei em quem eu vou votar! — tia Camille grita.

Tio Sal se vira para olhar para ela.

— Sério?

10 dates surpresa   **265**

Ela dá de ombros.

— Foi muito bem bolado, Sal. E você sabe disso.

— Então… é um date no boliche? — pergunto.

— Isso! E como você vai ser do meu time, Casa Lanni-strike, vai ter que se vestir a caráter.

— Isso é uma referência a *Game of Thrones*? — Charlie pergunta.

A expressão de Michael nos mostra o quanto ele achou a pergunta estúpida.

Olivia dá pulinhos.

— Eu quero ir! Por favooooor! — ela choraminga, depois olha para tio Sal. — Desculpa. O seu também parece legal.

— Nosso time já está cheio, mas talvez eu consiga uma vaga pra você no Jogada de Qualy-dade — tio Michael responde. — Só que você vai ter que se vestir como se estivesse numa daquelas capas de romance de banca.

Agora eu estou megaconfusa.

— O que é que margarina tem a ver com capas de romance?

Ele olha para mim com expressão incrédula.

— Porque Fabio Lanzoni, o cara das capas, estava em todos aqueles comerciais de margarina. — Só faltou o "dããã" no fim da frase.

— Eu. Estou. Dentro! — Olivia guincha.

— Como é que você faz parte de um grupo de boliche se nem mora aqui? — tio Sal pergunta para tio Michael.

— Só porque não moro aqui não quer dizer que não tenho amigos por aqui. Tem um negocinho chamado *redes sociais* que as pessoas que moram longe umas das outras usam pra manter contato. Será que você já ouviu falar?

Tio Sal revira os olhos.

— Tá bom. O encontro que eu escolhi também vai ser legal!

— Bom, os dois parecem divertidos! Mas a gente ainda vai ter que votar. — Nonna se levanta na frente do quadro. — Quem vota no encontro gastronômico levanta a mão.

Tio Sal, é claro, levanta a mão junto com metade dos filhos. As quatro filhas de tia Kelsey também disparam as mãozinhas para cima, mas não sei se elas fazem ideia do que estão votando.

— Quem acha que ela deve ir no boliche levanta a mão!

Basta uma rápida passada de olhos pela multidão para Nonna dizer:

— Bom, então praticamente todo mundo escolheu o boliche.

Charlie levanta o celular.

— A votação foi unânime a favor do boliche aqui também.

Olivia fica de pé.

— Tio Michael, você precisa de ajuda pra escolher alguém? Porque eu acho que tenho uma sugestão.

Ele sacode a cabeça.

— Já cuidei disso.

Eu puxo a manga dela.

— Quem é sua sugestão?

Ela se inclina e cochicha:

— Andei de olho em você. — Ela para por um segundo e aponta com a cabeça para a porta dos fundos. — E nele também.

Wes está parado perto da porta. Quando vê Charlie, anda até o bar, depois se senta na banqueta que Banks acabou de liberar. Ele vasculha a área com os olhos. Assim que me encontra, abre um sorriso discreto.

— É. Estou de olho em vocês dois — Olivia repete.

10 dates surpresa **267**

***

Nonna nos deu o dia de folga, já que ainda estamos cansadas da viagem e precisamos ir às compras. Assim que foi decidido que o date seria no boliche, Olivia chamou Charlie, Wes, Graham, Jake e Sara num canto. Meia hora atrás, ligaram para o lugar e registraram seu próprio time. Depois de baterem cabeça por algum tempo buscando um tema, eles finalmente decidiram que seria *Grease*, com *Pin* Ladies e T-*Balls*. Viemos todos no brechó para ver se encontrávamos algo que tivesse a ver com o filme, garotas em um carro, garotos logo atrás.

Enquanto passeamos pelas araras, Wes e Charlie surgem do outro lado.

— E aí, gente! — Olivia diz um pouco alto demais. Ela olha para Wes, depois para mim, depois para Wes de novo. Ela não sabe ser sutil. Nem um pouco.

Wes e eu não ficávamos no mesmo cômodo desde que ele abandonou o jogo de hóquei. Ele me cumprimenta quando nossos olhos se encontram.

Abro um sorriso e o cumprimento também.

— E aí, animado pro boliche hoje à noite?

— Aham. Viu alguma jaqueta de couro barata ou algo do tipo por aí? — Wes pergunta.

— Porque nós somos os T-*Balls* — Charlie acrescenta, depois dá várias risadinhas. Ele parece um garotinho.

— Eu te ajudo, Charlie. Vem aqui — Olivia diz e o puxa para a seção masculina do outro lado da loja. — Wes, você assiste a *Game of Thrones*. Ajuda a Soph a encontrar alguma coisa.

Então ela dá uma piscadinha para mim.

Com certeza nada sutil.

— Não vejo você faz uns dois dias — digo para quebrar o gelo.

Ele assente.

— É, andei meio enrolado. O Charlie me disse o que aconteceu ontem com a Margot e a Anna. Que bom que elas estão melhores.

— Sim, com certeza. Foi bem assustador.

Wes faz que sim.

— Ele também me contou sobre a conversa que vocês tiveram antes do Griffin te levar embora.

Solto uma risada.

— "Conversa" é bondade sua!

Ele sorri.

— É, acho que sim. Mas, Sophie, sério mesmo, eu odeio que a gente tenha feito você se sentir indesejada. Se eu soubesse que você se sentia assim, teria... — Ele para de falar.

— O quê? — Nossa, por que pareço tão ofegante? Preciso me controlar.

— Eu teria feito de tudo para que você soubesse o quanto a gente te queria por perto.

Estou corando. Dá para sentir. Eu me viro de costas e começo a vasculhar a arara.

— Acho que vou me vestir de Arya Stark, mesmo que eu tenha que ser uma Lannister.

Wes ri.

— O Michael vai adorar isso. — Antes que eu me afaste demais, ele diz: — Parece que aquele beijo finalmente rolou.

Eu paro. Estou de costas para ele e, enquanto observo Olivia ajudando Charlie a encontrar uma jaqueta, reflito

10 dates surpresa   **269**

se devo ou não me virar de frente e respondê-lo. Por fim, crio coragem:

— É, acho que sim. Mas não era o beijo que eu queria.

Fico chocada por ter de fato falado isso. Ele também parece surpreso.

— E como foi a viagem ontem? — ele pergunta.

— Foi o ponto final que eu precisava. — E agora estou esbanjando confiança.

Ele assente outra vez, e vejo um sorrisinho se formar em seu rosto.

— Que bom. Você parece feliz.

Fico na expectativa de que ele me conte o que está rolando entre ele e Laurel, mas nada acontece.

— Wes, vê se isso aqui cabe em você! — Charlie grita do outro lado da loja. Wes me lança um olhar demorado e se afasta.

Olivia volta para o meu lado.

— E aí, será que agora a gente pode falar sobre isso? — ela pergunta. Nós duas sabemos que ela se refere a Wes.

Dou de ombros e mexo na pilha de sapatos à minha frente.

— Eu ando bem confusa essa semana. E as coisas ainda estão recentes demais com o Griffin. E eu não faço ideia se Wes me enxerga desse jeito. E tenho medo de ser cedo demais pra gostar de outra pessoa.

Olivia revira os olhos.

— Pra início de conversa, ele não é nenhum cara aleatório que você acabou de conhecer. Você conhece o Wes desde que se entende por gente. E metade desse tempo você passou apaixonada por ele.

Abro a boca para negar o que Olivia acabou de dizer, mas ela levanta a mão.

— Eu sei que você não correu atrás por minha causa. E me sinto mal de vocês terem perdido todo esse tempo só porque gostei dele por cinco minutos.

— Provavelmente foi melhor assim — respondo. — A gente tinha quatorze anos. Não ia durar nada. Ainda mais porque não moramos na mesma cidade e estudamos em escolas diferentes. Olha só o que isso fez com a nossa amizade.

Ela fica um pouco mais séria.

— Queria poder voltar no tempo.

Balanço a cabeça.

— A gente está bem agora. É isso que importa.

— Mas agora o timing faz sentido. Você tem quase dezoito anos, e vocês dois vão estudar na mesma faculdade... você planeja ir pra LSU, certo? Não tem mais aquela ideia de estudar em algum lugar a mil quilômetros de distância, né?

Dou um empurrãozinho no ombro dela.

— A LSU foi a primeira faculdade a entrar no meu Mural da Inspiração, então acredito que seja uma forte candidata.

— Então... quando você enfim admitir que quer estudar na mesma faculdade que a gente, vocês vão morar em prédios literalmente vizinhos. E nós duas vamos ser colegas de quarto. E tudo vai ser perfeito.

— Sei lá. Você não acha esquisito? Quer dizer, talvez seja esquisito. E talvez não dependa só de mim. Ele estava com a Laurel dois dias atrás.

— Ou talvez seja incrível. Mas você só vai saber se tentar. E eles só se viram por tipo meia hora. Os avós dela compraram um presente de Natal pro Wes porque não fazem a menor ideia do que está acontecendo, então eles foram buscar o presente, e depois a Laurel levou ele de volta pra casa.

Ah.

Na hora de pagar, Olivia leva jaquetas cor-de-rosa para Sara e para ela, e eu levo o mais perto que consegui encontrar de roupas de Arya Stark. Depois de pesquisar todas as imagens possíveis no Google, tive a sorte de achar uma calça verde-oliva mais justa e uma jaqueta de couro marrom. Agora só falta a espada.

Olivia e eu paramos perto do meu carro, e Charlie anda até a caminhonete de Wes, mas Wes se demora um pouco mais.

— A gente se vê de noite, então — ele diz.

— Isso. Eu vou ser a garota de espada. — E então balanço a cabeça. — Tá, talvez eu não seja a única pessoa de espada.

Ele ri.

— Bom, eu vou ser o cara que arruinou uma jaqueta de couro falsificada em perfeito estado por ter escrito a palavra "T-Ball" com tinta branca na parte de trás.

Wes está tão perto que, se eu quisesse, poderia esticar a mão e tocá-lo. E como eu quero deslizar minha mão na dele...

Mas me contenho, e ele não se aproxima mais. Então, por fim, vai embora.

Assim que entro no carro, Olivia dá uma risada.

— Vocês dois estão me matando.

A família está reunida na casa da Nonna para ver quem vem me buscar para o date do boliche. E a disputa está mais quente do que nunca, já que as apostas de ontem acumularam com as de hoje.

Nunca pensei que ficaria exausta de ter dates, mas cheguei a esse ponto.

As *Pin* Ladies e os T-*Balls* estão bem bonitos, e preciso me esforçar para não ficar triste de ter uma espada em vez de uma jaqueta cor-de-rosa.

Tio Ronnie analisa a planilha de apostas, olha para mim por um tempo e volta a se concentrar na planilha.

— De qual personagem daquela série você está vestida mesmo? — ele pergunta.

— Estou de Arya. Quando for minha vez de jogar, vou repetir o nome de todos os caras com quem eu saí durante a semana, que nem ela faz com as pessoas que quer matar.

Tio Ronnie levanta a cabeça.

Abro um sorriso para ele.

— Brincadeira!

Ele se afasta de mim lentamente.

Tio Michael vem voando escada abaixo. Pelo menos agora não me sinto tão deslocada. Ele está a cara do Jaime Lannister, a única diferença é que não é loiro. Até a mão dourada ele arranjou.

— Você vai conseguir jogar com esse treco na mão? — Charlie pergunta.

Por mais que Charlie esteja ótimo com o cabelo penteado para trás e uma camisa branca por baixo da jaqueta de couro, eu o conheço bem o suficiente para saber que ele está com inveja. Quando éramos pequenos, ele se fantasiou de pirata por quatro anos seguidos só por causa da espada.

Tio Michael tira a mão falsa e a coloca de volta.

— Não se preocupa comigo — ele diz, depois me olha de cima a baixo. — A gente é do Time Lanni-strike! Você não viu nenhuma das fotos que eu te mandei?

Abro um sorriso.

— Vi, sim, mas decidi que estava numa vibe um pouco menos Cersei e um pouco mais Arya.

— Tá, tá bom. — Tio Michael fica parado diante da porta aberta, e não para de olhar para a rua. Talvez o cara me dê um bolo, penso com alguma esperança.

10 dates surpresa   **273**

Alguns minutos depois, ele joga as mãos para cima e grita "Até que enfim!" para o garoto que se aproxima da casa.

— Tive que dar três voltas no quarteirão até encontrar uma vaga! — ele comenta. — Deve estar tendo alguma festa por aí.

Ah, mal sabe ele a quantidade de gente que o espera do lado de dentro.

Ele atravessa a porta de entrada e tio Michael diz:

— Esse é Jason Moore.

Jason se aproxima. Ele estende a mão, sorri de orelha a orelha e confunde Sara comigo.

Antes que Sara se dê conta, Jason aperta sua mão.

— Oi, prazer em conhecer!

Os olhos dele brilham, e ela parece igualmente encantada, embora confusa. Seria meu sonho poder empurrá-los porta afora e deixá-los ter esse date.

— Hm… prazer, mas eu sou a Sara. Prima da Sophie. — Ela aponta com a cabeça para o lado. Ele tira os olhos dela e para quando me encontra. E, sim, o brilho se foi.

— Ah. — Relutante, ele solta a mão de Sara e se aproxima de mim. — Sophie. Prazer.

A família começa a cochichar. Charlie puxa a planilha e começa a refazer as apostas. Tio Michael parece apavorado.

— Quanto tempo que esse negócio dura mesmo? — tio Sal pergunta.

Tio Michael sacode a cabeça.

— Não vou contar.

Tio Ronnie se aproxima de tio Sal e diz:

— O Michael pegou o horário de dez até dez e quinze.

— Bom, é melhor a gente ir — tio Michael diz, e quase nos puxa pela porta.

Pouco antes de sair da casa, eu me viro para Sara e digo, sem emitir som algum: "Quer ir de carona com a gente?"

Acho que ela chega a considerar a proposta por uma fração de segundo, mas por fim sacode a cabeça.

— Vejo vocês lá — ela sussurra.

Talvez Nonna não seja o único cupido da família.

Jason, Michael e eu entramos no carro de Jason. Não esperava que fôssemos juntos, mas, a essa altura do campeonato, nada mais me surpreende.

Jason e eu batemos papo por todo o caminho até o boliche, e descubro que ele está no penúltimo ano da mesma escola em que Olivia, Wes e Charlie estudam. Charlie e ele são da mesma turma na aula de Artes, e ouço uma história atrás da outra sobre as coisas bizarras que meu primo faz em nome do entretenimento.

Gostaria de poder dizer que fiquei surpresa, mas seria mentira.

Dá para saber quando chegamos porque todas as pessoas que vejo no estacionamento estão vestindo algum tipo de fantasia.

— Nós não somos o único time de *Game of Thrones*, né? — pergunto ao tio Michael.

— Não. Tem a Casa *Bowl*-ton também. — Ele aponta para um grupo de caras de jeans pretos e camisetas com o brasão dos Bolton que segue na direção da porta. — E o Senhores de *Pin*-terfell. — Ele me olha de cima a baixo e acrescenta: — Você tinha é que estar no time deles, vestida desse jeito. Tem também O Time Não Tem Nome. Mas nós fomos os primeiros!

Eu me viro para Jason e pergunto:

— Você já veio aqui antes? — Ainda não consegui descobrir como tio Michael o conhece.

10 dates surpresa   **275**

— Não. Mas meu irmão é do time do Michael, então já tinha ouvido falar. As histórias não fazem jus à realidade.

— Vocês se fantasiam toda vez que se encontram? — pergunto ao tio Michael.

— Não, só para a festa de fim de ano.

Entramos no local, e Jason e eu temos que alugar os sapatos. Nós dois somos os únicos. Todos os demais não só têm seus próprios sapatos, mas parecem ter também suas próprias bolas de boliche. E quase todas elas têm o tema do time no design.

Estamos sentados lado a lado, calçando os sapatos azuis e vermelhos, quando um grupo de caras seminus entra pela porta. Quase chego a pensar que tem um ventilador invisível na frente deles, soprando seus cabelos para trás perfeitamente.

— A Olivia vai ficar arrasada de não ser daquele time.

Jason ri.

— Eu diria que deve ser mais difícil jogar boliche todo besuntado daquele jeito.

Besuntado é a definição exata. Eles praticamente brilham sob as luzes fluorescentes.

Enquanto Michael e seus colegas de time registram o nome de todo mundo no placar suspenso, Jason e eu observamos o público. Na pista do lado da nossa tem um grupo de pessoas vestidas de padres e freiras chamado Em Nome do Strike, Em Nome do Pino. Também vimos um Time E-bola, com vários médicos de jaleco, uns caras meio caipiras do Time Canalêta, Sô!, e os maconheiros do Time Cachim-*bowl* da Paz.

Mas o meu favorito é o Time *Spare Wars*.

— Estou meio frustrada de saber que eles não se vestem assim todas as vezes — digo para Jason.

— Muito bem, agora que estamos todos aqui, é hora da foto do time — tio Michael diz. Ele junta todo mundo e coloca Jason e eu bem no centro. — Já que somos os Lanni-strikes, quero ver muita arrogância e soberba. — Ele olha para minha roupa de novo. — Ou que tal se a gente apontar as espadas para a traidora aí no meio?

— Haha — respondo.

Depois de algum tempo de discussão, Jason e eu cruzamos os braços contra o peito e ficamos um de costas para o outro, depois viramos o rosto para a mulher que vai nos fotografar. Ela está de saia-lápis preta, blusa branca e óculos de aro preto, com o cabelo preso em um coque.

— Qual é o time dela? — pergunto.

— Time Pista Catalográfica — o irmão de Jason, Hank, responde. — Não tem nada mais sexy do que uma bibliotecária que joga boliche.

Ela tira várias fotos, depois tio Michael posta tudo nas redes sociais e marca o grupo inteiro.

Meu celular pisca com as notificações, e eu destravo a tela. O primeiro post que aparece no meu feed é uma foto de Griffin e uma garota um ano mais nova que a gente chamada Sabrina. Eles estão sentados em duas cadeiras dobráveis de frente para a fogueira e de rosto colado.

Não tem nenhuma legenda, só uma série de emojis de foguinho.

Bem tosco.

E, felizmente, não sinto nada ao ver a foto.

Por fim, as *Pin* Ladies e os T-*Balls* chegam, e eles ficam a quatro pistas de distância da nossa. Olivia tenta reunir todos para uma foto do grupo.

Corro na direção deles e digo:

— Querem que eu tire?

Ela me entrega o celular e fica entre Charlie e Wes. Ao ver minha família e Wes na tela, sinto uma vontade enorme de ser uma *Pin* Lady.

Tiro várias fotos, depois devolvo o celular para Olivia.

— Espera — Wes diz. — Vamos tirar uma de nós quatro.

— Isso! — Olivia exclama.

Olivia e eu ficamos no meio, e Wes vem para o meu lado. Ele põe o braço ao meu redor e chega mais perto. Sei que meu sorriso é ridículo, mas não consigo controlar. Sinto que voltamos a ser o Quarteto Fantástico.

— Ah, eu tinha que estar naquele time — Olivia diz assim que terminamos de tirar as fotos. Ela finalmente localizou o Jogada de Qualy-dade. Dou uma risada.

— Sophie — tio Michael grita. — Sua vez!

Depois de duas rodadas, fica bem óbvio que sou uma péssima jogadora de boliche. Para dizer a verdade, depois de duas rodadas, meu placar segue zerado.

Zerado.

A situação de Jason não é muito melhor do que a minha, mas pelo menos ele chegou aos dois dígitos.

— Quantas partidas vamos jogar? — pergunto.

— Duas — todos respondem ao mesmo tempo. Eles têm tentado ser legais comigo mesmo que minha pontuação esteja afundando o time inteiro, mas vejo um cara enterrar a cabeça nas mãos.

É muito ruim que eu esteja mais interessada no jogo a quatro pistas de distância do que no meu? Provavelmente. Mas não sou a única que não para de vigiar as *Pin* Ladies e os T-*Balls*. Jason já olhou para Sara mais de dez vezes.

Quando chega minha vez de novo, quase ouço os grunhidos de cada membro do time enquanto me posiciono na pista.

— Você precisa dar o primeiro passo junto com a mão que segura a bola — Wes diz do meu lado. Ele segura uma bola imaginária e dá um passo à frente com o pé direito, ao mesmo tempo que projeta a mão direita também para a frente. — E você tem que fazer tudo no mesmo movimento.

— Está ajudando o time adversário? — Charlie grita. Nós dois o ignoramos.

Wes assente.

— Tenta fazer, mas sem soltar a bola ainda.

Seguro a bola na minha frente e tento refazer o movimento que ele acabou de me mostrar, mas meu timing sai todo errado. Eu recuo e tento outra vez, mas o resultado é o mesmo. Então ele chega por trás de mim, colocando a mão esquerda no meu quadril e a direita no meu cotovelo.

— Tá, vamos tentar de novo — ele diz no meu ouvido.

Faço que sim porque, a essa altura, todas as palavras me escapam. Ele puxa meu cotovelo assim que dou um passo à frente com o pé direito e me acompanha durante todo o movimento.

—Agora vai fundo — ele diz.

Respiro fundo e volto para o ponto de partida. E então disparo. A bola quica duas vezes na pista antes de rolar bem devagar na direção dos pinos. Eu me viro depressa e olho para Wes.

— Não consigo. Só me conta como vai acabar.

Ele ri enquanto observa o lento progresso da bola atrás de mim. Meus colegas de time ainda sorriem, então ela não deve ter ido parar na canaleta por enquanto.

10 dates surpresa **279**

Wes balança a cabeça sem parar e murmura "Continua... continua".

Assim que ouço o som de pinos caindo, giro depressa a tempo de ver sete deles sendo derrubados.

Dou vários pulinhos, depois envolvo os braços no pescoço de Wes.

— Consegui!

Ele aperta minha cintura e me puxa para perto.

— Você nasceu pra isso — ele diz no meu ouvido.

Wes me solta e me cutuca para que eu pegue a bola de novo. Desta vez, é claro, atiro direto na canaleta. Mas finalmente fiz pontos!

Wes volta para o grupo, e eu me sento do lado de tio Michael.

— Acho que escolhi o cara errado pra você hoje, né? — ele diz com um sorriso. — Agora entendi por que a Olivia se ofereceu pra ajudar.

Dou de ombros.

— O Jason é legal. Gostei de conhecer ele. — Então aponto com a cabeça para Jason e Sara, que conversam atrás de nós. — Ele vai ficar muito bem, acho eu.

— É, eu sou péssimo nisso. — Tio Michael ri. — E será que nosso vizinho também sente a mesma coisa?

— Não sei.

— Ele passou a noite inteira olhando pra você.

Dou um tapinha no braço dele.

— Sério?

Ele ri outra vez e faz que sim.

— Sério.

Wes não volta mais para nossa pista pelo resto do jogo, mas nós nos pegamos olhando um para o outro mais de uma vez. No fim, quando todas as pontuações são computadas, os Lanni-strikes não são os últimos colocados. Chegamos perto… mas não somos os lanterninhas. Só por isso já nos sentimos vitoriosos.

Jason e eu levamos os sapatos alugados de volta para o balcão.

— Foi bem divertido — ele comenta enquanto esperamos a moça devolver nossos sapatos. — Por mais que não tenha sido do jeito que imaginei.

Eu lhe dou um breve abraço. Jason é um cara superlegal e em qualquer outro momento eu seria uma garota de sorte se tivesse um date com ele.

— A festa de aniversário da minha avó vai ser amanhã à noite no Eastridge. — Olho para Sara, depois para ele. — Toda a família vai estar lá. Você devia ir.

Ele sorri.

— Você é bem legal, Sophie. E vou adorar ir na festa da sua avó.

Jason me dá outro abraço rápido e segue na direção da porta.

— Ele acabou de te dispensar? — Olivia pergunta atrás de mim.

Eu me viro para trás. A família inteira está ali, com cara de quem está pronta para lutar uma guerra por mim.

— Não, nada a ver. A gente só decidiu encerrar o date por aqui mesmo.

Charlie olha para o relógio.

— Droga! Perdi por meia hora! — Então ele pega o celular, suponho que para informar o horário do fim do date no grupo da família. — O tio Ronnie ganhou de novo. Como isso é possível? — ele murmura para si mesmo.

10 dates surpresa **281**

— Mas eu vou precisar de uma carona pra casa — digo. Evito olhar para Wes, porque sei que meus sentimentos estão estampados bem na minha cara.

Olivia põe o braço ao redor dos meus ombros e me vira na direção da porta.

— Claro. Mas vamos comer uma pizza primeiro.

Jake vai mancando na nossa frente, já que ainda está de bota imobilizadora na perna direita.

— Vamos comer um sushi — ele diz. — A gente come pizza toda hora.

— Eu voto no Whataburger — Graham sugere, mas Olivia veta na hora.

— A gente não vai no Whataburger.

Graham sacode a cabeça.

— Eu queria poder escolher uma vez, só pra variar.

O bate-boca segue até o estacionamento. Não consigo tirar o sorriso do rosto.

Olivia e eu continuamos abraçadas, e ela diminui o passo para nos afastar um pouco do restante do grupo.

— Você está bem mesmo? — ela pergunta.

Faço que sim.

— Estou, de verdade.

— Eu vi todo aquele lance do "Deixa eu te mostrar como se joga boliche". É um clássico — Olivia diz com um sorrisinho malicioso. Eu bufo e lhe dou uma cotovelada.

Charlie e Wes estão do lado da caminhonete, e o restante família segue para o suv de Graham. Olivia me puxa para a caminhonete de Wes.

Ele abre a porta do carona e me pergunta:

— Está pronta?

— Com certeza.

QUARTA-FEIRA, 30 DE DEZEMBRO

Date surpresa n° 9: o escolhido do Papa

— Tenho boas notícias — Olivia diz. — Nosso expediente só vai ter umas duas horas hoje de manhã, e de tarde o Papa vai liberar a gente. Vamos levar a Nonna pra fazer o cabelo e as unhas para a festa de hoje.

Isso me anima.

—A gente vai só ficar do lado dela enquanto ela é mimada, ou vamos ser mimadas também?

Os olhos de Olivia brilham.

— O Papa disse que, desde que a gente não espalhe pra todos os primos, vai pagar pra gente também. Eu disse a ele que nós sabemos que somos as favoritas e que mantemos esse segredo guardado há *anos*. Não tem por que ter medo de a gente abrir a boca agora.

Eu me arrasto para fora da cama.

— Não vou mentir, fazer os pés cairia muito bem agora. Mas você sabe que a Nonna vai encrencar.

10 dates surpresa **283**

— Já está encrencando, é por isso que o Papa quer que a gente vá junto. Ele acha que, se não for assim, ela não vai.

Quando chegamos na cozinha, Nonna está na pia. Dou uma olhada no quadro e não me surpreendo com o que vejo:

Festa de aniversário da Nonna!
19h

— Feliz aniversário, Nonna! — exclamo. Ela vira de costas para a pia, e Olivia e eu lhe damos abraços bem apertados. — Você sabe quem foi que ele arrumou pra mim?

Nonna sacode a cabeça.

— Não faço ideia. Mas vai ser interessante!

Pegamos muffins de uma bandeja em cima da bancada, depois seguimos para o carro de Olivia.

O movimento está fraquíssimo na loja. Dolorosamente fraco. Olivia me abandonou e foi dar uma volta com Drew pela estufa. Tenho certeza de que estão se pegando atrás das azaleias. Papa encarregou Wes e Charlie de decidirem quais plantas serão usadas na decoração da festa de hoje à noite.

Meu celular apita com uma mensagem de Margot. Tenho evitado encher o saco dela, já que tem muita coisa acontecendo por lá, mas senti falta das nossas conversas.

> **MARGOT:** Boa notícia! Ontem à noite eles começaram a reduzir a quantidade de oxigênio que a Anna recebia pelo ventilador. Agora ela só está recebendo 25% da máquina e está ótima! Se tudo der certo, eles retiram os tubos amanhã!

> **EU:** melhor notícia da vida!!!!!!!!

> **EU:** Estou tão aliviada!!!

> **MARGOT:** Você não faz ideia. É ruim demais ver sua bebezinha ligada a tantas máquinas

Queria estar lá para dar um abraço nela. E na Anna também.

> **MARGOT:** Ouvi dizer que você é tão ruim quanto a Nonna nessa história de cupido

> **EU:** Essa família tem um problema sério com fofoca

> **MARGOT:** Odeio saber que vou perder a festa da Nonna. Você tem alguma ideia de quem o Papa escolheu?

> **EU:** Não. E estou meio preocupada

Nonna entra na loja com as mãos juntas na frente do corpo.

— Tenho uma boa notícia!

Ela deve estar esperando uma reação minha, mas só nos encaramos por alguns instantes. Por fim, ela diz:

— Encontrei alguém pra você amanhã!

— Agora? — pergunto. — Você estava na casa de repouso com a Gigi.

— Pois é! É engraçado como as coisas funcionam. Foi coisa do destino.

Então ela sai dançando na direção do escritório, e não paro de me perguntar quem foi que ela encontrou na casa de repouso.

10 dates surpresa **285**

Estamos quase no horário de almoço quando vejo Wes. Hoje ele está muito fofo de calça jeans e camiseta da Greenhouse. Ele se debruça na bancada enquanto Charlie se senta no banquinho do meu lado. Charlie está todo sujo de terra.

— Sofreu algum acidente aí? — pergunto.

Ele limpa o resto da sujeira.

— Digamos apenas que tive um embate com uma palmeira e a palmeira venceu.

Wes ri.

— Não achei que fosse possível entrar numa briga contra uma planta, mas o Charlie me provou o contrário.

— Ela pesava uns vinte quilos! E eu não vi o último degrau — Charlie comenta.

Olivia põe o celular dentro da bolsa e diz:

— Bom, meninos, pra mim já deu. Estamos de saída.

Charlie dá um pulo do banquinho.

— O quê? Como foi que vocês conseguiram o resto do dia de folga?

Pego minha bolsa do chão e digo:

— A gente vai levar a Nonna pra fazer o cabelo e as unhas.

— Que injusto. Eu estaria disposto a levar a Nonna pra lá e pra cá o dia inteiro.

Olivia e Charlie batem boca até a frente da loja sobre quem é o favorito e por quê, mas eu fico para trás para falar com Wes.

— Você por acaso esteve na Casa de Repouso Garden Park hoje de manhã? — pergunto.

Dá para saber a resposta antes mesmo que ele diga só pela expressão em seu rosto.

— Não. Por quê?

Balanço a cabeça, na esperança de que minha decepção não tenha ficado evidente.

— Por nada. Deixa pra lá.

Olivia grita da porta da frente.

— Me ajuda a colocar a Nonna no carro! Ela está dizendo que não quer ir.

— A gente se vê mais tarde — digo para Wes, depois corro para o lado de fora para ajudar Olivia. Nós praticamente coagimos Nonna a entrar no carro.

— É ridículo passar o dia inteiro no salão — Nonna diz quando finalmente se senta no banco do carona. — Eu tinha que estar no clube ajudando nos preparativos.

A festa vai acontecer em um dos salões do Eastridge Country Club. Nonna queria algo simples, mas como nossa família por si só já é uma multidão, precisávamos de lugar espaçoso.

— A mamãe e todas as tias já estão cuidando de tudo — Olivia diz. — Elas querem fazer uma surpresa.

Nonna solta um "pffff" mas, por fim, para de reclamar.

— O Papa chegou a dizer quem ele arrumou pra mim hoje? — pergunto para ela.

Ela sacode a cabeça.

— Não, e olha que fiquei em cima dele a manhã inteira pra saber. Quer dizer, quem será que ele conhece que não tenha nenhum parentesco com você?

Solto uma risadinha aguda.

— Pergunto o mesmo sobre meu date do Ano-Novo!

Ela olha para mim e dá uma piscadinha.

— Vai ser o melhor de todos. Aguarde e confie!

Nem sequer tento disfarçar o grunhido.

Meu celular apita e um sorriso se abre no meu rosto quando vejo o nome de Margot. Quatro fotos de Anna surgem uma atrás da outra. Estendo o celular para que Nonna

10 dates surpresa **287**

possa vê-la. É horrível ver aquele tubo entrando direto em sua boca, e ela ainda está sedada, mas a pele rosada tem um aspecto saudável. Acho que isso é um bom sinal.

Nonna devolve o celular.

— Logo, logo ela vai estar gordinha e sorridente que nem vocês todos eram.

— Espero que sim.

> **MARGOT:** Os médicos vão começar a retirar os aparelhos!! Os níveis de oxigênio dela parecem bons. Dedos cruzados!!

> **EU:** Cruzando os dedos da mão, os dedos do pé e tudo que for possível cruzar!!

No salão de beleza, tentamos convencer Nonna a pintar as unhas de rosa-claro com uma pitadinha de glitter. Olivia e eu escolhemos a mesma cor. Lavam e fazem um penteado no cabelo dela, e ainda tem até uma pessoa para fazer a maquiagem.

De volta à casa da Nonna, temos apenas uma hora para nos arrumarmos e irmos para o clube.

Olivia trouxe as roupas que vai usar, então dividimos o banheiro de hóspedes e nos ajudamos com a maquiagem.

— Depois da quantidade de dates ruins que tive na última semana, eu não deveria estar preocupada com o escolhido do Papa, mas estou — comento enquanto Olivia passa cuidadosamente o delineador sobre minha pálpebra direita. Passar delineador é uma habilidade que estou longe de ter.

— Shhhh, para de falar, senão vou borrar tudo — ela diz. — E tanto faz. Você vai poder dar um perdido em quem quer que seja, já que todos vamos estar lá. As apostas estão uma loucura, inclusive. Todo mundo está saindo no tapa pelos horários das dez às dez e meia.

Eu reviraria os olhos se pudesse, mas Olivia segura firme uma das minhas pálpebras.

— Vou acabar com o bolão de todo mundo e passar de meia-noite com quem quer que seja.

Olivia se afasta e olha para mim.

— Sério? Vou ter que mudar minha aposta?

— Meu Deus, não — respondo.

Como todos estão na correria com os preparativos de última hora para a festa, o hall de entrada está abençoadamente vazio, exceto por Nonna, Papa, Olivia, Charlie e eu. Mas, a julgar pela forma como Charlie não se desgruda do celular, não tenho a menor dúvida de que toda a família está recebendo um relatório completo.

— Papa e Nonna, vocês estão muito gatos — Olivia comenta. E estão mesmo. Ele está de calça preta e uma camisa branca de botão novinha por baixo de um pulôver verde-mar. Ela veste uma calça justa cinza-escura com botas pretas e uma blusa prata.

— Estão formidáveis! — Olivia diz com o pior sotaque sofisticado do mundo.

— Até que ficamos jeitosos mesmo — ele diz, olhando para Nonna. Ela olha para ele com brilho nos olhos, e sinto um sorriso se abrir no meu rosto.

A campainha toca. Papa junta as mãos e seu rosto se ilumina com a mais pura alegria.

Mas eu fico chocada quando a porta se abre e vejo Wes do outro lado.

Não consigo nem disfarçar o sorriso.

— O qu...

10 dates surpresa

— Wes, o que é que você está fazendo aqui? — Papa pergunta. — Cadê o Peter?

E então a decepção me acerta em cheio. Peter é um garoto que trabalha na loja. Ele estava na lista de possíveis candidatos que Olivia e eu fizemos.

— O Peter passou mal na hora de fechar a loja. Passou muito mal. Vomitou por toda a copa. — Wes me lança um sorriso confuso. Percebo que ele consegue enxergar a decepção no meu rosto, e sinto vontade de dizer que está errado, que só queria que fosse ele.

Ele volta a olhar para Papa e prossegue:

— Então eu avisei que passaria aqui pra dar o recado.

Papa parece arrasado.

—Ah, Sophie! Decepcionei você.

Corro para o lado dele e lhe dou um abraço.

— Nada disso, Papa. Talvez fosse estranho ter um date na festa da Nonna, de qualquer maneira. Se não deu certo é porque não era pra ser.

Papa retribui o abraço, depois se vira para Wes.

— Bom, talvez nem tudo esteja perdido! O Wes pode acompanhar você. Sei que vocês são só amigos, mas…

Antes que ele possa terminar, Laurel surge por trás de Wes.

— Oi! — ela nos cumprimenta, depois se vira para Wes. — Sua mãe me disse que você estava aqui. Quando quiser, estou pronta.

Wes vai levar Laurel para a festa. A informação me atinge como um soco no estômago. Nossos olhos se encontram por um ou dois segundos, e ele parece querer dizer alguma coisa. Em vez disso, se vira para Papa:

— Bom, a gente se vê lá, eu acho.

E lá se vão eles.

***

De acordo com Charlie, que no momento está no banco de trás do carro de Olivia, ninguém consegue chegar a um consenso sobre o vencedor das apostas de hoje. Alguns dizem que quem chegou mais perto do horário das sete deve ganhar, enquanto outros acham que tem que ser anulado, já que não vai ter um date.

— É só passar pra amanhã, aí quem acertar ganha o dobro do prêmio — Olivia diz.

Ele passa a sugestão para o grupo, depois responde:

— Tá, todo mundo topou.

— Por que a Laurel estava com o Wes? Pensei que eles tivessem terminado — Olivia pergunta para Charlie.

— Sei lá, mas vai ser a primeira pergunta que eu vou fazer assim que a gente chegar lá — ele responde.

Olivia se vira no banco da frente.

— Sinto muito. O Wes falou que eles tinham terminado… e ele nem chegou a mencionar que ia levar ela hoje.

Balanço a cabeça. Não é culpa de Olivia. Eu é que vi coisa onde não tinha em cada gesto e palavra. Mas o que quer dizer o fato de eu ter ficado mais triste de ter visto Wes com Laurel do que Griffin e Sabrina?

Charlie olha para nós.

— Por que você está dizendo que sente muito? O que foi que eu perdi?

— Nada! — respondo. Não quero esconder nada de Charlie, mas também não quero que Wes saiba como estou chateada.

— Sinto muito que ela tenha levado um bolo — Olivia improvisa. — E que o Wes não esteja livre pra poder substituir o cara.

Por sorte, o Eastridge não fica tão longe da casa da Nonna, então sou poupada de ter que ouvir mais sobre Wes e Laurel. Assim que saímos do carro, respiro fundo. Como o Quarteto Fantástico está de volta, vou ter que me acostumar com a ideia de conviver com Wes, por mais horrível que possa ser.

Acho que o outono que vem na LSU vai ser um pouquinho diferente de como Olivia descreveu.

Olivia entrelaça nossos dedos e aperta minha mão. Estamos alguns passos atrás de Charlie.

— Eu sinto muito *mesmo* — ela diz baixinho. — Eu realmente pensei que eles tivessem terminado.

— Eu é que interpretei tudo do jeito mais conveniente pra mim — respondo. — Ele só estava sendo um amigo legal e eu fiz parecer que era mais do que isso.

Charlie para e aponta para uma palmeira enorme no canto.

— Foi aquela ali que quase me matou.

A planta está sem metade das folhas e o vaso tem uma rachadura enorme na lateral, por onde a terra escapa para o chão.

— Ela parece ter sido boa de briga — comento.

— Acho que todas as plantas da loja estão aqui — Olivia diz ao atravessarmos a entrada do clube. Parece mesmo que estamos dentro de um jardim.

Entramos no salão principal e o espaço está lotado. Há uma banda num palco, com uma pista de dança na frente deles. Mesas redondas com toalhas brancas estão espalhadas por toda parte, e o bufê percorre a parede dos fundos inteira. Cada mesa tem um arranjo de flores brancas e rosadas no centro, e vejo várias fotos da minha avó ao longo dos anos, ampliadas e apoiadas em cavaletes.

Nonna e Papa estão parados bem na entrada, onde uma fila enorme de pessoas se reúne para lhe desejar feliz aniversário. Por mais que Nonna adore se queixar de ser o centro das atenções, está na cara como ela está feliz de ver todos aqui.

Damos uma volta pelo salão à procura das mesas reservadas para a família, e quase todo mundo por quem passamos nos cumprimenta e pergunta: "Vocês são filhos de quem mesmo?" Quando conseguimos chegar do outro lado, já recebi abraços, beijos e beliscões na bochecha até dizer chega.

Tio Ronnie e tia Patrice estão na pista de dança fazendo uma mistura bem estranha de swing com sarradas, e vejo um grupinho mais para o canto.

— Aquele ditado "Dance como se ninguém estivesse olhando" deveria ser "Dance quando ninguém estiver olhando" — Charlie comenta. — E como eles conseguem dançar música de velho daquele jeito?

Olivia e eu assistimos aos dois com o horror estampado no rosto. Ainda é cedo demais para fazer esse tipo de dança, ainda mais com a legião de vovós vendo tudo.

— Vamos pegar alguma coisa pra comer — Olivia diz.

— Não sei se estou com fome depois de ter presenciado aquela cena — respondo enquanto ela me arrasta para a fila do bufê.

Para a surpresa de ninguém, quase todos os pratos espalhados pela mesa à nossa frente são italianos. Vejo travessas enormes de lasanha, espaguete com almôndegas, além de *muffulettas* e salada de macarrão. E, embora tudo pareça muito bom, nem se compara à comida da minha avó.

Nós nos sentamos à mesa com Jake, Sara, Graham e Banks. Por mais que eu me esforce para não procurar Wes e Laurel, me pego fazendo exatamente isso.

10 dates surpresa   **293**

A mesa deles é perto da nossa, mas separada do grupo. Eu já a vi várias vezes sozinha, mexendo no celular, enquanto Wes e Charlie conversam próximos à pista de dança.

Nenhum dos dois parece prestar tanta atenção um no outro quanto eu.

Por sorte, Nonna nos leva para a pista de dança assim que acabamos de comer, e a banda começa a tocar músicas que eu de fato conheço. Finalmente deixo as preocupações com Wes e Laurel de lado e apenas curto a dança com Nonna.

E como ela *arrasa*! Não demora muito até que as luzes se apaguem e todos se apertem no quadradinho de madeira. Nós dançamos sem parar, nossos sapatos há muito abandonados numa pilha bem do lado do palco. Nunca fiquei tão feliz de não ter nenhum date. Faço várias fotos e vídeos ao longo da noite e mando tudo para mamãe e Margot.

Meus avós dançam a mesma música que dançaram no dia do casamento deles, e não tem um convidado que não se emocione.

Está ficando tarde e, enquanto dou uma olhada na mesa cheia de diferentes sabores de cannoli, Wes aparece do meu lado. Vi Laurel ir embora há mais ou menos meia hora, mas é a primeira vez que ele se aproxima de mim a noite inteira.

— Qual sabor você vai pegar? — ele pergunta.

— Bom, estou entre o de chocolate e o de manteiga de amendoim — respondo. — Ou talvez pegue os dois.

Wes ri.

— Você deveria pegar os dois, com certeza.

Nós nos servimos e ele me segue até a mesa. Descanso meu prato e começo a puxar a cadeira, mas ele me impede com a mão no meu braço.

— Vamos ali dançar primeiro — Wes diz.

A banda toca uma música lenta. Vejo vários casais na pista, inclusive Jason e Sara.

— Vamos — respondo e sigo atrás dele.

Quando viramos um de frente para o outro, Wes põe as mãos na minha cintura e me puxa para perto. Bem perto. Tão perto que não preciso fazer o menor esforço para deslizar as mãos pelos ombros dele até chegar no pescoço. Dançamos no ritmo da música, e não me arrisco a olhar em volta para ver quais parentes nos observam. Mais do que nunca, gostaria que estivéssemos em outro lugar. Um lugar em que não fôssemos o assunto principal de pelo menos cinco conversas neste exato momento.

— A Laurel foi embora? — pergunto e sinto vontade de bater a cabeça na parede. Por que estou mencionando o nome dela? Que idiota.

— Foi encontrar uns amigos — ele responde.

— Ah — digo. É uma resposta bem tosca, mas é tudo que consigo dizer quando, na verdade, o que quero mesmo é puxá-lo pela camisa e gritar: ME CONTA TUDO.

E dá para ver que Wes quer contar mais. Ele chega até a abrir a boca, mas nenhuma palavra sai. Por fim, ele diz:

— Os pais e os avós da Laurel também foram convidados. Todos eles estavam aqui mais cedo. No dia em que fui na casa dos avós dela, ela me perguntou se a gente poderia vir junto pra festa e tentar se acertar. Nós conversamos no caminho pra cá, e chegamos à conclusão de que queremos coisas diferentes. Ela foi embora assim que a família saiu porque queria ir pra outra festa do outro lado da cidade. Acho que podemos dizer que conseguimos dar um ponto final.

10 dates surpresa   **295**

— Um ponto final — eu repito. Isso parece bem importante. Mas será que estou vendo coisa onde não tem? Será que não é só um desabafo com a amiga?

— Quando levei o Peter em casa e ele me disse que não ia conseguir mais ser seu date, a Laurel já estava indo me encontrar.

Meu Deus. Consigo fazer mil interpretações do que ele disse. Um milhão.

— Deu tudo certo, no fim das contas. Não sei se eu teria sido um bom date com toda a família aqui — respondo.

— O Peter ficou bem chateado. — Ele dá um sorriso discreto. — Assim como eu fiquei quando soube que não ia poder substituir ele.

Antes que eu possa dizer qualquer coisa, Charlie surge do nosso lado, com uma das mãos no ombro de Wes e a outra no meu. Sinto vontade de dar um grito.

Ele olha para Wes.

— Duas opções: um, a gente leva todas as plantas de volta pra loja de manhã cedinho conforme combinado, ou dois, a gente resolve isso hoje de uma vez, depois da festa, e só vai trabalhar amanhã às dez.

Wes finalmente olha para Charlie.

— Vamos hoje. Eu adoraria poder dormir mais amanhã.

— Eu também! — Charlie diz, dando tapinhas em nós dois. — A festa já está quase acabando, então a gente já pode começar com as plantas lá de fora. Vou trazer a caminhonete.

E, com isso, ele sai.

A música termina no mesmo instante, e as mãos de Wes caem lentamente da minha cintura. Afasto minhas mãos dele, por mais que seja a última coisa que eu queira fazer. Pouco antes de sair, ele diz:

— Só mais um date e você está livre.

***

A equipe do Eastridge embrulhou tantas sobras de comida para nós que a sensação é de que vamos precisar fazer dez viagens do carro para a casa da Nonna para conseguir levar tudo para dentro, mas é melhor do que a tarefa de Wes e Charlie. A última vez que vi meu primo, ele estava rodeando aquela palmeira enorme feito um pistoleiro num duelo.

Eu aposto meu dinheiro na palmeira.

Nonna se joga em uma cadeira e massageia os pés descalços.

— Eu sabia que essas botas não seriam uma boa ideia.

Olivia e eu tivemos que reorganizar a geladeira inteira para podermos guardar todas as sobras. Papa se arrasta para dentro de casa com um arranjo gigante de flores e o coloca no centro da mesa. Ele chega atrás de mim e me envolve em um abraço.

— Sinto muito que o encontro não tenha dado certo, Sophia — ele diz baixinho.

Eu me viro de frente e retribuo o abraço.

— Eu me diverti demais! A festa foi fantástica, e achei ótimo poder passar esse tempo com a família.

Papa parece satisfeito com minha resposta. Ele se aproxima de Nonna e lhe dá um beijinho na testa.

— Feliz aniversário, meu bem.

Ela segura a mão dele e a leva até a boca para lhe dar um beijo nos nós dos dedos.

— Obrigada pela festa.

Papa segue para o andar de cima e Nonna se afunda na cadeira.

— É bem capaz que eu durma aqui mesmo. Estou cansada demais pra ficar em pé.

10 dates surpresa **297**

— Bom, eu comi o equivalente ao meu peso de almôndegas. Assim que fechar os olhos, vou entrar num coma alimentar — Olivia diz.

Nonna junta as mãos.

— Ah, quase esqueci! — Ela vai até o quadro e começa a escrever.

Doce Sophie,
Ah, que alegria!
Lembre-se sempre de como é bem-vinda.
Linda como a mãe, além de gentil!
Agora só mais um encontro e tudo termina.
Seja pontual, fique pronta às 14h!

— Que misterioso — comento.

Olivia analisa o quadro e repete as palavras da Nonna em voz baixa.

— Esse é o mais esquisito de todos — ela diz.

Nonna dá de ombros, nos sopra um beijo e vai para a cama.

— Bom, você sabe como a Nonna é — digo.

Olivia inclina a cabeça de um lado para o outro.

— Acho que ela está brincando com a gente. Tem que ter alguma dica disfarçada em algum lugar.

— Eu não me animaria tanto, se fosse você. O que quer que seja, tem alguma coisa a ver com um cara aleatório da casa de repouso.

Olivia caminha na direção da escada e murmura:

— Posso até demorar, mas vou descobrir o que é.

QUINTA-FEIRA, 31 DE DEZEMBRO

Date surpresa n° 10: o escolhido da Nonna

Embora Nonna seja péssima em guardar segredos, é impressionante como ela está conseguindo manter a boca fechada sobre o date de hoje. Olivia tem insistido tanto que Nonna a fez sair para comprar algumas coisas no mercado só para ter um pouco de paz.

Charlie e Wes chegaram aqui mais ou menos uma hora depois de nós. A loja só abre até meio-dia na véspera do Ano-Novo e, como é de se esperar, está às moscas. Tudo que as pessoas compram no réveillon é comida, álcool e fogos de artifício… não plantas.

Então aqui estamos, de olho no relógio.

— Está quieto demais aqui dentro — Charlie diz. — Vou ver se o Randy e o Chase estão jogando baralho lá na estufa.

E, agora, Wes e eu estamos sozinhos.

Charlie tem razão: está *mesmo* quieto demais aqui dentro. Wes está sentado numa cadeira perto da copa enquanto

10 dates surpresa **299**

eu estou num banquinho ao lado do caixa. Pego o celular só para ter algo para fazer. A noite de ontem ainda está muito recente, e não quero fantasiar demais sobre aquela dança. Agora que estamos só nós dois aqui, não faço ideia do que dizer a ele.

— Quem você acha que a Nonna escolheu pra você hoje? — Wes pergunta.

Dou de ombros e olho para o chão. É difícil demais manter contato visual com ele e não querer botar para fora tudo que está na minha cabeça.

— Não faço ideia.

— Queria que fosse eu — ele diz baixinho, e levanto a cabeça na hora.

— Sério? — pergunto.

Ele se levanta da cadeira e se aproxima lentamente de mim.

— Queria que todos os dates tivessem sido comigo. — Então ele ri. — Tá, acho que o do filme pornô, não. Nem o do Presépio. Mas você entendeu o que eu quis dizer.

Sinto que vou derreter bem aqui neste banquinho. Solto uma risada nervosa.

— Também queria que todos tivessem sido com você.

Ele pousa as mãos no balcão atrás de mim, uma de cada lado, efetivamente me cercando. Tento controlar o desejo de tocá-lo.

— Eu também queria ter sido o primeiro a te dar um beijo de boa-noite — ele diz —, mas o Garoto do Telão chegou na frente.

Balanço a cabeça.

— Hm. Na verdade, não.

— Como assim? Eu estava lá. E vi a foto que a Olivia postou.

Abro um sorriso.

— Eu virei a cabeça. Só não deu pra perceber por causa do ângulo.

Os olhos dele se iluminam.

— Nem quando você encontrou o Griffin?

Reviro os olhos.

— Não chegamos nem perto.

— Nossa, por essa eu não esperava. — E então ele franze as sobrancelhas. — Mas ainda falta mais um.

— Eu posso avisar a Nonna que não quero ir e…

Wes sacode a cabeça.

— Não, não faz isso. A Nonna vai ficar chateada se você furar o date dela.

Faço que sim. Não existe a menor chance de eu decepcionar minha avó. Que bom que ele entende.

— Mas vou esperar você voltar. E depois desse último date surpresa, vai ser minha vez.

Mordo o lábio inferior para não dizer nada idiota, tipo "Sim! Por favor!".

A porta da frente se abre e Wes se afasta de mim. É o sr. Crawford, e ele traz consigo aquele gnomo horroroso que Olivia o convenceu de comprar alguns dias atrás.

Ele o coloca no balcão.

— Essa coisa não para de me encarar. Toda vez que saio de casa, esses olhinhos malignos me perseguem pelo jardim. Ele está espantando todos os pássaros.

Ouço a risada de Wes atrás de mim. Não me arrisco a olhar para trás, caso contrário vou perder toda a compostura que estou tentando manter a duras penas.

— Claro, sr. Crawford, eu entendo — respondo. — O senhor gostaria de trocar por outro produto?

10 dates surpresa   **301**

Enquanto ajudo o sr. Crawford a escolher outra estátua, Chase chama Wes para ajudá-lo com uma entrega.

Trabalhamos mais um pouco depois disso e, por fim, Olivia e eu trancamos a porta da frente e viramos a plaquinha para fechado. Antes de sairmos, procuro Wes uma última vez, mas não o vi mais desde que ele sumiu com Chase. Endireito os ombros enquanto caminhamos até o carro. *Só mais um date.*

> **MARGOT:** A Anna está oficialmente fora do ventilador e respirando direitinho por conta própria!!

Solto um arquejo bem alto. Nonna e Olivia se viram para mim.

— O que foi? — Nonna pergunta, visivelmente preocupada.

Abro a boca para responder, mas Olivia levanta a mão.

— Espera! Faz ela contar primeiro o que a dica quer dizer!

— Olivia, por favor — Nonna diz. — É notícia ruim? — ela pergunta para mim.

Balanço a cabeça.

— Não! Longe disso! A Anna não está mais no ventilador!

Olivia e Nonna soltam gritinhos. Nonna diz:

— Isso pede uma guloseima! — E então começa a puxar tigelas, batedeiras, açúcar, farinha e outras coisas que não consigo identificar. Ela amarra um avental por cima da roupa com os dizeres: "Cuidado: quente!"

Nonna põe a mão na massa e eu volto para a conversa com Margot.

> **EU:** Que notícia maravilhosa!! Então vocês vão poder voltar pra casa em breve?

MARGOT: Talvez amanhã, se ela continuar bem. Nem acredito que num dia ela estava ligada a várias máquinas e no outro já estamos nos preparando pra ter alta, mas os médicos me disseram que é mais comum do que eu imagino

EU: Eu sei que vocês estão prontas pra dar o fora daí

MARGOT: Sim! E você? Está pronta pro último date?

EU: Acho que sim. Não faço ideia do que vai ser ou de quem vai ser, então é meio difícil ficar animada

MARGOT: Alguma chance da Nonna ter escolhido o Wes?

EU: Não. A gente conversou sobre isso. Mas ele disse que vai me esperar voltar do date

MARGOT: O.k., meu coração derreteu um pouquinho

EU: Pensei a mesma coisa!! Só tenho que esperar essa noite passar e aí a gente vê o que acontece

MARGOT: Me manda mensagem quando descobrir aonde você vai hoje. Está rolando um bolão paralelo sobre como vai ser esse date. O Brad apostou vinte dólares que vai ser um jantar no Steakhouse

EU: Vocês estão naquele grupo idiota também?? E eu sei que vocês são velhos e têm uma filha agora, mas quem é que janta às duas da tarde?

10 dates surpresa   **303**

> **MARGOT:** Ele está obcecado com esse grupo e eu disse a mesma coisa sobre o jantar. Dei uma pesquisada no que tem pra fazer em Shreveport hoje e apostei que o date vai ser numa exposição de arte interativa lá no Artspace. Você sabe como a Nonna ama aquele lugar

Isso de fato faz sentido. Nonna ama mesmo aquele lugar.

> **EU:** Bom, então devo voltar cedo!

> **MARGOT:** Divirta-se! E me manda foto!

Nonna ainda está ocupada na bancada preparando alguma delícia, então faço um gesto para que Olivia me siga até a sala de estar.

— Que foi? — ela pergunta.

Abro o navegador no meu celular e pesquiso o evento que Margot mencionou. Assim que encontro, mostro para Olivia.

— Só pode ser isso, né? — pergunto.

Ela dá uma lida na página e semicerra os olhos.

— Acho que sim, mas que tédio, hein? Esperava mais dela.

Olho para o relógio no alto da tela.

— Bom, vamos saber daqui a pouco. O cara vai chegar em uma hora.

Quarenta e cinco minutos depois, estou passando rímel nos cílios e tentando me animar para o date. Ouço a batida constante da bola de basquete de Wes lá embaixo, e qualquer pensamento insistente de que ele estivesse envolvido em algum tipo de surpresa desaparece. Ele está de short (mas sem camisa!) e parece descontar todas as frustrações naquela pobre bola laranja.

E é possível que eu tenha conferido sua falta de camisa diversas vezes, só para ter certeza.

Olivia chega correndo no banheiro; ela mal faz a curva para entrar e se choca contra a porta com um baque alto.

— Eu descobri o que é! — ela grita.

Arregalo os olhos.

— O quê? Aonde eu vou?

Olivia faz uma pausa dramática.

— Você vai pra Dallas!

Eu a olho de soslaio.

— Texas?

Ela confirma e estende o celular para me mostrar uma foto da dica que Nonna deixou no quadro.

Eu a releio:

Doce Sophie,
Ah, que alegria!
Lembre-se sempre de como é bem-vinda.
Linda como a mãe, além de gentil!
Agora só mais um encontro e tudo termina.
Seja pontual, fique pronta às 14h!

— De onde foi que você tirou *Dallas* dessa mensagem? — pergunto.

— É só olhar pra primeira letra de cada frase — ela explica.

Olho de novo, e ali está: D-A-L-L-A-S.

— O que é que tem em Dallas? — Tento não entrar em pânico. Dallas fica a três horas daqui. Parto do pressuposto de que vamos voltar hoje à noite, porque não existe a menor condição de eu ficar no Texas com alguém que nem conheço.

10 dates surpresa   **305**

— Tentei dar uma pesquisada no Google, mas como é réveillon, vai ter um milhão de coisas acontecendo. Mas só pode ser isso. — Ela olha para o celular mais uma vez. — Cinco minutos. Vamos lá descobrir.

Eu a sigo até o andar de baixo. Minhas mãos suam sem parar. E se o cara for bizarro e eu tiver que enfrentar uma viagem de carro com ele? Vou ter que me recusar a ir, mesmo que isso machuque os sentimentos da Nonna. Não tem como topar. É pedir demais de mim!

Como era de se esperar, a família INTEIRA está aqui – até as Meninas Malvadas. Olivia e eu tivemos que abrir caminho em meio à multidão até chegarmos na porta da frente, onde Nonna está sentada em uma cadeira próxima, tão majestosa quanto a própria rainha Elizabeth em seu trono.

Todos encaram a porta com expectativa.

— Tem um carro parando lá fora! — minha prima Mary grita.

Todos correm feito loucos para a janela. Do lado de fora, Wes para de quicar a bola e a segura contra o quadril. O carro é um SUV gigantesco do tamanho de uma limusine e com vidro fumê, e parece estar parado em ponto morto no meio-fio.

Que sofrimento.

— Ele vai sair? — Jake pergunta.

— Carro maneiro — Graham comenta.

Nonna tosse alto atrás de nós.

— Parece que está na hora do encontro começar. — Todos se viram de costas para a janela. — Sophia, vem aqui. — Estou um pouco preocupada por ela ter usado meu nome inteiro, mas me aproximo dela.

— Quando você apareceu na minha porta aos prantos mais de uma semana atrás, fiquei com o coração partido. E quis fazer de tudo pra consertar isso. Você foi uma ótima menina durante todos os encontros, até mesmo aqueles que não foram muito bons. — Ela olha por cima do meu ombro e lança *aquele* olhar para tia Patrice.

Eu faço que sim. Aonde será que ela quer chegar?

— Obrigada por lidar tão bem com a situação. Esse sorriso lindo está de volta e isso era tudo que eu queria.

Chego mais perto e lhe dou um abraço. Por mais bizarra que toda a experiência tenha sido, eu me sinto bem. Eu me sinto feliz. E ter me reaproximado da família fez valer a pena toda a dor de cabeça que enfrentei por conta do término com Griffin.

Nonna segura um envelope branco, e de dentro dele tira o que parecem ser vários ingressos.

— Espero que goste do encontro de hoje. Não vai ser só você e o rapaz. Achei que ia ser mais divertido com outras companhias.

Ela olha para atrás de mim.

— Dê um passo à frente quem tem entre dezessete e dezenove anos.

Um burburinho toma conta da sala e todos começam a se misturar. Em poucos minutos, Charlie, Olivia, Graham e as Meninas Malvadas se põem do meu lado.

Nonna se levanta e entrega dois ingressos para todos da fila, menos para mim. Olivia dá uma olhada neles e grita:

— Men-ti-ra!

Olho por cima do ombro dela.

— Men-ti-ra.

Nonna conseguiu ingressos para o festival de música da Deep Ellum, que acontece todo réveillon. O line-up das bandas e dos músicos é simplesmente incrível.

10 dates surpresa   **307**

— Cada um tem dois ingressos, e vocês podem convidar alguém pra ir junto.

Ela ainda segura quatro ingressos na mão. Imagino que dois deles sejam para mim e para sabe-se lá quem ela escolheu para sair comigo, mas não sei o que vai acontecer com os outros dois.

— Como foi que a senhora arrumou esses ingressos, mãe? — tio Michael pergunta.

— E como sabia desse festival? — Jake pergunta. — E por que a gente não pode ir?

— Um rapaz muito gentil que conheci quando fui visitar a Gigi me arrumou os ingressos porque a empresa dele é uma das patrocinadoras. O pobrezinho veio visitar a mãe, e ela não está bem de saúde. Quando contei toda a história da Sophie, ele me ofereceu ajuda. Além disso, vocês já têm seus planos, garotos. Só falam disso há três dias.

Aponto com a cabeça na direção da porta.

— O meu date não vai entrar nunca?

Nonna inclina a cabeça para o lado.

— Tem uma pessoa ali fora, mas não é ele. Aquele é o Randy lá da loja. Ele vai levar vocês todos até Dallas e visitar o irmão enquanto vocês estiverem no show, depois trazer todo mundo de volta. Vocês sabiam que ele trabalha de motorista de noite e nos fins de semana? — ela pergunta com empolgação.

Balanço a cabeça.

— Então, cadê meu date? — pergunto.

— A gente escolheu seus últimos nove encontros. Mas hoje vai ser diferente. — Ela me entrega quatro ingressos. — Hoje a decisão é sua. Dois desses ingressos são pra você e o seu escolhido. Os outros dois são pro outro casal que já está no carro. Divirtam-se!

Por um instante, sinto falta de ar. Depois me atiro nos braços dela, dou-lhe um abraço bem apertado, e corro na direção da porta.

Wes ainda está do lado de fora, observando o carro no meio-fio. Ele se vira na minha direção ao ouvir meus passos.

E deixa a bola cair.

— O que está acontecendo?

Eu lhe mostro os ingressos.

— A Nonna conseguiu ingressos pra um festival de música em Dallas. E eu vou poder escolher meu date e... — Faço uma pausa para recuperar o fôlego e, de repente, sinto um calor percorrer todo meu corpo, apesar da brisa fresca. Olho bem nos olhos dele e finalmente digo o que quis dizer todos esses dias: — E escolhi você. Espero que você queira.

Wes me olha inteira e um sorriso vai se abrindo lentamente.

— Eu quero. — Ele me puxa para perto, as mãos na minha cintura. — Tenho que esperar até o fim da noite pra beijar você? — ele pergunta. — Porque esperei um bom tempo por esse momento.

Encerro a distância entre nós antes que ele possa dizer outra palavra. Nossos lábios se encontram e minhas mãos envolvem seu pescoço. Ele não demora nem um pouco para retribuir. Suas mãos jogam meu cabelo para trás enquanto eu me derreto toda em seus braços.

— Sophie, sua avó está vendo! — Jake grita da varanda.

Eu me afasto lentamente de Wes, depois me escondo no pescoço dele.

— Todo mundo está olhando pra gente, né?

— Aham.

Dou um empurrãozinho nele.

10 dates surpresa **309**

— Vai se arrumar. Temos um compromisso.

Wes começa a se afastar, mas me puxa de volta para um selinho.

— Volto em cinco minutos.

Randy abre a porta traseira do carro para nós, e Addie e Danny gritam:

— Surpresa!

Eu me jogo dentro do carro e dou um abraço apertado nela.

— Então é por isso que você não me ligou de volta o dia inteiro!

Addie ri.

— Eu sabia que se a gente conversasse, eu ia acabar contando tudo. O silêncio foi a única opção.

Entrego os ingressos dela, depois Wes e eu nos acomodamos no banco de trás. Ele tomou um banho em tempo recorde e agora estamos indo buscar os acompanhantes de todo mundo. Bom, todo mundo menos as Meninas Malvadas. Elas aceitaram os ingressos da Nonna, mas preferiram ir separadas, caso queiram "voltar pra casa mais cedo". Que seja.

Charlie não para de virar para trás e olhar para nós dois com uma expressão confusa no rosto. Por fim, ele se vira para Olivia e aponta na nossa direção.

— Você já sabia disso?

Ela ergue a sobrancelha.

— Bem depois do que eu deveria.

Estou um pouco nervosa. Este é o Wes que conheço desde sempre, mas ao mesmo tempo a situação é nova.

Wes segura minha mão e inclina a cabeça.

— Tenho tanta coisa pra contar, Soph.

— Que bom que a gente tem algumas horas de viagem.

Ele sorri.

— Primeiro ano do Ensino Médio. Outubro. O milharal assombrado.

Eu assinto. Não faço ideia de onde ele quer chegar.

— Hm… claro?

— Você se lembra dessa noite? — ele pergunta.

Pisco os olhos.

— Mais ou menos.

Ele me lança um sorriso suave.

— Estive lá uma semana antes, e tinha encontrado um lugar escondido. Eu disse pra você virar à direita três vezes.

— Eu me lembro. Pensei que seria um atalho, mas acabei me perdendo e achei que fosse morrer naquele labirinto. Você estava me esperando?

Wes faz que sim.

— Por mais de uma hora. Eu ia me declarar para você. Mas você sumiu. Aí, quando desisti de esperar, encontrei você e o Charlie comprando pipoca na lanchonete.

Arregalo os olhos.

— Eu não fazia ideia. Achei que você gostasse da Olivia.

— E eu achei que você não gostasse de mim. Aquela noite no milharal não foi a primeira vez que tentei dizer que gostava de você. Mas as coisas nunca aconteciam da maneira que eu planejava.

— Eu realmente não fazia ideia.

Ele ri.

— Agora sei disso, mas eu era um trouxa de quatorze anos que não sabia como dizer que gostava de você. Aí tentei

10 dates surpresa   **311**

fazer as coisas funcionarem com a Olivia, mas todos nós sabemos o desastre que foi.

Mordo o lábio e olho de relance para Olivia, mas ela está entretida no papo com Drew.

— Nós duas gostávamos de você, mas ela jurou que gostava mais, então eu cedi.

Ele inclina a cabeça até encostar a testa na minha.

— Nós éramos dois trouxas de quatorze anos, então.

— Parece que sim.

— Última confissão — Wes sussurra. — Aqueles cookies de limão que você fez com a Nonna são os meus favoritos, e fui eu que escrevi a carta quando a gente estava no Ensino Fundamental.

— Foi você? — eu grito.

Charlie e Olivia giram no banco.

— Foi ele o quê? — Charlie pergunta.

— A carta de amor — respondo. — Aquela que eu achei que fosse do Ben lá da rua.

— Nossa, cara, você é caidinho por ela esse tempo todo — Charlie diz com pena.

Wes olha para mim.

— Sou mesmo.

Wes e eu passamos a viagem inteira nos inteirando de cada mínimo detalhe que deixamos passar nos últimos dois anos. Quando chegamos em Dallas, ele já é o melhor date da minha vida.

O festival de música acontece num armazém enorme no centro da cidade, e tem seis bandas programadas para tocar até meia-noite. Nós dançamos, cantamos, comemos e batemos papo, e tudo que eu quero é que a noite dure para sempre.

Encontramos as Meninas Malvadas algumas vezes e tentamos fazer com que elas se juntem a nós, mas eu diria que não seremos um Sexteto Fantástico tão cedo. Percebo que Aiden e Mary Jo voltaram a namorar. Só espero que tudo dê certo entre eles de agora em diante.

Nós nos sentamos ao redor de uma das mesas, suados e um pouco cansados. Randy vai nos buscar logo depois da meia-noite, e nosso tempo está acabando.

Quando uma música lenta começa a tocar, Wes me põe de pé. Balançamos no ritmo da música, e as mãos dele sobem e descem minhas costas.

O vocalista da banda para de cantar e inicia a contagem regressiva. A cada número que ele grita, Wes me enche de beijos no pescoço e nas bochechas.

Quando chegamos ao "um", os lábios de Wes encontram os meus. É calmo e suave no início, mas se torna intenso quando todos gritam "Feliz Ano-Novo!" à nossa volta.

A banda começa a tocar outra música lenta, e Wes me puxa para perto.

— E aí, qual vai ser sua resolução de ano-novo? — ele pergunta.

Eu o aperto com força.

— Chega de dates surpresa.

SEXTA-FEIRA, 1º DE JANEIRO

Quando entro cambaleando na cozinha, o almoço já acabou.

— Acordou tarde, hein?

Levanto a cabeça depressa e, quando vejo, já estou correndo para os braços do meu pai.

— Quando foi que vocês chegaram? — pergunto.

Ele me dá um abraço, depois bagunça meu cabelo.

— Ontem à noite. Depois que você saiu pro seu encontro.

— Aí está minha menina — mamãe diz assim que entra na cozinha.

Ela me esmaga em um abraço e eu a esmago de volta. Nossa, que saudade.

Papai aponta para a mesa.

— Senta aqui. Quer café?

— Adoraria.

— Então, me explica aquilo ali — ele diz, apontando para a tabela dos dates.

Mamãe se senta de frente para mim e eu conto tudo aos dois. Eles já sabiam de quase todos os detalhes, graças ao grupo da família e à língua enorme da Margot, mas minha mãe diz que não é a mesma coisa se não ouvirem tudo de mim.

Dou uma amenizada no date do cinema drive-in, é claro.

— Você teve férias bem agitadas — mamãe diz. — Como está se sentindo? Ainda está triste por ter terminado com o Griffin?

Balanço a cabeça.

— Na verdade, não. Foi melhor assim. Ele só percebeu isso antes de mim.

Papai toma um gole do café, depois descansa a xícara na mesa bem devagar.

— E o que é que está acontecendo entre você e o Wes? A Nonna disse que você escolheu ele ontem.

Fico vermelha.

— O Wes é meu amigo desde sempre. E agora a gente vai ver se é mais do que isso.

Ele arqueia as sobrancelhas na mesma hora.

— E que não seja muito mais do que isso, assim espero!

— Pai — respondo. — Deixa de ser estranho.

A porta dos fundos se abre e Wes aparece. O cabelo está todo arrepiado, e ele ainda veste a mesma camiseta de ontem.

— Bom dia — ele diz e acena para nós. — E a Margot e a Anna, como estão?

Mamãe faz um breve resumo, mas Wes continua colado na porta, próximo à parede onde fica o mural dos dates.

— Quer um café? — pergunto.

Ele sacode a cabeça.

— Não, só vim fazer uma coisinha. — Ele tira um pano de cima da bancada e apaga a mensagem enigmática da Nonna. Então, pega uma canetinha e escreve:

10 dates surpresa **315**

Combo de Ano-Novo
Repolho = Riqueza
Feijão-fradinho = Sorte
Jantar na casa ao lado às 18h
(Mas quero encontrar você bem antes disso)
(Só me deixa tomar um banho primeiro)

Ele se vira para mim. Dá para sentir que está um pouco sem jeito de ser observado pelos meus pais. Mas ele me dá uma piscadinha e diz:

— A gente se vê daqui a uma hora?

Faço que sim e escondo o sorriso por trás da xícara de café, e então ele sai.

— Ah, que amorzinho — mamãe diz.

— Os pais dele vão estar em casa? — papai pergunta.

Eu me levanto da mesa e dou um beijo na bochecha de cada um.

— Vou tomar um banho. Amo vocês.

Pouco antes de eu sair da cozinha, mamãe comenta:

— Você parece bem feliz, Soph.

Eu dou um sorriso de orelha a orelha.

— E estou mesmo.

TRÊS MESES DEPOIS

O choro de Anna ecoa pelos alto-falantes do carro, e mal consigo ouvir o que Margot está tentando me dizer.

— O quê? — pergunto pela terceira vez.

Escuto uma movimentação do outro lado da linha, depois um som de porta batendo.

— Pronto, desculpa — Margot diz no abençoado silêncio. — Ela finge que está morta de fome mesmo depois de ter mamado uma hora atrás. É bem gulosinha essa menina.

— Aff, Margot. Informação demais. Esse é o tipo de detalhe que eu não preciso saber.

Estou na estrada a caminho de Shreveport, assim como tenho feito todas as sextas pelos últimos três meses. Margot e eu ainda trocamos mensagens o tempo inteiro e, felizmente, as únicas fotos que recebo agora são da minha linda sobrinha, que está cada dia mais rechonchuda. Chega a ser difícil imaginar que ela é o mesmo bebezinho que não pesava nem três quilos quando nasceu.

Mas este é nosso momento de bater papo. Trinta minutos inteirinhos que só são interrompidos quando Anna sente fome.

— Vocês vão vir na semana que vem, né? — ela pergunta.

— Aham, a mamãe vai me deixar sair mais cedo pra gente chegar na hora do jantar.

— Então tá, mal posso esperar pra ver vocês. E aquela roupinha que você comprou pra Anna é uma graça, mas ela está crescendo tão depressa que talvez daqui a um mês já não caiba mais.

— Agora tenho uma desculpa pra comprar outro presentinho pra ela.

A conversa continua até eu parar na frente da casa da Nonna.

— O.k., cheguei. Mando mensagem mais tarde — digo.

— Divirta-se! E me manda foto pra eu saber o que vocês estão fazendo — Margot responde antes de desligar.

Aqueles dias que passei aqui no fim do ano mudaram tudo. Eu me dei conta de que preciso da família – e daquele gatinho da casa ao lado – na minha vida, então agora venho para cá todas as noites de sexta e trabalho na loja com Wes, Olivia e Charlie todos os sábados. Depois, muitas vezes, eles voltam comigo para Minden para sairmos com Addie e meus outros amigos.

Seja lá o que está acontecendo, não existe um rótulo para o que Wes e eu somos. Ele não é meu namorado, eu não sou namorada dele. Somos melhores amigos que se beijam. Bastante.

E toda sexta-feira é dia de date.

Nós dois estamos satisfeitos com esse esquema, já que não moramos na mesma cidade. Mas temos conversado sobre como vão ser as coisas quando estivermos na LSU, vivendo em dormitórios tão próximos.

Mal posso esperar. Subo a escada aos pulos e grito um "Oi!" quando abro a porta. Encontro o mesmo caos de sempre, com crianças correndo para lá e para cá de skate e patinete. Um cheiro delicioso vem direto da cozinha.

Nonna veste o avental escrito "Mas é claro que tem espaço para sobremesa", que tia Kelsey mandou fazer especialmente para ela.

— Oi! Como foi a escola essa semana? — Nonna pergunta.

Eu lhe dou um abraço e um beijinho na bochecha.

— A síndrome do último ano bateu com força. Não vejo mais propósito em nada daquilo.

— Falta pouco! Aguenta firme — ela responde. Caminho até o quadro para dar uma olhada no que me espera. Abro um sorriso quando vejo a caligrafia de Wes.

Uma grande seta aponta para um cobertor e para várias daquelas guloseimas que se come no cinema.

O tempo está perfeito para um filminho no parque. Fique pronta às 20h

— Ah! Que legal! Qual filme será que está passando? — pergunto.

— Bom, acho que você vai ter que esperar pra ver.

No início, eu morria de medo do que poderia encontrar no quadro, mas agora é algo pelo qual anseio. Wes não é o único que anota nossa programação ali. Às vezes é Olivia, outras vezes é Charlie, e de vez em quando eu ligo com antecedência e peço para Nonna escrever um recadinho por mim.

Mas sempre tem alguma novidade no quadro às sextas e, a menos que alguém esteja fora da cidade, como eu estarei na semana que vem, todos nós nos encontramos para fazer o que quer que esteja escrito ali.

Antes disso, porém, temos sempre o Jantar de Família.

E então, sempre na hora exata, todo mundo começa a entrar pela porta dos fundos.

Olivia e eu arrumamos a mesa enquanto Charlie corre atrás das filhas de tia Kelsey para tentar colocá-las nas cadeirinhas. Nonna prepara comida o suficiente para alimentar um batalhão inteiro, e tio Ronnie olha de soslaio para a bandeja de cannoli, como se ela tramasse algo contra ele.

É caótico, maravilhoso e eu amo cada segundo.

— Oi — Wes diz atrás de mim.

Eu me viro de frente, e então nos abraçamos. É um cumprimento bem light, já que toda a família está presente, mas mesmo assim ele dá um jeitinho de me apertar com força e me dar alguns beijos no pescoço.

— Você veio mais cedo — digo.

— Não deu pra esperar mais — ele responde.

É, esperamos um bom tempo até chegarmos aqui. Mas, quando nossos lábios se tocam mais uma vez, percebo que tudo valeu a pena.

FIM

AGRADECIMENTOS

Como sempre, gostaria de agradecer à minha agente, Sarah Davies, pelo apoio constante. Este livro surpreendeu a nós duas!

Muito obrigada a minhas editoras, Laura Schreiber e Hannah Allaman. Aprecio de coração todo o amor e o apoio que vocês me deram. Sou muito sortuda de ter vocês! Agradeço também à fantástica equipe da Hyperion: Dina Sherman, Melissa Lee, Holly Nagel, Elke Villa, Danielle DiMartino, Guy Cunningham, Mary Claire Cruz e Jamie Alloy. Obrigada a todos pela dedicação.

À Elle Cosimano e Megan Miranda, obrigada por serem as melhores companheiras de crítica que uma garota poderia pedir. Amo vocês.

À dra. Stephanie Sockrider, obrigada por responder a todas as perguntas sobre o que poderia acontecer com Margot e o bebê. Todo e qualquer erro ou liberdades que tomei são de minha responsabilidade.

À minha família: sei que vocês vão tentar adivinhar quem é quem neste livro, mas saibam que todos são Charlies e

Olivias para mim. Tive a melhor infância de todas e minhas lembranças favoritas foram retratadas aqui, especialmente a manhã de Natal. Será que a Mamma poderia tomar café mais devagar?! Tenho muita sorte de ter vocês como família.

Confira nossos lançamentos,
dicas de leituras e
novidades nas nossas redes:

 @globo_alt

 @globoalt

🅕 www.facebook.com/globoalt

Este livro, composto na fonte Fairfield,
foi impresso em papel pólen soft 70 g/m² na AR Fernandez.
São Paulo, fevereiro de 2022.